中國語言文字研究輯刊

十五編

許錟輝 主編

第 3 冊

古漢語「說話類」動詞語義場研究

楊鳳仙 著

花木蘭文化事業有限公司

國家圖書館出版品預行編目資料

古漢語「說話類」動詞語義場研究／楊鳳仙 著 — 初版 — 新
北市：花木蘭文化事業有限公司，2018〔民 107〕
序 14+ 目 2+208 面；21×29.7 公分
（中國語言文字研究輯刊 十五編：第 3 冊）
ISBN 978-986-485-450-9（精裝）
1. 漢語語法
802.08   107011324

中國語言文字研究輯刊
十五編　　第三冊　　　　　　ISBN：978-986-485-450-9

古漢語「說話類」動詞語義場研究

作　　　者	楊鳳仙
主　　　編	許錟輝
總 編 輯	杜潔祥
副總編輯	楊嘉樂
編　　　輯	許郁翎、王 筑　美術編輯　陳逸婷
出　　　版	花木蘭文化事業有限公司
發 行 人	高小娟
聯絡地址	235 新北市中和區中安街七二號十三樓
	電話：02-2923-1455／傳眞：02-2923-1452
網　　　址	http://www.huamulan.tw 信箱 hml810518@gmail.com
印　　　刷	普羅文化出版廣告事業
初　　　版	2018 年 9 月
全書字數	169639 字
定　　　價	十五編 11 冊（精裝）　台幣 28,000 元

古漢語「說話類」動詞語義場研究

楊鳳仙 著

作者簡介

楊鳳仙（1965 年～），女，教授，吉林德惠人。1994 年東北師範大學漢語史專業碩士畢業，2006 年北京師範大學漢語文字學專業博士畢業。現就職於中國政法大學人文學院中文系，主要從事古代漢語、法律語言、對外漢語的教學和研究工作。先後在國內外學術刊物上發表論文 40 餘篇，如《古漢語研究》、《中國政法大學學報》、《勵耘學刊》等，其中《試論上古介詞「於」用法的演變》被人大複印資料全文轉載。

提　要

　　該課題主要選取上古「說話類」概念場詞語作爲研究對象，詳細考察這些成員在上古文獻的使用和分佈，進行義素分析和義位歸納；再根據義素特徵，將上古「說話類」概念場內的詞語系聯成不同義場，同一義場內將各個詞項從語義語用以及語法特徵各個方面加以辨析，進行共時比較，我們兼對單個詞語進行縱向歷時研究；同時我們也對不同時期的語義場進行比較，加以歷時考察，從而分析這些詞項的歷時詞義演變和詞彙興替。我們主要分析了一些「說話類」義場，即「說話」類、「告訴」類、「欺騙」類、「問」類等；同時對「說話類」概念場某些詞語如「問」進行了重點考察和研究，探討常用詞研究的重要意義。課題著力探討「說話類」概念場動詞演變的規律性特徵和獨特用法：即該概念場詞義系統中詞義的變化相互影響，一個詞項演變會波及義場其他詞項的變化。而一個詞項的產生、變化或消亡是多種因素作用的結果。我們還發現有些常用詞項從古到今意義變化不大，而其組合關係發生了很大變化，如「問」、「告」等從介引關係對象到無需介詞引進。本文是在聚合關係和組合關係中考察分析詞義演變，探求其演變規律，如綜合性較強的詞演變爲分析性較強的詞、言說義引申出認知義以及類推等。

中國政法大學校級人文社會科學研究項目資助
（項目編號 12ZFG74001）

項目名稱：古漢語「說話類」動詞語義場研究

論漢語詞彙意義系統的分析與描寫
——《古漢語「說話類」動詞語義場研究》序

李運富〔註1〕

　　摘要：本文嘗試把概念場理論與語義場理論結合起來，把義素分析與詞項屬性分析結合起來，把義素二分與義素多分結合起來，把共時描寫與歷時比較結合起來，從而提出分析和描寫漢語詞彙意義系統的新思路。基本要點是：（1）從認知範疇入手，根據通常對某一概念的理解，把封閉材料中屬於該概念範疇的所有詞項類聚起來，建立覆蓋在該概念場之上的詞彙場。（2）對詞彙場中的所有詞項進行「二分＋多分」的義素分析和義位描述，根據某一角度的共同義素系聯出不同語義場。（3）對各個語義場中的詞項分別進行「語義屬性」及「生成屬性」、「使用屬性」的分析，比較同場中不同詞項的屬性差異。（4）比較不同時期同一概念場中語義子場的變化、同一語義場中詞項成員和詞項屬性的變化，從而揭示詞彙和詞義演變的某些規律。

關鍵詞：漢語詞彙；意義系統；詞項屬性；義素分析；概念場；語義場

〔註 1〕 李運富，北京師範大學文學院教授。

　　中國的語言學史是以探究漢語詞義爲中心的，但傳統的探究多表現爲文獻釋義或詞義纂集，雖然涉及形義關係、音義關係，但不太注重義義關係，因而除了雅書基本按事類纂集詞彙、聲訓基本按音義系聯同源詞外，很少描寫展示漢語的詞義系統。直到近代的章太炎、黃侃，用「變易」與「孳乳」的規律系聯字詞，意在「求語言文字之系統與根源」﹝註2﹞，也仍然沒有擺脱「形義」「音義」關係，所求到的系統只是局部的「同源字」「同源詞」系統，並非整個漢語詞彙的意義系統。

　　現代學者王寧先生在總結傳統訓詁學有關理論和方法的基礎上推陳出新，明確提出「語義中心論」，並以建立詞義系統爲目標，提出一系列詞義分析方法，漢語詞義系統的探究才步入科學軌道。王先生認爲：「語義中心論建立在語義獨立的基礎上。實現這一點的前提，必然是實詞的詞彙意義自成系統。」「同一種語言的意義之間互有聯繫，或處於級層關係，或處於親（直接）、疏（間接）的關係，詞彙意義的演變牽一髮而動全局，首先是自身的系統決定的。」﹝註3﹞這就揭示了詞義系統的本質，並使詞義系統的研究眞正擺脱了文獻和形、音的局限。根據我的理解，王寧先生一系列論著中體現出來的詞彙語義系統理論包括以下具體內容或觀點：（1）詞的意義的認知具有社會性、經驗性和民族性，而不能一概用邏輯規範；（2）多義詞內部各義位之間的語義關係及其引申變化規律可以科學分析；（3）詞義的確定和分析應該建立在訓詁材料的基礎之上，詞義的內部構成應該採用傳統訓詁學的「一分爲二」的義素分析法；（4）詞彙意義是成系統的，詞義系統具有共時性和層級性；（5）漢語詞彙的發展具有原生、派生和合成三個階段，原生階段的詞語的形式和內容的關係總體上是約定俗成的，但派生詞和合成詞是有語源和理據的；（6）個體詞的語源義或構詞理據對共時詞義系統有影響；（7）詞彙意義系統的描寫要以詞項和義位作單位，相關的詞項和義位構成網狀聯繫；（8）詞彙意義系統可以分類、分角度進行多方面的描寫，但這些描寫是局部的，它們可以證明詞彙意義總系統的存在，但難以展示詞彙意義的總體面貌；（9）詞彙意義系統的形成和發展

﹝註2﹞ 黃侃述，黃焯編《文字聲韻訓詁筆記》，上海古籍出版社，1983年，第181頁。

﹝註3﹞ 王寧《漢語詞彙語義學在訓詁學基礎上的重建與完善》，《寧夏大學學報》2004年第4期。

表現爲累積律、區別律和協調律；（10）詞彙意義系統是獨立的，不依賴語法形式而存在。

王寧先生指出：「中國訓詁學最核心的語義觀，是語義系統論，也就是說，詞彙的意義存在一種有層次的關係，觀察意義和解釋意義，都要放到這個網絡關係中去才能夠保持客觀，也只有有了這種互相依存的關係，詞彙語義學才能成爲一門獨立的科學而不附庸於語法學。但是，以詞義爲重的詞彙系統是否可以證實？是否可以局部描寫出來？在這個工作沒有進行之前，語義系統論只是一個未經證明的命題。從訓詁學的長期實踐和詞彙語義的種種現象看，我們相信這個命題具有眞實性，但如何設計一套行之有效的操作辦法來驗證它的眞實，一直是我們追求的學術目標。」〔註4〕正是出於這樣的學術追求，在王寧先生詞彙語義系統理論指導下，北京師範大學的博士生開展了多個角度的詞彙語義系統探究和描寫。如肖曉暉《漢語並列雙音詞構詞規律研究》、符渝《漢語偏正式雙音合成詞詞素結合規律研究》、卜師霞《源於先秦的現代漢語復合詞研究》等是從構詞法角度探究並描寫漢語構詞理據與詞彙語義系統的關係；王東海《〈唐律疏議〉法律專科詞彙語義系統研究》、李潤生《〈齊民要術〉農業專科詞彙系統研究》、李亞明《〈周禮·考工記〉先秦手工業專科詞語詞彙系統研究》等是從專科詞彙角度描寫和解釋以專業知識爲背景的詞彙意義系統；王軍《上古漢語形容詞詞彙語義特徵及語義分類研究》、呂雲生《〈禮記〉動詞的語義分類研究》、孫煒《名詞的語義特徵及分類研究》則是從語法範疇的角度研究語法範疇跟詞彙語義系統的一致性。這些研究成果展示了不同詞彙集中的規律和系統性，但相對於整個詞義系統來說都是局部性的。

許多年前，我在《古漢語詞彙學説略》〔註5〕中也對詞彙和詞義的系統性作了闡述，認爲詞義系統可以突破共時平面的分類，可以變化角度和標準進行多次劃分，而且可以進行不同層次的下位分類，例如可以用義系、義族、義群、義域等不同層次的義位聚合群來整理詞義系統。但那只是一個初步的整體性構想，沒有付諸材料實踐。後來通過學習王先生的有關論著，認識到整體

〔註4〕見王寧先生爲王東海《古代法律詞彙語義系統研究》所作之序，北京：中國社會科學出版社，2007年。

〔註5〕李運富《古漢語詞彙學説略》，載《衡陽師專學報》1988年第4期。

詞彙意義系統是難以全部展示的，光有宏觀構架起不了什麼作用。詞彙意義的系統描寫只能從實際材料出發，分門別類一部份一部份地進行。由於詞彙系統的開放性和詞義變化的經常性，詞彙意義的系統展示只能是歷史的、局部的，恐怕永遠不會有整體的全面的詞義系統出現，這跟語音系統和語法系統是不一樣的。

於是，我也帶著博士生走向了局部描寫詞彙意義系統之路。那麼，這個「局部」如何選擇、如何確定呢？王先生已經實踐的按構詞類別選詞、按專科知識選詞、按語法範疇選詞都是行之有效的，我們以此為參照，舉一反三，嘗試開拓更多角度的選詞範圍。於是我們也想到可以將傳統訓詁學蘊含的理論方法跟國外流行的詞彙語義學理論方法結合起來，突破自然語言材料的屬界，自覺類聚某些詞彙範疇，然後對範疇內的詞彙意義作系統描寫。

語義場理論首先引起我們的注意和嘗試。語義場理論跟中國傳統訓詁學的詞彙類聚方法有很多相通的地方，在證明詞彙系統性和對詞義系統進行局部描寫方面，語義場理論應該是行之有效的。所以王寧先生說：「中國自古代以來存在的類聚方法，與西方語義學的語義場理論不謀而合，但訓詁學在類聚材料中探討語義有一套較成熟的操作方法，又是語義場理論所不具備的，它們之間應當相互補充。」〔註6〕王寧先生一貫主張從漢語自身的實際出發，將現代語義學的理論和傳統訓詁學的成果相結合。例如她從古代訓詁材料的注釋與纂集中總結出「同類類聚」、「同義類聚」和「同源類聚」三種類聚模式，又從語義場的角度提出語義場內詞語密度測查、詞義對立關係測查、詞義相關規律測查、意義元素分類測查等系列方法。〔註7〕可見王寧先生實際上已經在運用語義場理論，而且給了我們靈活變通運用的啟示。

語義場理論展現了詞義的系統性，讓人們看到詞義是可以聚合成「場」的，一個場內的詞義互相聯繫、互相制約，一個義位的改變可以引起整個場意義系統的改變，這對於認識詞義系統和詞彙系統具有重要的指導意義。

但語義場理論也存在自身的不足與缺陷，構建語義場的條件與義素分析的條件互相依賴，就是其中的主要問題。請看下面的論述：

〔註 6〕見王寧《訓詁學原理》，北京：中國國際廣播出版社，1996 年，第 212～214 頁。

〔註 7〕詳參王寧《訓詁學原理》，北京：中國國際廣播出版社，1996 年，第 212～214 頁。

「如果若干個詞義位含有相同的表彼此共性的義素和相應的表彼此差異的義素，因而聯結在一起，互相規定，互相制約，互相作用，那麼這些義位就構成一個語義場。」〔註8〕

「『義素』是由處於同一語義場中相鄰或相關的詞相比較而得出的。構成一個詞的若干義素，就是這個詞區別於其他詞（特別是同一語義場中相鄰或相關的詞）的區別性特徵（distinctive feature）。」〔註9〕

一方面，語義場的確定要以一群詞共同具有的某一義素為前提，即語義場的構成依賴於共同義素的發現。但另一方面，義素的得出又依賴於語義場內各詞項的互相對比，即義素得出的前提是語義場的已然存在。如此，語義場的劃定和義素的分析就形成了在理論上說不清的「雞」與「蛋」的關係，實際操作起來難免主觀隨意。

賈彥德對此提出了從小場入手的辦法。他說：「一種語言的所有的義位就是互相聯繫、互相制約的，因而也就構成了一種語言的語義的總場。而語義場又可以進一步分為若干較小的場，這些較小的場就稱為子場。子場往往可以分為更小的子場，這樣一層層分下去，分到不能再分時，就叫做最小子場。」「漢語、尤其是現代漢語的總語義場包含著大量的義位，而這浩如煙海的義位又處在縱橫交錯、層層疊疊、極其複雜的關係之中。我們分析義素是無法也沒有必要從整個總場下手的。」〔註10〕事實上由於「總場」只是個理論概念，想從總場下手也無法辦到，所以無論是誰都只能從小場入手。但如何科學地確定小場和最小子場，他也沒有給出辦法，因而不得不承認最小子場的確定「只能靠分析者的初步判斷來認定哪些義位構成最小子場」，「這樣確定的最小子場，其結果並不十分可靠」〔註11〕。而且這樣實際操作得出的「語義場」似乎是語義分類的結果，與由共同義素歸納成場的語義場理論思路不符。

〔註8〕 賈彥德《漢語語義學》，北京：北京大學出版社，1999年，第150頁。引文中的著重號為筆者所加，下同。

〔註9〕 蔣紹愚《古漢語詞彙綱要》，北京：商務印書館，2005年，第32頁。

〔註10〕 賈彥德《漢語語義學》，北京：北京大學出版社，1999年，第59～60頁。

〔註11〕 賈彥德《漢語語義學》，北京：北京大學出版社，1999年，第60頁。

　　看來光用語義場理論是解決不了漢語詞義系統描寫問題的。因此我們又想到另外一種相關的理論──「概念場」理論。這種理論從認知的角度認為語言的意義在於人類如何對世界進行範疇化和概念化。「認知語義學最大的特點就是把意義看作是概念化，認為語言意義與人類的一般認知能力和方式具有密切的關係」〔註12〕。範疇化是人類對世界萬物進行分類的一種高級認知活動，在此基礎上人類才具有了形成概念的能力，才有了語言符號的意義。特里爾（J.Trier）是「概念場」（conceptual field）理論的提出者，他的概念場主要著眼於詞的聚合關係，認為在概念場上覆蓋著詞彙場，詞項的劃分反映了概念的劃分。所以詞彙場是與概念場對應著的，詞彙場中的各個詞互相聯繫，互相制約，每一個詞的意義只能根據和它相鄰近或相反的其他詞的意義而確定。這種範疇化的概念場及其詞彙場是以分類為基本操作手段的，這就為上述語義場的實際劃分與理論思路相違背的困境開闢了一條新的認知語義學的解釋途徑。

　　蔣紹愚是比較成功地運用「概念場」理論來具體研究漢語詞彙語義系統的學者。他認為，「概念場是人類共同的，但在不同語言或同一種語言的不同時期中，覆蓋在這個概念場上的語義場各不相同，也就是說，覆蓋著這個概念場的詞彙的成員和分佈各不相同。所有表示某概念的詞語構成了詞彙場，詞彙場處於不斷變化之中，既有新成員的加入，也有舊成員的消亡。」「『概念場』是一個層級結構。包括全部概念的是總概念場，總概念場下面又分若干層級。」〔註13〕他把總概念場下的各個層級稱為「概念域」。與此對應，詞彙場也是一個層級結構，各個層級的詞彙，分別覆蓋在相應的概念域中。不同詞彙系統的詞彙面貌是不相同的，所以，同一個概念域被詞彙覆蓋的情況也會不同，即覆蓋在這個概念域上的成員不同，各個成員的分佈不同。在每一個概念域中，都存在一個由各種維度交叉而構成的多維網絡，這些詞在某個概念域中的位置可以用明確的座標來標明。他用《漢語詞義和詞彙系統的歷史演變初探──以「投」為例》、《打擊義動詞的詞義分析》〔註14〕等論著實踐了這種理論。通過蔣先生

〔註12〕 束定芳《認知語義學的基本原理、研究目標與方法（之一）》，《山東外語教學》2005年第 5 期。

〔註13〕 蔣紹愚《古漢語詞彙綱要》，北京：商務印書館，2005 年。

〔註14〕 分別載《北京大學學報》2006 年第 4 期和《中國語文》2007 年第 5 期。

的闡述和有關研究實踐，我們認可「以『概念場』為背景，考察各個概念域中的成員及其分佈在不同歷史時期的演變，是研究詞彙系統歷史演變的一種有效的方法」〔註15〕。

當我們在為語義場的設立無從下手的時候，概念場理論幫了大忙，它的範疇化認知機制和概念層級分類方法，使我們在沒有全面義素分析因而無法系聯共同義素的前提下，能夠將對應於某個概念場的詞彙場組建起來。覆蓋在某個概念場上的詞彙場實際上等同於語義場，但避免了語義場理論建場的邏輯缺陷。就是說，我們可以用概念場的範疇化認知方式來組建語義場，而用語義場的義素分析法來分析概念場內的詞項關係，這就將語義場理論跟概念場理論有效地結合起來了。

用「兩場」結合的思路，我帶著部份博士生從 03 級開始進行了漢語歷史詞彙語義系統的研究，已經完成的博士論文有楊鳳仙《上古「說話類」動詞詞義系統研究》、尹戴忠《上古「看視」概念場詞語研究》、梅晶《上古「時間詞語」語義研究》、陳燦《上古「飲食」類動詞詞義研究》、鄧進隆《漢泰語「教育類」名詞對比研究》等。這些論文雖然題目表述不同，但基本做法是一致的。所謂「說話類動詞」「看視概念場詞語」「時間詞語」「飲食類動詞」「教育類名詞」等，其實都是一個個「概念場」。這些「場」並不是按照語義場理論所要求的通過對立義素的分析找到共同義素再一組組系聯一層層歸納出來的，而是從認知的某一個概念範疇的角度來圈定場內成員，即只要某詞項的義位在認知上屬於該概念範疇就可以進入該概念場，而不必先進行義素分析，所以這樣的「場」只能叫「概念場」，而不是理論上的「語義場」。

確定某個概念場後，如何分析其中的詞項關係或意義關係，是我們需要解決的又一重要問題。建立概念場的目的並不是為了定義邏輯式的概念，而仍然是為了研究詞的意義關係，仍然要從語言事實出發，所以分析的目光要突破概念的層面落到詞彙場上來。也就是從概念場入手，實質是構建詞彙場，進而用義素分析法分析詞彙場各詞彙成員的語義關係，最終達到描寫語義場的目的。這就是我們把語義場理論和概念場理論結合起來的一種研究思路。

義素分析法也叫詞義成分分析法。上世紀 50 年代由美國人類學家在研究親

〔註15〕詳參蔣紹愚《「打擊義」動詞的詞義分析》，《中國語文》2007 年第 5 期。

屬詞的含義時提出，70 年代被介紹到中國。〔註16〕這種方法通過相關義位之間的對比，對義位進行分解，從中找出語義的共同特徵和區別特徵。例如「男孩、女孩」的共同特徵是〔人類〕和〔未成年〕，區別特徵是〔性別〕，因而它們的義位分別可以表示為：男孩＝〔＋人類〕〔＋男〕〔－成年〕；女孩＝〔＋人類〕〔－男〕〔－成年〕。義素分析法對於系聯語義場以及辨析部份同類詞、同義詞和反義詞是有效的，而且語義特徵的分析也可以用來說明詞語的搭配差異。

但這種方法也有不少局限，比如存在義素抽取的主觀性與不可窮盡性問題，而且也不是所有詞的義位都能規則地切分為若干具有對立關係（有或無）的義素。

中國傳統訓詁學對詞義的解釋也包含著對詞義構成的分析。正如賈彥德所說：「當他們（古代訓詁家）在用詞組、句子解釋詞時，他們的釋義實際上卻包含了不同的成分」，「孕育了義素、義素分析法」〔註17〕。王寧先生從古人的詞義解釋的比較中切分出了三種不同作用的義素：類義素、核義素（源義素）和表義素。類義素是指單義項中表示義類的意義元素，例如江、河、淮、漢可提取類義素〔河流〕。核義素（源義素）指稱同源詞所具有的共同語義特點，例如從稍、秒、艄、宵、鞘、梢中可以提取共同的核義素〔尖端－漸小〕。除了這兩種特殊的義素外，其他義素都可稱為表義素。在此基礎上，王寧先生將訓詁材料中的義界釋義方式規範為「主訓詞＋義值差」的結構公式，認為主訓詞一般是類義素，義值差則可反映表義素，也可反映核義素（源義素）。並把古人的這種解釋詞義的方法命名為「一分為二的義素分析法」，簡稱為「二分法」。〔註18〕

顯然，訓詁式的義素「二分」法跟西方式的義素「二分」法是不一樣的。前者的「二分」是對單個義位（義項）而言的，即把一個義位分析為「義類」和「義差」兩個部份，這兩個部份代表著整個義位，因而是窮盡性的。後者的「二分」是針對兩個或多個不同義位而言的，即在對立的兩個或多個義位中，

〔註16〕參看周紹珩《歐美語義學的某些理論與研究方法》，載《語言學動態》1978 年第 4 期。

〔註17〕賈彥德《漢語語義學》，北京：北京大學出版社，1999 年，第 127 頁。

〔註18〕王寧《訓詁學原理》，北京：中國國際廣播出版社，1996 年，第 208～211 頁。

有沒有某個義素，這種二分對立的義素，隨機提取，多少不定，因而總體上是無法窮盡的。或者說，訓詁式的「二分」是組合的分析，通過組合的理解才能系聯到相關的聚合；而西方式的「二分」是聚合的分析，通過聚合的對比才能理解義素組合的含義。這兩種分析方法各有利弊，組合的分析便於義位的理解，聚合的分析便於關係的確立，兩種結合起來，才能把詞彙場中各詞彙成員的意義及相互關係描述清楚。即先用組合式的切割分析描述每個詞項的義位，再用聚合式的對比分析描述義位與義位的關係。這就是我們嘗試的「兩分」結合即兩種義素分析法結合研究的基本思路。

把義位的成分組合分析為「義類」（主訓詞）和「義差」兩部份，是宏觀的總體概括，實際上每個部份特別是「義差」部份還可以進行多分，因為義位的差別可以同時包含多個方面。但這是「二分」之下的多分，不影響「二分法」的成立。我們認為只有「二分」與「多分」結合進行，詞的義位的內涵才能分析清楚。例如動詞由於具有「非自足性」，釋義時除了揭示動作行為本身的核心義素外，還必須交代其他相關的要素才能理解。所以於屏方認為，動作義位的釋義框架，同時受到認知框架和語言框架的雙重制約。非自足性使動作義位在釋義過程中表現為對其他範疇的依賴性，其語義分析式中開放了數量不等的空位，形成一個典型的待完形結構。〔註19〕徐小波也認為，動詞義位的釋義表現為不同關涉角色以核心動詞為中心形成的語義配列式，一個動詞義位的完善釋義應該包括兩大部份：「核心動詞＋關涉角色」。〔註20〕這種釋義模式可以通俗地表述為「義核＋語義關涉成分」，其中的兩大部份就相當於訓詁義界釋義的基本形式「主訓詞＋義值差」，即「義核」相當於「主訓詞」，「語義關涉成分」相當於「義值差」。顯然，動詞的「語義關涉成分」是很多的，可以再分析的。因而我們主張對於詞義的分析可以在第一層分為「二」，而「二」的下層還可以多分。例如徐小波就將「關涉角色」分為主體角色、客體角色、與體角色、時間角色、工具角色等17類。馮海霞把動詞義位的關涉成分叫「別義因子」，包括主體因子、客體因子、條件因子、原因因子、目的因子、範圍因子、工具因子、

〔註19〕於屏方《動作義位釋義的框架模式研究》，廣東外語外貿大學博士學位論文，2006年。

〔註20〕徐小波《動詞詞義的非自足性研究》，魯東大學碩士學位論文，2006年。

憑藉因子、性狀因子、時間因子、處所因子、方向因子、基準因子、數量因子、結果因子、補充因子等共 18 類。〔註21〕這些「語義關涉成分」或「別義因子」，顯然是光用「二分法」解決不了的。而且它們也不同於西方義素分析法中的「義素」，因為它們儘管多分，也不一定是最小的終極語義單位，但為了表述的方便，我們可以把義位中的各級語義成分泛稱為「義素」。

詞義聚合的對比分析也不能局限於對立義素的「＋」和「－」，而應該是不同義位的各種義素（包括「主訓詞」代表的類義素和「義值差」內含的各種別義因子）的全面比較，通過各種義素的比較，找出不同義位的共同義素和區別性義素，進而用共同義素系聯成各種不同的語義場，用區別性義素辨析同場詞項的差異。一般運用「義素分析法」僅限於「區別性特徵」，是不全面的。

由共同義素系聯成的語義場由於義位與義位之間的關係不同可以分為不同的類型，如賈彥德認為詞彙場的最小子語義場有十個類型：分類義場、部份義場、順序義場、關係義場、反義義場、兩極義場、部份否定義場、同義義場、枝幹義場、描繪義場等。〔註22〕無論哪種語義場，理論上說場內的詞項一方面必須有共同義素，同時又都能相互區別，否則就不應該同場存在。共同義素是詞項類聚為一個語義場的前提條件，詞項間的區別性義素則是不同詞項在同一個語義場內共存的價值要求。可事實上，如果我們僅按上述義位描寫和義素分析的結果來區別場內的詞項，有時會出現無法區別的情形。這說明對語義場內詞項的分析光看義素還是不夠的。

因此，我們在進行詞義成分分析時，可以只限於語義屬性；而進行同義語義場的詞項辨析時，則不應局限於語義屬性，還可以把詞項的組合屬性和使用屬性也納入分析的範圍。研究詞義系統而關照組合規律和使用條件，是一種新的價值取向，已引起越來越多的學者重視。我們將這種理念設計出系統框架而付諸全面實踐。

這樣，我們從語義屬性、組合屬性和使用屬性三方面來辨析處於同一個語義場的各個詞項的異同關係。「語義屬性」是主要的，「組合屬性」和「使用屬

〔註21〕馮海霞《語義類別釋義模式研究——基於《現代漢語詞典》與《簡明牛津英語詞典》的比較》，南開大學博士學位論文，2008 年。

〔註22〕賈彥德《漢語語義學》，北京：北京大學出版社，1999 年，第 147～213 頁。

性」是詞項屬性的附加屬性，列出這兩種屬性是為了顯示同義詞項的必然差異。
三種屬性的具體內涵如下：

「語義屬性」是詞項屬性中最核心的部份，指語義場各詞項本身固有的不
可缺少的意義成分，包括類義素和表義素。「類義素」表示義位的類屬，是人
們對義位所反映的客觀事物的認知範疇。認知的視角不同，歸納的範疇可能不
一樣。描寫義位時可以上下類連屬，但不能同級交叉。「表義素」是義位固有的
可感知的意義成分，它規定了義位的主要特徵，是義位的實質內容。表義素一
般是復合的，或者多元的，可以進行再次切分或分類。例如對動詞義位的分
析，「表義素」就表現為各種「語義關涉成分」，可以分出主體義素、客體義
素、工具義素、時空義素等等，也就是上文提到的各種「別義因子」等。對具
體詞項而言，語義關涉成分有必須和可選之分，系統中通常只分析必須的語義
關涉成分。

「組合屬性」包括內部組合和外部組合。內部組合著眼於詞項的音節和結
構。從音節上看，可以分為單音節和復音節。從結構上看，可以分為單純結構
和合成結構。合成結構又可分為並列式、偏正式、述賓式、動補式、附加式等
多種〔註 23〕。外部組合反映詞項的語法屬性。包括詞項的語法功能和功能涉及
的語法關係。語法功能指在句子中做什麼成分；語法關係指是否有主語、賓語
等連帶成分的強制性要求。

「使用屬性」指的是詞語在語言實際使用中所產生或形成的價值或信息，
包括使用時間、使用地域、使用語體、使用情感甚至使用頻率等。

這樣的詞項屬性分析，包括義素分析但不限於義素分析，所以當義素分析
的語義屬性不足以區別不同詞項時，可以從組合屬性和使用屬性角度幫助辨
析，結果表明，處於同一語義場中的各個詞項都是有區別的。

歸納和描寫語義場，辨析場內詞項的關係，都是平面的工作。如果將不同
時期或時段的語義場串成序列，就有了歷時比較的價值。我們研究的對象是歷
史詞義系統，歷時的比較工作是應該要做的。所以我們對語義場的描寫和分析
實際上包括兩個方面的內容：一是該場成員的認同別異。即根據「詞項屬性分

〔註23〕這是沿用通常的分析方法，實際上對合成詞還可以從來源上或語義上進行分析，
那更有區別價值。

析」說明場內各詞項的共同屬性有哪些，相互之間存在哪些屬性差異。二是該場成員的歷時變化。按時期說明成員的增減變化及成員關係的調整，包括成員的異時異域替換關係和詞項屬性的彼此影響關係。

以上就是我們對漢語詞彙意義系統進行分析和描寫的基本思路。概括起來說，有這麼幾個要點：（1）從認知範疇入手，根據通常對某一概念的理解，把封閉材料中屬於該概念範疇的所有詞項類聚起來，建立覆蓋在該概念場之上的詞彙場。（2）對詞彙場中的所有詞項進行「二分＋多分」的義素分析和義位描述，根據某一角度的共同義素系聯出不同語義場。（3）對各個語義場中的詞項分別進行「語義屬性」及「組合屬性」「使用屬性」的分析，比較同場中不同詞項的屬性差異。（4）比較不同時期同一概念場中語義子場的變化、同一語義場中詞項成員和詞項屬性的變化，從而揭示詞彙和詞義演變的某些規律。這個研究思路中體現了概念場理論與語義場理論的結合、義素分析與詞項屬性分析的結合、義素二分與義素多分的結合、有無對立與差異互存的結合、共時描寫與歷時比較的結合。

前面提到的幾部博士論文基本上都是按照我的這個思路而選擇某一個概念場所作的研究，具體的表述可能各有差異，但研究的步驟和方法是基本一致的。楊鳳仙的《上古「說話類動詞」詞義系統研究》是首篇之作，第一個按照這個思路成文的。

楊文選取上古「說話類」概念場詞語作為研究對象，詳細考察這些成員在上古文獻的使用情況，逐個做義位歸納和義素分析，然後根據義素特徵，將上古所有「言說」概念場內的詞語系聯成不同的語義場，在同一個語義場內進行詞項屬性的辨析，並對不同時期的語義場進行比較，考察歷時詞義的演變和詞彙的興替。文章主要分析了 10 個語義場，即「說話」類、「告訴」類、「詢問」類、「罵詈」類、「責讓」類、「教導」類、「詆毀」類、「爭辯」類、「稱譽」類和「議論」類；同時對某些涉及多個義場的重點詞語作了個案研究。語義場的描寫重在義素分析和詞項屬性的同異比較，展示的是不同詞語相關詞項的類聚系統；個案研究則以詞語為考察單位，以義項為分析客體，展示的是單詞內部的義項系統。個案研究的目的有三：一是整理單詞的詞義系統，即從本義出發系聯引申義，說明引申機制和條件，特別是這些意義是如何產生的；二是比較各義項在各時期的使用情況，說明生死消長的原因和規律；三是結合語義場的

描述，說明詞義變化對語義場的影響。在對「言說」概念場內的語義場細緻描寫和對關涉語義場的重點單詞進行個案分析的基礎上，文章從縱橫兩個角度揭示了「言說」概念場內語義場與語義場的關係、同一語義場中詞項與詞項的關係，以及詞項和詞義的演變規律，並運用各種詞彙語義學理論對語義場和詞項、詞義演變的原因盡量做出解釋，驗證了漢語詞彙詞義的系統性和某些變異規律，也提出了一些作者新的認識，其中有不少獨特的觀點值得重視。

就研究方法而言，楊鳳仙的論文是對我提出的研究思路第一個進行實際操作和全面嘗試的。文章將概念場與語義場融合，從概念認知入手，而落腳到詞項的語義屬性分析，同時兼顧詞項的組合屬性和使用屬性。實際分析出來的語義屬性包括類義素、表義素、關聯義素和其他義素，組合屬性包括內部組合和外部組合，使用屬性包括時代、地域和頻率等。其中有的屬性還包括更多的下位屬性。這種綜合式的多層屬性分析方法，可以將語言中的任何兩個詞項區別開來，對描寫語義場關係，對同義詞和同類詞的相互辨析，都具有重要的借鑒價值。

楊鳳仙的論文不僅在研究方法上具有開創性的嘗試意義，而且通過對上古代表文獻語言材料的全面測查和系統描寫，為建立科學的漢語詞彙史提供了有價值的成果。我們知道上古漢語是中古、近代、現代漢語詞彙研究的源頭和基礎。要想把漢語詞彙史的研究引向深入，正本清源是十分重要的。徐朝華指出：「上古漢語詞彙是漢語詞彙研究的源頭，是漢語詞彙史的起點，也是中古、近代漢語詞彙史研究的基礎，它與現代漢語詞彙的研究也有著密切的聯繫。現代漢語的基本詞彙中，很多的基本詞是從上古一直沿用下來的。現代漢語雙音詞的構詞法，也是從上古沿用下來的。現代漢語詞彙中的一些現象，探究其源，也是始於上古。」〔註24〕趙振鐸也指出：「這個時期（上古時期）是漢語發展的源頭，漢語後來的發展變化都和它有這種和那種聯繫。……研究漢語史也先要弄清楚這一時期語言的狀況，才能夠更好地下推後世的語言變遷。就這個意義說，研究這個階段的漢語，不僅有很大的實踐意義，還有重要的理論方面的意義。」〔註25〕可見弄清楚上古時期各階段「言說」概念場（詞彙詞）的各個語義場及構成語義場的詞項、詞義的基本情況，對研究漢語詞彙通史有非常重要

〔註24〕徐朝華《上古漢語詞彙史》，北京：商務印書館，2003年，第2～3頁。

〔註25〕趙振鐸《論先秦兩漢漢語》，載《古漢語研究》1994年第3期。

的意義。

　　楊文從文獻材料出發，運用義素二分法和多分法，並結合詞項屬性的比較，全面界定了「言說」概念場中每個詞項的義位，釐清了每個義位的關係，這對漢語大型語文詞書的釋義也是很有參考價值的，因為釋義往往是詞義分析的結果。古漢語詞典釋義的準確與否，跟古漢語詞彙的研究是否深入密切相關。一方面，對於具體的詞，要根據大量語境和用例才能弄清楚它的準確含義；另一方面，對於什麼是詞義，在詞典中如何準確地表達詞義，也需要有理論方法的指導。「詞典工作者最好還是要重視語義學領域的各種研究；他們對語詞意義特徵的瞭解越多，他們的工作就會越出色」。〔註26〕楊文在選定的上古時期代表文獻範圍內，考察了每一個詞項出現的語言環境，分析了每個詞項的意義特徵和相關屬性，同時關注每一個義項的產生時間及消亡時間，因此可以為詞書收釋該詞時的義項劃分、義項解釋和始見書證提供可靠依據，從而提高詞書釋義的準確度。

　　楊文研究思路清晰，方法得當，材料翔實，分析細緻，數據可靠，結論值得重視，是一部很有參考價值的著作。原來也存在一些問題，例如對詞項的固有意義與個別偶然用法的關係的處理缺乏規則，個案分析的詞例也不足等，聽說這次借出版機會已做了大量的修改和增補，較第一版又有提高了。而且作者計劃圍繞「言說」概念場的詞彙語義系統研究，準備從上古延伸到中古、現代，將斷代系統串成詞彙通史，這是很難能可貴的，將對詞彙史的研究作出一份貢獻，可以預見她對詞彙語義系統的研究會更深入、更成熟。作為最初給她提供研究思路的導師，看到自己的學生在這條路上越走越遠，能夠超過老師，當然很高興，所以借她著作出版的機會，把這些年關於詞彙語義系統研究的思考大致歸納一下，也正好說明楊鳳仙這部書的寫作背景和價值取向，聊以算作序吧。

〔註26〕章宜華、黃建華《當代詞典釋義研究的新趨勢——意義理論在詞典釋義中的應用研究》，載中國辭書學會學術委員會編《中國辭書論集·1999》，上海：上海辭書出版社，2000年。

目

次

「言說」語義場研究現狀所引發的相關思考

　　摘要：漢語史研究中最薄弱的部份是詞彙史的研究，尤其對常用詞、對某一歷史時期詞彙系統的研究則更是著力甚少。本課題旨在詞彙史的研究，主要選取古漢語「說話類」語義場詞語作爲研究對象，詳細考察這些成員在上古文獻的使用情況，做義位歸納和義素分析，將上古「說話」語義場內的常用詞語系聯成不同的語義場，在同一個語義場內進行詞項屬性的辨析，並對不同時期的語義場進行比較，分析共時語意特徵的異同並考察歷時詞義的演變和詞彙的興替，探討詞義演變的規律。

　　關鍵詞：詞彙系統詞義系統；語義場；義位；義素分析

　　本課題主要是對上古時期漢語「說話類動詞」語義場內各個詞項進行共時的描述和研究，我們也主要著眼於該語義場中那些常用詞的歷時演變研究，進而探討「說話類」動詞詞義演變規律和該義場內各詞項的更替和興廢。

　　科學的詞義研究應該是對客觀存在的詞義系統進行全面系統的研究，這種研究要求既要看到處於同一系統的不同詞義的區別，又要看到它們的內在聯繫。我國有著悠久的詞義研究的傳統，但是千百年來，由於傳統訓詁學的影響，此研究往往局限於疑難詞語的訓釋和考證，而對於包括大量的非疑難詞語在內的整個詞義體系（這是詞義及詞義演變規律最主要的載體），歷來缺乏全面系統的考察和研究，正如江藍生先生所言：「詞彙史的研究跟語音史和語法史相比最爲薄弱，最近 20 年的詞彙研究側重於對疑難詞語的考釋，而對常用詞、對某一歷史時期詞彙系統的研究則很少著力。」這種缺憾直接導致漢語歷史詞彙學和漢語詞彙發展史至今難以建立。近年來，加強對常用詞以及對某一歷史時期詞彙系統的研究，改變過去詞義研究中倚輕倚重的局面，已成爲學界的共識。〔註 1〕

　　我們認爲，從語義範疇出發，對反映某一範疇的某一類詞的詞義系統，進行全面系統的研究，是詞義研究的一項基礎性工作。這種研究包括共時詞義系統的描述和歷時詞義演變、詞彙興替的考察兩個方面。我們相信，這樣的研究累積到一定的程度，將爲漢語歷史詞彙學和漢語詞彙發展史的建立，提供一個較爲堅實的基礎。

　　在上述思想的指導下，我們選取上古漢語反映「言說」這一語義範疇的動詞作爲研究對象，主要進行詞義的研究，有時也涉及到語法方面的考察和分析。說話類動詞指「用言語表達意思」的動詞，其詞義系統是上古漢語詞義總系統中的子系統或局部系統。無論是從歷時的角度，還是從共時的平面看，說話類動詞都具有廣泛性和典型性。這類動詞包括兩個方面：一是表示一般的「說話」類動詞（如言曰云等），是泛義的言語行爲；二是表示特殊的「說話」類動詞，如表示「告訴」、「詢問」、「詆毀」、「辱罵」、「欺騙」、「讚譽」等，這些概念在不同歷史時期可以用不同的詞語表示，有些概念即使在同一時期也可用不同詞語表示。如果說說話類動詞在詞義上是一個成員龐雜的大語義場〔註 2〕，那麼各類成員又可形成不同的子義場，如「詢問」義場、「責讓」義場、「告訴」

〔註 1〕 參考江藍生《東漢——隋常用詞研究·序》；張永言、汪維輝《關於漢語詞彙史研究的一點思考》；汪維輝《東漢——隋常用詞研究》。

〔註 2〕 此處「語義場」主要指概念場，詳見本書「序」。

義場等。

本書試圖全方位考察這個大語義場內所有成員從殷墟甲骨文到兩漢這一千多年間各個歷史階段的共時詞義系統和與之相連的歷時詞義演變、詞彙興替的情況，尤其關注多義詞的各個義位之間的引申脈絡和每個成員的詞義變化所引起的語義場內相關成員的變化。這樣的工作目前只是一種嘗試。希望能爲全面研究上古漢語語義系統積累經驗，提供借鑒，爲科學準確地描寫和闡釋上古漢語語義系統起到某種程度的探路作用。

在我們還無法描寫一個時期的系統的時候，只能從局部做起，即除了對單個的詞語進行考釋之外，還要把某一時期的某些相關的詞語（包括不常用的和常用的）放在一起，作綜合的或比較的研究。〔註3〕蔣紹愚先生的這種近代漢語詞彙的研究方法，同樣也適合於上古漢語詞彙的研究。我們就是從上古詞彙的局部研究入手，描寫上古時期說話類動詞詞義系統。所以，探討說話類動詞的變化主要是在語義場中展開的，有的是同一義場內的變化，有的是相鄰義場的轉移。一個同義義場中由於各詞項間的價值關係的不同，其中可能有一個詞與其他詞語的地位不一樣，出現的頻率較高，我們把這種詞叫主導詞；與之相反，有的詞語出現頻率低則稱之爲非主導詞〔註4〕。不同的時期某一義場的主導詞可能會有變化。

本課題的任務不僅僅是說話類動詞分類的整體研究，對其中的常見詞語的個案考察也是我們的重要目標，探討「多義化的系統演變」，〔註5〕考察義位變化的規律，即通過詞義的引申挖掘詞義變化的動因和演變的機制。具體來說就是從這些詞語所出現的所有語境中考察義位的產生、繼承、發展或消亡的過程，追蹤它們的演變軌跡，探討其詞義引申的規律。

說話類動詞的分類研究，是在同義義場範圍內進行的。我們把出現在某一義場的詞語的發展變化過程進行分析和描述，關注義場中的一些舊詞的使用與

〔註3〕 參蔣紹愚《古漢語詞彙綱要》（第 255 頁）「近代漢語詞彙研究的方法」。

〔註4〕 解海江、張志毅《漢語面部語義場的歷史演變》稱爲「主導詞項」和「非主導詞項」。

〔註5〕 張慶雲、張志毅《義位的系統性》（第 7 頁）：「在漢語中多義化的義位只占不足五分之一，它們在語義場總處於中心的基本義位，就是在聚合關係中帶有主宰、規定性的義位，它們的引申表現出一系列的規律。」

消亡、繼承與發展情況；同時關注義場中的新詞的產生及其發展情況；更要關注每個成員的詞義變化所引起的語義場內相關成員的變化。

個案研究主要是研究說話類動詞常見詞的演變。全面考察這些詞語出現的語言環境，考察其義位的分佈，尤其關注多義詞的各個義位之間的引申脈絡。具體來說包括：大體考定每個義位的產生時間並找出始見書證；盡可能地把各個義位之間的引申脈絡描寫出來，從而揭示詞的發展演變過程；不但是詞義的變化，組合關係的變化也是我們考察的範圍。

說話類動詞歸納而成的不同類別，形成了說話類動詞的若干子場。說話類動詞的每個義場都是一些具有共同語義特徵的詞項的聚合（主要指詞彙——語義層面中的同義詞〔註6〕的聚合）。我們主要在這些聚合關係中來研究詞義的特徵及其發展變化，同時進行個案考察。例如，上古漢語「詢問」這個概念可以用「問、訪、咨、詢、訊、詰」等詞語來表示。對這些詞，要弄清楚它們意義的區別，還要弄清楚哪些是原有的，哪些是新產生的；它們的使用頻率的高低和不同的語法特點等問題，這樣才算搞清了這類詞在某一階段的特點。並且把上古時期的不同階段進行比較，就可以對這類詞在上古的特點有了全面的把握，從而描寫這個時期的詞義系統。通過對「詢問」義場的初步考察發現，在這個義場中「問」一直處於主導詞的地位，且從古至今一直處於高頻詞的位置，其語義特徵上古時期甚至到今天沒有太大的變化，但是其組合關係卻發生了很大的變化。即從上古前期的介詞引進關係對象（非代詞充當）為主到上古後期的以「問」直接跟上關係對象（發問的對象）為主。「問」作為一個義域很寬的詞，在上古「詢問」、「責問」、「訊問」、「聘問」、「慰問」等義都可以用它表示，但是這些意義在當時就有他詞可以表達，即「咨」、「詢」、「訪」、「詰」、「訊」等，這些詞項和「問」一起構成了「詢問」類義場，義場的成員上古前後期發生了很大的變化。

分析說話類動詞詞義的歷史演變，考察不同時期義場詞項的變化並解釋原因，探討漢語詞彙發展的一些規律。本書通過對「說話類」動詞同義關係的描寫和分析，觀察不同時期義場各成員的增減、去留、位置的變化以及其中一個變化所引起的相關成員的變化，來探求漢語詞彙發展的一些規律及其發展變化

〔註 6〕 本課題所說的同義詞是指寬泛意義上的同義。

過程的一些特點。也通過對言說動詞個案考察來揭示詞義引申的規律。

本課題的研究也將對辭書的編纂提供一定的幫助。由於受傳統的影響，對詞義系統缺乏整體研究，過去辭書義項的設立往往是零散的、羅列性的，義項間的內在聯繫不清晰。本課題的研究將有助於按詞義系統的本來面貌設置義項，以體現義項間的內在聯繫。過去辭書在處理具體條目上問題也很多：「一是始見書證普遍較晚，沒有追溯到源頭；有個別書證不可靠，始見時代應推遲的。二是對一些常見詞的義項劃分不合理或義項露略、不準確。」〔註7〕我們測查上古時期的所有文獻，考察每一個詞語所出現的語言環境，理出一個個具體詞的詞義演變脈絡，同時關注每一義項的產生時間，為義項的劃分和始見書證提供可靠的依據。例如新版《辭源》在「講」的第二個義項「談論」下，所引例子是《禮記·禮運》：「義者，藝之分、仁之節也；協於藝，講於仁，得之者強。」實際上，我們認為此句中的「講」的「談論」義項值得商榷。「從上下文看，這句話是講如何對待『義』、『藝』、『仁』三者之間的關係的；其中『協於藝，講於仁』的『協』和『講』為互文，都是『和』的意思，指協和、協調；整句話是說：『義』對實現『藝』和『仁』的範圍、原則具有決定作用，要使『義』與『藝』、『仁』協調統一起來，掌握了這個原則的就是強者。」〔註8〕由此可見基礎研究非常重要。

本課題與古籍整理也有密切的關係。各個不同歷史階段的詞彙面貌是不同的，正因為如此，以語言為標準來給作品斷代才有可能（當然還包括其他標準），如《孔子家語》長期以來一直被認為是偽書，但近年來由於出土材料的發現使很多人重新認識此書，一些人否定了傳世的看法。我們認為從語言的角度，從具有時代特徵的詞語用法出發可能對判斷這類書的真偽起一定作用。

歷史上，漢語詞彙研究主要是詞義的研究，詞義的研究屬於語義研究的一部份。漢語詞彙的研究大致經歷了訓詁學、傳統語義學、現代語義學三個時期。

訓詁學時期的語義研究，為我們從詞彙史的角度來探討詞義、詞彙的規律提供了寶貴的資料。《爾雅》根據詞義的相同、相近、相關或同類而編纂，是早期粗略的語義系統性觀念的體現。段玉裁《說文解字注》中對同義詞、近義詞

〔註 7〕 汪維輝《東漢——隋常用詞研究》，第 13 頁。

〔註 8〕 高守綱《古代漢語詞義通論》，第 159 頁。

的精微辨析，「渾（統）言」則同、「析（別）言」理論的形成、對詞義的概括和分析等，都對後代詞彙學的研究有很大的啓發，爲漢語詞彙史的建立積累許多有用的材料。但是我們應該看到這些研究基本上還是屬於訓詁學的範疇，對詞彙系統性的認識還不夠。

傳統語義學時期，研究內容主要是詞義及其演變，特別是詞義的擴大、縮小和轉移，這種以詞義爲軸心的單一研究顯然有其缺陷。總的來說，訓詁學和傳統語義學對語義的研究是孤立的、原子主義的，但是在語義研究的原子主義時期，語義的系統性的觀點已經萌芽。

現代語義學是以語義爲座標進行靜態和動態的雙軸研究，它既研究語義的共時系統，又研究語義的歷時演變，更講究系統性和科學性。賈彥德〔註9〕、符淮青〔註10〕、張志毅、張慶雲〔註11〕等學者接受了西方詞彙場和語義場理論來進行漢語詞彙詞義系統的研究，並取得了一定的成績。如賈彥德對漢語的親屬詞進行了語義特徵分析和語義場描寫，符淮青〔註12〕對「紅」的顏色詞群（他把語義場稱爲詞群）的描寫，更有意義的是他突破了長期以來將語義場的研究局限於顏色詞和親屬詞的局面，對漢語表眼睛活動的詞群進行了描寫分析，對普通話和某一方言表示人頭部的各個部位的詞群進行了共時的比較分析。李紅印的《現代漢語顏色詞詞彙——語義系統研究》〔註13〕，對現代漢語的子系統——顏色詞進行了全面而深入的描寫，對詞彙系統研究的理論和描寫方法都作了深入的探討。馮淩宇的〔註14〕《人體詞語研究》對人體詞語進行全方位多維度的系統研究，既有語言層面的探討（詞彙的、語義的、語法的、語用的），又有認知層次的闡釋，還有文化方面的探究。二十世紀晚期，把現代語義學的理論和傳統訓詁學的成果結合起來進行古漢語詞彙的研究已經成爲一部份研究者的共識。王寧的《訓詁學原理》使傳統訓詁學理論化、系統化；蔣紹

〔註 9〕 賈彥德《漢語語義學》。

〔註10〕 符淮青《詞義的分析和描寫》。

〔註11〕 張志毅、張慶雲《詞彙語義學》。

〔註12〕 符淮青《漢語表示「紅」的顏色詞群分析》。

〔註13〕 北京大學博士論文，2001 年。

〔註14〕 武漢大學博士論文，2003 年。

愚〔註 15〕、周光慶〔註 16〕等人用現代語義學的理論與方法來分析古漢語詞彙及
其發展。

現代語義學時期，是把西方現代語言學相關理論引入到中國傳統語言學的
研究中，總結出漢語史特有的詞彙理論和研究方法。

從章太炎的以音韻爲手段整理漢語詞彙系統，到黃侃的系聯《說文解字》
中的字來探求詞義系統，再到陸宗達、王寧的詞義系統的觀點和方法在理論上
的總結以及系統分析方法的純熟運用，都說明了詞彙、詞義系統理論的自覺的
和不自覺的運用對於我們研究語言工作的重要意義。眾多學者從理論和實踐的
各個方面對詞彙系統性和詞義系統性的表現進行了深入的探索和研究，周祖謨
〔註 17〕、黃景欣〔註 18〕主要從詞彙的構成上探討詞彙的系統性；高名凱〔註 19〕
從同族詞、同音詞、同義詞和反義詞等不同的類聚中來研究詞彙的系統性；張
永言〔註 20〕強調詞彙系統的研究首先是研究詞的語義聯繫；朱星〔註 21〕認爲詞
彙的系統性主要是建立在詞義上；李運富〔註 22〕則認爲，詞義系統可以突破共
時平面的分類，可以變化角度和標準進行多次劃分，而且可以進行不同層次的
下位分類，他還提出以義系、義族、義群、義域等不同層次的義位聚合群來整
理詞義系統；劉叔新〔註 23〕按詞語之間內在意義的標準，認爲詞彙系統有十一
種組織結構：同義組、反義組、對比組、分割對象組、固定搭配組等；王寧
〔註 24〕在長期深入研究訓詁學的基礎上，總結並提出了漢語的語義觀，並認爲
詞彙意義系統的觀點是漢語語義觀的基本觀點之一，是「語義中心觀」和「語

〔註 15〕蔣紹愚《古漢語詞彙綱要》。

〔註 16〕周光慶《古漢語詞彙學簡論》。

〔註 17〕周祖謨《漢語詞彙講話》。

〔註 18〕黃景欣《試論詞彙學中的幾個問題》。

〔註 19〕高名凱《論語言系統中的詞位》。

〔註 20〕張永言《詞彙學簡論》。

〔註 21〕朱星《漢語詞義簡析》。

〔註 22〕李運富《古漢語詞彙學說略》。

〔註 23〕劉叔新《論詞彙體系問題》。

〔註 24〕王寧《漢語詞彙語義學的重建與完善》。

義的獨立研究價值」等觀點的基礎和前提。高慶賜〔註25〕把單音詞的本義、引申義、假借義的意義整理稱之爲「詞義系統」；童致和〔註26〕較早地自覺運用詞義系統觀念來研究一系列「氣味詞」的詞義變化，以及由此帶來的詞義系統的演變、單個詞的意義在詞義系統中的位置的變化；黃易青〔註27〕對同源詞的意義關係、詞族的意義系統作了非常深入的研究；宋永培〔註28〕通過對《說文解字》詞義系統的描寫來探討上古漢語的詞義系統，他以系統論爲指導，將意義劃分爲義位、義系、義區和義部等層級結構單位，對詞義系統的描寫作了深入的探索。

對於詞義的系統性，蘇寶榮、宋永培對我們傳統的詞義研究和研究詞義的方法作了十分精到的總結：「漢語的詞義系統，主要是指詞的本義和引申義的縱向聯繫，以及這一引申系列與有關同義詞、反義詞、同源詞的橫向聯繫。」〔註29〕研究詞義的方法：「一是溯本求源，從本義出發說解詞義。二是認識『一詞多義』各個義項之間的聯繫（即詞義『縱』的聯繫），解釋詞義做到以簡馭繁。三是注意詞與詞之間的相互關係（即詞義『橫』的聯繫），通過同義詞、反義詞、同源詞的研究，加深對詞義的理解。」〔註30〕，這些理論探討對我們的研究工作有著巨大的指導作用。

許多學者致力於詞彙系統的演變和詞義演變規律的研究。蔣紹愚在《古漢語詞彙綱要》中著重從同一種語言的不同歷史時期以及不同語言詞彙系統的對比來考察詞彙系統的演變情況，同年他發表《關於漢語詞彙系統及其發展變化的幾點想法》〔註31〕，探討了漢語詞彙系統在不同歷史時期的發展變化可以從哪幾個方面來加以考察：義位的有無和結合關係；詞的聚合關係；詞的組合關係；詞的親屬關係。爲研究詞彙系統的發展變化起到重要的指導作用。通過比較來研究詞彙系統，以此來觀察某個歷史平面上詞彙系統的特點，進而描寫這

〔註25〕 高慶賜《漢語單音詞義系統簡論》。

〔註26〕 童致和《香和臭的詞義演變及氣味詞的詞義系統的發展》。

〔註27〕 黃易青《上古漢語同源詞意義關係研究》。

〔註28〕 宋永培《古漢語詞義系統研究》。

〔註29〕 宋永培《古漢語詞義簡論》。

〔註30〕 同上。

〔註31〕 見《中國語文》1989 年第 1 期，又載《漢語詞彙語法史論文集》。

個系統，這是行之有效的方法。他還通過舉例具體提出觀察漢語詞彙系統歷史演變的方法，如古漢語表示觀看語義場中一些詞，他對那些詞進行古今漢語的比較。「這種比較還是很粗略的，因爲所謂『古漢語』，實際上並不是同一個歷史平面。細緻的比較應該是取幾個不同的歷史平面（如春秋戰國、東漢、魏晉、晚唐五代、南宋、明代等），對各個平面上表示『觀看』的語義場中有哪些詞作一個比較全面的統計，然後再把各個歷史平面加以比較，從而觀察分析表『觀看』的語義場在漢語歷史演變中的變化。如果能把數十個或數百個重要的語義場作這樣的歷史比較，我們對漢語詞彙系統的歷史演變就會有比較清楚的瞭解。」〔註 32〕蔣先生從理論到實踐所作的探索對推動漢語詞彙史的研究產生重要影響。一些學者正是通過一個個義場的變化來觀察漢語詞義系統的歷史演變。劉新春的《睡覺類動詞的歷史演變研究》〔註 33〕通過對睡覺類動詞具體演變情況的描述，揭示睡覺語義場的歷史變化及其演變，總結演變的特點和原因。金穎的《「沐」、「浴」、「澡」、「洗」、「盥」、「沬」的語義、語法研究》〔註 34〕主要研究一組詞從先秦到現代的語義發展變化的情況，通過這一組詞的組合關係和聚合關係的考察，展現了這一組詞的受事賓語的分離情況以及它們之間組成複音詞的發展演變。

　　現代語言研究學者肖珊從自然語言處理的角度，對基於概念語義的言說類動詞加以系統的研究。她以「詞群、詞位變體」的理論爲背景，結合「語義基元結構」的理念，建立了較爲完整的現代漢語言說動詞語義概念系統，並對言說系統內部的語義結構進行了全面的考察和分析〔註 35〕。

　　詞義系統理論的探討雖然熱烈，但是我們看到，它們都是比較宏觀的漢語詞義系統理論的建構，而對比較微觀的詞義系統，如對以概念義爲基礎形成的詞義類聚的系統研究則很少，這不能不說是很大的缺憾。我們認爲共性存在於個性之中，應該花大力氣去探尋那些具體的微觀詞義系統，在此基礎上建立古漢語自己的宏觀詞義理論。

〔註 32〕蔣紹愚《古漢語詞彙綱要》，第 281 頁。

〔註 33〕河南大學，碩士論文，2003 年。

〔註 34〕湖北大學，碩士論文，2003 年。

〔註 35〕肖珊，博士論文，2011 年。

　　而現代語義學目前最大的不足，就是具體的語言材料分析比較少。這個問題雖然已經引起一些學者的注意，也開始某些方面具體材料的分析。但是描寫的範圍和分析的詞量很有限，只限於親屬詞、顏色詞、視覺詞等領域。長期限於這幾個領域必然不利於詞彙系統和詞義系統的深入研究，所以有必要拓展我們的研究空間、開闊我們的研究領域。

　　詞義、語義系統的研究存在著這樣或那樣的不足，正是我們的研究應該努力的方向。所以我們確定了本書要達到的目標。正如王寧先生所言「詞彙意義系統永遠是一個開放的不平衡系統，但是歷史詞彙系統卻已經定量。古代漢語單音詞的意義元素是可以定量測查的。在窮盡分類歸納出相應類別的語義場之後，計算機所需要的義元測查可以有系統的進行，這對整理漢語詞彙總體系統，是一條必經之路」〔註 36〕。

　　對說話類動詞的關注和探究，主要集中在二十世紀的九十年代，而且基本上是對個別問題的研究。就我們搜集的資料來看，主要有以下兩個方面：按義類編排的古漢語辭書中所包含的說話類動詞的研究和相關的數量很少的論文。

　　按義類編排的辭書涉及到說話類詞語的研究：

　　《辭類》〔註 37〕總共分四大部份，每類下收若干類目，其中人物部，包括語言類目。《簡明類語詞典》〔註 38〕是按義類原則將習語分類，每一類用一個具有代表性詞語作類目，涉及到說話類的類目有 20 多個。每個類目下彙集該類範疇所有單音詞和雙音詞，如「說」類目下僅單音詞就有「扯、稱、道、說、話、講、嘮、聊、言、語、曰、云」。《英漢意念分類詞典》〔註 39〕中「交際活動類」下分 73 項，其中包括說話類動詞類目。《當代英漢分類詳解詞典》〔註 40〕「通過講話與談話為主的交流」範疇下分很多類目。但是古漢語的義類辭書不多見，成就最高的是王鳳陽的《古辭辨》〔註 41〕，「言動」類下分 41 組。此外還有，

〔註 36〕王寧《談〈歷代刑法考〉的訓詁成就》選自《訓詁學原理》。

〔註 37〕黃庫主編，中國友誼出版公司，1983 年。

〔註 38〕王安節等編，黑龍江人民出版社，1984 年。

〔註 39〕王逢鑫，北京：北大出版社，1991 年。

〔註 40〕胡作群主編，北京：中國展望出版社，1987 年。

〔註 41〕吉林文史出版社，1993 年。

林杏光、菲白編的《簡明漢語義類詞典》〔註42〕分有語言類。薛儒章主編的《簡明古漢語類詞詞典》〔註43〕「人事活動條目下」分若干語言類。沈錫榮的《古漢語常用詞類釋》〔註44〕上編動態類涉及到說話類詞語多組。黃金貴的《古代文化詞義集類辨考》〔註45〕「人體類」涉及說話類動詞的僅三組。汪維輝的《東漢──隋常用詞演變研究》（2000 年）從中古漢語入手，探討常用詞的演變，他研究了 41 組常用詞的新舊遞嬗關係和演變更替過程，其中跟「說話類」有關的詞語有兩組，一組是言云曰／說道；另一組是呼／喚叫。既有事實又有描寫，而且還採用統計頻率、考察詞的組合關係等方法說明詞語的替換，提供了進行這一難度很大的研究工作的範例，對中古漢語詞彙研究乃至整個漢語詞彙史研究產生巨大的推動作用。

　　跟說話類動詞研究相關的論文不是很多，主要有：

《「言說」類動詞語義場的歷史演變》，王楓，北京大學碩士論文，
　　2004.5。

《語告類動詞語義場的歷史演變》，王楓，內蒙古大學學報，2008.9。

《問答類動詞語義場的歷史演變》，王楓，內蒙古大學學報，2007.1。

《先秦「敘說」類動詞語義場基本特徵》，王楓，內蒙古大學學報，
　　2009.2。

《漢語「說類詞」的歷時演變與共時分佈》，汪維輝，中國語文，
　　2003.4。

《告訴類動詞研究》，張明輝，廣播電視大學學報，2013.3。

《關於漢語詞彙史研究的一點思考》，張永言、汪維輝，中國語文，
　　1995.6。

《談談〈說文〉言部幾個字的義訓》，董蓮池，古籍整理研究學刊，
　　1994.2。

《〈左傳〉謂語「請」字句的結構轉換》，李運富，語言文字學，
　　1994.10。

〔註42〕 商務出版社，1987 年。

〔註43〕 外貿教育出版社，1989 年。

〔註44〕 上海：學林出版社，1992 年。

〔註45〕 上海：上海教育出版社，1995 年。

《白居易詩中與「口」有關的動詞》，蔣紹愚，蔣紹愚自選集，1994。

《關於漢語詞彙系統及其發展演變的幾點想法》，同上。

《從〈史記〉〈金瓶梅〉等看漢語「觀看」語義場的歷史演變》，呂東蘭，《語言學論叢》第 21 輯。

《漢語面部語義場歷史研究——兼論漢語詞彙史研究方法論的轉折》，解海江、張志毅，古漢語研究，1993.4。

《〈左傳〉的「語」「言」和「謂」「曰」「云」》，李佐豐，語言學論叢，1991.16 輯。

《釋「教」、「誨」》，晁廣斌，人大複印資料，語言文字學，1991.1。

《圖、詢、諏、咨、訪辨析》，秦淑華，人大複印資料，語言文字學，1991.2。

《古漢語中的「說」》，郭飛，語文教學之友（廊坊），1991.12。

《謂、語、言、曰辨》，宋玉珂，人大複印資料，語言文字學，1985.12。

《「謁」、「刺」考述》，劉洪石，文物，1996.8。

《「諷」、「誦」、「讀」辨釋》，李憲國，浙江省政法幹部學院學報，1998.1。

《試談言說動詞向認知動詞的引申》李明，語法化與語法研究（一），2003。

《從言語到言語行為——試談一類詞義演變》李明，中國語文，2004.5。

《言說類動詞詞義演變規律探析》楊鳳仙，勵耘語言學刊，2006。

《菩提留支譯經中的說話類詞語》徐正考，李美妍，求是學刊，2009.5。

《古漢語「言說類」動詞的演變規律之探析》，楊鳳仙，中國政法大學學報，2011.6。

《古漢語「問」之演變》，楊鳳仙，古漢語研究，2009.4。

《漢語「說類詞」的歷時演變與共時分佈》，汪維輝，中國語文，2003.4。

現代漢語言說類動詞的研究，著眼於語法的角度研究偏多，如：

《現代漢語言說類動詞考察》，蔡俊傑，上海師範大學碩士論文，
2008。

《言說類話語標記的語篇功能研究》，孫利萍，上海師範大學學報，
2015.9。

《對象類介詞「跟、向、對」與言說類動詞搭配使用的分析》，易丹，
語文學刊，2009.15。

《從身體行爲到言說行爲》，馬雲霞，當代修辭學，2010.5。

《基於概念語義的言說動詞系統研究》，肖珊，武漢大學博士論文，
2011。

另外，《漢語大詞典》和《辭源》等大型辭書以及《王力古漢語詞典》等各種古代漢語詞典都凝聚著前賢們的學術精華、代表著學者們對古漢語詞義的準確理解，上古典籍的專書詞典以及大量的專書同義詞研究著作當然也涉及到部份說話類動詞詞義的研究。遺憾的是，專書詞典和專書同義詞關注的只是某一本書的詞語狀況，一般主要是共時的、局部的研究。

近幾十年來國內外不少專家學者在關注言語行爲理論的討論和研究。80 年代，對言語行爲類型中的施爲動詞作調查分析並取得重大進展的是澳大利亞的語言學家 Wierzbicka（1987），她調查了約 250 個英語言語行爲動詞並加以分類，進而從語義場結構方面進行分析，試圖找到這些言語行爲動詞語義特徵模式。

還有從說話類動詞的語法修辭角度加以研究的，谷峰的《從言說義動詞到語氣詞》（《中國語文》2007 年 3 月）和徐默凡的《言說動詞的隱現規律》（《修辭學習》2008 年 1 月）等就是如此。

目前的古漢語常用詞歷史演變研究中還存在著一些不足之處，常用詞演變研究中常見問題正如汪維輝所言「語料選擇不當；統計數據一鍋煮，不做具體分析；例句有問題；描寫粗略；語言事實認定失當」等（《南開語言學刊》2007年第 1 期）。

總的來說，對說話類動詞的關注還僅限於個別詞語，全面的系統研究不多見，更是缺乏對上古說話類這個語義場的全面共時的描寫和歷時的研究梳理。

　　我們將普通語言學理論、現代語義學的理論和傳統訓詁學的實踐加以結合，探討說話類語義場的共時情況和歷時演變問題。

　　普通語言學理論是我們研究的重要理論基礎，因為進行義位的歸納和整理是必須要考慮到詞義的概括性和模糊性的，進行義位的演變研究必須要考慮到詞義的系統性，而且我們是在詞義的聚合和組合關係中研究詞義的發展和變化的。語義、詞義系統性的理論是我們研究工作的總的指導性理論。系統觀念要求研究不同事物之間的內在關聯，要求研究這種內在關聯的層次性。如果我們的研究成果能夠揭示這種內在的關聯性，反過來也就證明了詞義系統的理論。語義學理論和訓詁學研究的優秀成果，將對我們的研究以巨大的指導作用。我們根據語義場的理論，採用語義特徵分析法，開展我們的研究工作。另外，我們還運用配價理論和方法研究詞義問題，分析動詞與其對象的關係，探求詞義引申的規律。

　　本課題採用定性分析和定量結合的方法，是對某些具有時代特徵的典型作品作窮盡性調查，並對定量的材料進行分析歸納。採取典型例句和統計數據相結合的方法來研究，考察變化的情況，探討詞義演變的規律。尊重語言事實，在對事實的充分描寫基礎上，力求對某些語言現象加以解釋。

　　我們在語義場的框架下確定研究範圍，具體研究中我們運用到語義特徵分析法。不論是對上古說話類動詞的各個成員進行歸類得到不同的子義場，還是對各個子義場的義位及其變化以至於義場演變的研究，還是對說話類動詞的常見詞語的演變軌跡的追尋以及詞義引申規律的探求，我們都會用到語義特徵分析法。根據語義特徵的有無和組合來進行義場歸納以及研究義場之間的聯繫，也根據語義特徵的差別來進行義場內部的比較，從而描寫出整個說話類動詞範疇的意義系統，同時進行縱向的演變規律的探討。當然，對上古詞語的語義特徵分析，我們要借助於訓詁學的優秀成果，「詞以類分，同類而聚集，這就是一種聚合，因而，在早期訓詁材料的纂集裏，就已經存在著西方語義學所說的『語義場』觀念」〔註46〕，傳統訓詁學中，有對材料纂集的傳統，即通過語義關係把一批詞語類聚起來，這些成果對於我們今天的研究來說有非常重要的作用，所以我們作語義特徵分析也要從訓詁材料的聚合中挖掘線索，尋找共同語

〔註46〕王寧《訓詁學原理》，第 212 頁。

義特徵。

另外，還要與剖析詞的語法特點相結合來考察語義的變化過程以及和方言結合起來的研究都是我們會用到的方法。

我們選取上古這一時期的古漢語文獻，包括傳世書面文獻和出土材料。爲了語料庫檢索的方便，我們使用的材料主要是這一時期的經史子集傳世文獻。上古早期由於沒有文獻材料傳下來，因此以甲骨文、金文爲語料。本書所說的上古指先秦到漢代，其內部大致可以分三個時期〔註47〕：

1、商周時期：這時期的材料有甲骨文、金文，但材料有限。傳世文獻：《周易》《尚書》（即《大誥》等 13 篇西周作品）《詩經》（《周頌》和《大雅》的一部份）。

2、春秋戰國時期：《左傳》《周禮》《論語》《孟子》《國語》《莊子》《荀子》《戰國策》《晏子春秋》《韓非子》《呂氏春秋》以及部份出土材料（如睡虎地秦簡）。

3、漢代：《史記》《論衡》以及漢簡（如張家山漢簡）。

由於戰國晚期是語言劇烈變化時期，所以我們把上古漢語分爲前後兩期，即上古前期和上古後期（上古後期包括戰國晚期）。

關於語料的整理工作和分析工作。盡可能選用經過整理的語料，也就是關於文字的訛誤以及時代眞僞等問題基本解決的本子。

我們選取上古言說範疇的動詞進行研究。首先從《說文》入手集錄說話類動詞，編成說話類動詞一覽表（下文簡稱「一覽表」）。這樣基本上可以得到上古的說話類動詞的絕大部份，因爲《說文》成書在漢代，而且收字是盡可能窮盡的，「萬物咸睹，靡不兼載」《說文敘》。同時參考《爾雅》、《方言》以及一些大型工具書如《辭源》、《漢語大詞典》等所收的口部字和言部字，重要的是回到文本文獻考察哪些是上古時期使用的說話類動詞；把那些不見於《說文》而見於上古典籍的說話類動詞，就補進「一覽表」。如「諑」，《說文》無此字，但是見於《方言・卷一〇》「諑，愬也。楚以南謂之諑。」例如，「眾女嫉余之娥眉兮，謠諑謂余以善淫。」（《楚辭・離騷》）。這樣得到的結果基本可以包括上古說話類動詞的主要成員，形成了說話類動詞的總表。

〔註47〕 參考趙振鐸《論上古兩漢漢語》，載《古漢語研究》1994 年第 3 期。

　　歸納並表述言說動詞的義位（義項）是本課題研究中的一項基礎工作，考察語料庫中所有成員在上古文獻中的使用情況，逐個做義位的歸納和整理。

　　其一　窮盡性的用例調查是歸納義項的前提條件。

　　正如王寧先生所言「詞彙意義系統永遠是一個開放的不平衡系統，但是歷史詞彙系統卻已經定量。古代漢語單音詞的意義元素是可以定量測查的。在窮盡分類歸納出相應類別的語義場之後，計算機所需的義元測查可以有系統的進行，這對整理漢語詞彙總體系統，是一條必經之路」〔註48〕。首先要測查所有文獻（一個階段一個階段地進行），考察每一個詞語所出現的語言環境，理出一個個具體詞的詞義演變脈絡，同時關注每一義項的產生時間，為義項的劃分和始見書證提供可靠的依據。對詞在不同時代的不同文獻中的用例應廣泛搜求，搜求越全面得出的結論越可靠。當然，對所有語料進行窮盡調查，是不容易的，但是先秦主要典籍都有索引或引得，更重要的是計算機技術的應用對我們的語料測查提供了巨大的幫助。同時對每一具體用例中所使用的意義都要謹慎探求，這是整理義項的最基礎的工作。《古漢語常用字字典》「講」下：「〔注意〕古代『講』字不當『講話』。」經過大量測查語料，我們發現「講」在戰國已經產生了「講話」義。「孔子曰：『丘則陋矣。子胡不入乎，請講以所聞！』」（《莊子·德充符》）中的「講」是「說話」義，高守綱先生認為此處的「請講以所聞」就是「請把你聽到的說給我聽聽。」他認為此句中的「講」是當說話講的最早用例〔註49〕。任學良先生在《〈古代漢語·常用詞〉訂正》中也認為該句的「講」是「講話」之義。《漢語大詞典》也收了此義項，並引了此例句。我們也認為，此處的「講」是「講話、說話」義，這個意義可能是口語用法，因此一般不在書面語中使用，由於《莊子》中的這句話是直接引語，應該是口語的記錄。但是「夫仁者講功，而智者處物。」（《國語·魯語上》）中的「講」任學良先生也認為是「講話」之義，其根據是韋昭注：「講，論也。仁者心平，故可論功。」我們認為此「講」不是「講話」之義，不僅是因為此處是純書面語，更重要的是不符合文意。此句意為，仁德的人論功行事，聰明的人考察事理。「論」是「衡量、評定」之義。所以歸納詞的義項不僅必須注意詞在詞彙系

〔註48〕王寧《訓詁學原理》，中國國際廣播出版社，1996年，第214頁。

〔註49〕高守綱《古漢語詞義通論》，語文出版社，1994年，第159頁。

統中的地位及其變化而且對每一用例都應慎之又慎，對任何一個傳統看法的疑義都要拿出充分的證據。

其二　歸納整理義項的關鍵在於對詞義進行科學的概括。

概括性是整理義項的重要原則。義項的概括性主要是排除個別的（偶然的、臨時的）因素，抽取理性（一般）的意義。

義項是對理性意義的概括，理性意義是詞義的基本組成部份，概括了詞的理性意義，就揭示了詞所反映的客觀對象的本質特徵。所以，義項是符合語言實際的概括。只有排除詞的臨時意義，才能保證義項概括的準確性。但是詞義的臨時義是個極其複雜的問題，有些臨時義反覆使用之後得到了社會的承認，也會成為具有理性意義的新詞，成為多義詞義項系統中的一名新成員。一般地來說，確定新成員的關鍵在於掌握詞義約定俗成的原則，經過長時間的反覆應用，使用範圍廣，頻率高，得到社會的認可。〔註50〕

如「說」，我們對「說」的上古文獻用例逐個加以分析，並進行歸納整理，得出上古時期「說」表言說的動詞義項主要有兩個：「解說」和「勸說」，這種義項的歸納較為容易。我們沒有確立「告訴」這一義項，《漢語大詞典》、新版《辭源》分別設義項為「告知、告訴」、「告訴、講」，舉例均為《國語・吳語》「夫差將死，使人說於子胥曰：『使死者無知，則已矣；若其有知，吾何面目以見員也？』遂自殺」。我們認為此義項設立失當，是受到古注的影響，韋昭注：「說，告也。」實際上，這裡的「說」應該是「解釋、說明」之義，因為是夫差使子胥致死，而且應驗了子胥臨死說的話，現在夫差明白了，但為時已晚。所以派人向死去的子胥解釋說明現在的心情，而不是一般意義上的告訴之義。此句「說」的「告訴」義的訓釋是用上位義解釋下位義。

又「罵」，「冉豎射陳武子，中手，失弓而罵。」（《左傳・昭公二十六年》）「罵曰：『生子不生男，緩急無可使者！』」（《史記・卷一百五》）兩句中「罵」的意義分別為「用粗野的惡意的話大聲地譴責人」「用嚴厲的話大聲地譴責人」，後者是語用義，是具體語言環境中體現出來的臨時義，而「罵」的真正意義應該是前者。經過大量的語料測查，我們發現善意的「罵」是很少的，都是具體文意的體現，是不能脫離語境而存在的。

〔註50〕郮酆《辭書學叢稿》，崇文書局，2004 年，第 198 頁。

其三　劃分義項要注意其區別性語義特徵，注意其形態標記（音或形），關注其組合特徵。

義項的區別性語義特徵是指這個義項區別於其他義項的語義特徵；義項的形態標記是指爲了區別意義而發生的音變和形變；組合特徵是從詞語搭配的角度而言的。我們以《論語》、《孟子》、《戰國策》中的「說」爲例進行簡單的說明（表言說的動作）：

（1）成事不說，遂事不諫，既往不咎。（《論語‧八佾》）

（2）惜乎，夫子之說君子也，駟不及舌。（《論語‧顏淵》）

（3）博學而詳說之，將以反說約也。（《孟子‧離婁下》）

（4）故說詩者不以文害辭，不以辭害志。（《孟子‧萬章上》）

（5）苟善其禮際矣，斯君子受之，敢問何說也？（《孟子‧萬章下》）

（6）說大人則藐之，勿視其巍巍然。（《孟子‧盡心下》）

（7）其自任以天下之重如此，故就湯而說之以伐夏救民。（《孟子‧萬章上》）

（8）「我將見楚王說而罷之。楚王不悅，我將見秦王說而罷之。二王我將有所遇焉。」曰：「軻也請無問其詳，願聞其指。說之將何如？」曰：「我將言其不利也。」曰：「先生之志則大矣，先生之號則不可。先生以利說秦、楚之王⋯⋯先生以仁義說秦、楚之王⋯⋯」（《孟子‧告子下》）

《論語》中「說」沒出現「勸說」用法，例1是「解說」之義，例2是「談說」之義。《孟子》中出現了「勸說」義，例4和例5爲「解說」義，例7和例8爲「勸說」義，例6被新版《辭源》和《漢語大詞典》當成「勸說」義的始見書證，我們認爲失當，應該與例2相同，是「談說」義，理由如下：

《戰國策》中「說」的「勸說」義很常見。如：

（9）鄒忌以爲然，乃說王而使田忌伐魏。（《戰國策‧齊一》）

（10）說秦王書十上而說不行⋯⋯曰：「安有說人主不能出其金玉錦繡、取卿相之尊者乎？」⋯⋯曰：「此眞可以說當世之君矣。」（《戰國策‧秦一》）

（11）或為中期說秦王曰：「悍人也中期，適遇明君故也，向者遇
　　桀、紂，必殺之矣。」（《戰國策·秦五》）

（12）江乙說於安陵君曰：「君無咫尺之地，骨肉之親，處尊位，
　　受厚祿……」（《戰國策·楚一》）

（13）說楚王伐中山，中山君亡。（《戰國策·中山》）

上述例子，從組合特徵上看，例 7 至例 13「說」後面都帶有表人的名詞賓
語（關係對象），指勸說的對象。而且句中還出現勸說別人要進行的動作，因為
這是意義表達的需要，如例 13「說楚王伐中山」。當然有時關係對象可省，如
前面例 8「見楚王說而罷之」中「說」的關係對象「楚王」就是承前省略。但
是《戰國策》中有不出現關係對象進行動作的，如例 10，因為其義在全文這個
大語境中已經體現出來了，不言自明，當然該例中「說」不是用口語說，而是
用文字「說」。從注音上看，《四書章句集注·孟子集注》中例 6、例 7、例 8
均注為「說，音稅」，說明「勸說」義已經產生了形態標記——音變（破讀）。
由於義變而導致的音、形的這種變化反過來也使義項的劃分有所憑依。（我們認
為例 6 朱熹注為「音稅」不切，但是為後代的辭書編纂者所繼承。）所以，我
們參考訓詁的提示，將「說」作言說動詞的詞項分為兩個：

　　說 1（解說）　　帶內容賓語（由物或人充當）

　　說 2（勸說）　　帶關係賓語（人充當，勸的對象）

具體來說，例 2 和例 6「談說」義，是文中意，是一種解說，闡述一種對
「君子」或「大人」看法，而例 1、例 3 和例 4 的「解說」義較常見，所以我
們把「說 1」義項表述為「用言語說明某事的含義、原因、道理或對某類人的
看法等」。「說 2」之所以成為獨立的義項，是因為它具有不同於「說 1」的區別
性語義特徵「使人聽從自己意見去做某事」，意義的特徵決定語法功能的差
異，所以「說 2」出現的句子一般都是有前後兩個動作。但是例 6「說大人則藐
之」不符合「說 2」的意義和語法特徵，如果當「說 2」講，文意不足，勸說
「大人」幹什麼，不清楚，因為只出現一個動詞。我們認為例 6 是當「說 1」
講的，其大意是，要是談論對大人的看法，一定要藐視他們。《漢語大詞典》和
新版《辭源》是受到朱熹的影響，把例 6 當成「勸說」義的始見書證，是欠妥
當的。

義項釋義不同於隨文釋義，既要重視一個義項普遍意義的提煉歸納，又要注意多義詞的各個義項之間的歷史縱向推衍以及義項之間的共時橫向聯繫，即展示多義詞義項與義項之間的內在聯繫與引申脈絡，因為「詞義運動是一種有規律的運動」。〔註51〕

「詞義單位劃分的差異在表動作行為的詞中比較普遍」，〔註52〕所以對於說話類動詞義項的劃分還有一些應當注意的地方。對某方面的意義，是概括為一義，還是概括為多個意義單位，要視具體情況而定。例如「告」在甲骨文中常常出現幾種不同的意義，表「稟告、告訴」義，如「……有來艱自西長友角告曰……」（《殷墟書契菁華二》）；表「告祭」義，如「乙酉卜，召方來告於父丁。」（《小屯·殷墟文字甲編》）告訴先人某事，並希望得到先人的幫助（因為古人相信神靈）。我們認為，不管是「告祭」義，還是下告上的「報告」，還是上告下的「告命」都是「告訴」義（傳遞信息）的義位變體〔註53〕。本書都歸之於「告訴」義場。有的辭書把這些義位變體獨立為義項，是由於不同的編寫目的的需要。如《漢語大詞典》和新版《辭源》就分立二義項「稟告、上報」和「告訴」。

其四　對古漢語詞義義位的歸納，既要注意詞義的時代特徵，又要對上下位的訓釋關係予以充分地瞭解，尤其對詞義的特指和泛指問題更應格外注意。

關於詞義的特指和泛指問題：

「『泛指』是一個詞在某種語言環境中可以用來表示原來由它的上位義表示的意思……特指和泛指相反，是一個詞在某種語言環境中可以用來表示原來由它的下位義表示的意義。」〔註54〕人們熟知的泛指的例子：「禾」指穀子，泛指農作物；「幣」，指用於饋贈的帛，泛指禮物。特指的例子：「金」古代指金屬，特指黃金。一般的詞都是一種概括義，進入到具體的語言環境中總有具體的所指，這種具體所指就可以看作一種特指，所以說特指義更容易理解一些，也更

〔註51〕陸宗達、王寧《訓詁與訓詁學》，山西教育出版社，1994年，第113頁。

〔註52〕符淮青《詞典學詞彙學語義學文集》，商務印書館，2004年，第365頁。

〔註53〕「義位變體」參見蔣紹愚《古漢語詞彙綱要》，第40～42頁，指的是「由上下文而顯示的不同意義」。

〔註54〕蔣紹愚《古漢語詞彙綱要》，第110頁。

常發生一些。而泛指發生的頻率相對來說少一些。從邏輯學上講，以「屬」爲「種」容易理解，但是以「種」爲「屬」卻很少見，因爲整體可以代表個體，但個體要代表整體卻要受到很多限制，這種個體要有代表性，必須是一類事物中的典型才能代表這一類。所以在詞義上，泛指（即個體代表整體）發生的頻率要遠遠低於特指。

一個詞和它的泛指或特指出現在一個時代平面上，即是一種共時的語言現象，這時的泛指或特指往往是一種臨時意義，依賴於特殊語境而存在的。但是由於語言的歷時變化，某一具體的泛指義或特指義隨著使用頻率的增大可能會導致一個新義位的產生。所以在某個時代的特指或泛指，到另一個時代可能就變成了一個獨立的義位。我們以「說」爲例加以簡單地說明：

《漢語大詞典》〔註55〕第一個義項「敘說、講述」的始見書證是《周易·下經》：「《象》曰：『咸其輔頰舌』，滕口說也。」我們認爲此義項是「說1」（解說、說明）義位的泛指。本句中的「說」是「敘說、講述」的意義（文中意），但是在春秋戰國時期，「說」還沒有獨立出這個義位，我們不能僅僅根據《易經》中的這個孤例就認爲此義位已經產生。

戰國晚期漢代「說1」（解說義）的泛指用法有所增多，這個時期是「敘說、講述」義位產生的過渡期。如：

（14）支期說於長信侯曰：「王命召相國。」（《戰國策·魏策》）

（15）適晉，說趙文子、韓宣子、魏獻子曰：「晉國其萃於三家乎！」
　　　將去，謂叔向曰：「吾子勉之！……」（《史記·卷三十一》）

前例意思是，對長信侯說「大王命令我來詔請您」，此「說」不是闡述道理也不是陳述己見，只是傳遞一個信息；後例意思是，到晉國，對這三個人說：「晉的政權要集中到你們三家了。」這個「說」的意義和用法完全與本句後面的「謂」用法相同，可能是爲了避免重複。

東漢以後，「說」的「敘說、說話」義位的用例大增，如：

a、無道人之短，無說人之長。（《文選·崔瑗〈座右銘〉》）

b、王子猷說：「世目士少爲朗，我家亦以爲朗徹。」（《世說新語·賞譽》）

〔註55〕2002 年版，縮印本，第 6607 頁。

「a 類『敘説；説話』義，後帶賓語，是所敘説的內容；也可單用，不帶賓語。b 類為『説道』義，後面通常是所説的原話……在東漢魏晉南北朝，a 類『説』的使用相當普遍，在口語中顯然已經取代了文言裏最常用的『言』；b 類也有了不少的用例。」〔註56〕

義位的歸納必須考察時代的特點，《周易》中此「説」的「敘説」義是一種泛用，是不可以脱離語言環境而存在的。後來隨著使用範圍的擴大，才獨立為「敘説」義位。所以説，《漢語大詞典》把此例作為「敘説」義位的始見書證，是欠妥當的。

蔣紹愚先生認為「泛指是一個詞用於上位義，特指是一個詞用於下位義。」〔註57〕即泛指和特指都是文中意。用於泛指的詞從它的理性意義看，是 A<B（B 是泛指；A 是理性意義），如上文所舉《周易》中的「説」，即「解説」〈「敘説」。特指就是一個詞用於下位義，從它的理性意義看，是 A>B（B 是特指）。不管是特指還是泛指，隨著出現頻率增高，就有可能獨立為一個新的義位。我們以「謂」和「謁」為例加以説明：

「謂」的基本意義是「對某某説」，但是在具體的語言環境中用於下位義「問」，即「謂」文中意有時是「詢問」，如「知我者，謂我心憂；不知我者，謂我何求……」（《詩經·王風·黍離》）此句前面的「謂」是「陳述」，後面的「謂」是「詢問」。

「謂」（「對……説」）的語義特徵「動作的方向性不很明確；它既可以表示內向、也可以表示外向。」〔註58〕在具體上下文中有時表「（詢）問」，有時表「告（訴）」（問是內向動詞、告是外向動詞〔註59〕）。經過我們的統計分析，先秦時期「謂」表「問」的使用頻率低，是一種臨時的語用意。

「謁」的「告訴」義是向尊者傳遞消息或陳述事情，始見於「使豎牛請日。入，弗謁。」（《左傳·昭公四年》）

〔註56〕 汪維輝《東漢——隋常用詞研究》，第 158 頁。

〔註57〕 《古漢語詞彙綱要》，第 112 頁。

〔註58〕 參看袁毓林《漢語動詞的配價研究》，江西出版社，1998 年，第 327 頁。

〔註59〕 同上。

　　「謁」的「告訴」義基本是下對上，有著對客體的尊敬之情。一般地，動作的關係對象不會和主體是同一人。經過我們對上古二十多部典籍測查發現，只有一例「謁」的關係對象是主體自己，其餘「謁」的關係對象都是他人，或是上位者或是自己尊重的人。此特例即是「衛武侯謂其臣曰：『小子無謂我老而羸我，有過必謁之。』」（《淮南子・繆稱訓》）這句話意思是「你們不要以為我年老就衰弱不堪了，我有錯一定告訴我」。其中「謁」的關係對象是說話的主體（衛武侯），這是唯一的特例。如何解釋這種現象？即使句中的「之」代表「過錯」，「謁」的關係對象仍是主體，只是省略而已。我們覺得，這可能是一種修辭的手法，比如，某人跟一個熟識的久未見面的好友電話中說「你什麼時候來拜訪我啊？」，「拜訪」一詞在這種特殊的環境下有一種調侃的味道，就是「見」的意思，而沒有尊敬的含義，是一種泛用，《淮南子》中的「謁」亦同此。

　　關於上下位的訓釋關係的問題：

　　我們既要重視故訓，又要不抱殘守缺，墨守故訓。這個問題理解起來很容易，但是具體操作起來，就會產生這樣或那樣的分歧。目前辭書的編纂因受古注的影響而誤設義項的情況不少。要正確利用故訓材料，必須對古代的詞義訓釋方式予以充分地瞭解。僅僅知道什麼是直訓、什麼是義界是不夠的。我們要結合文本文獻來瞭解訓釋詞和被訓釋詞的關係。具體來說，直訓「A、B 也」是共時共域的同義關係或異時異域的對當關係？還是上下位的訓釋？泛指、特指與上下位訓釋的方式是怎樣的關係？這些問題對於歸納義位尤其重要。

　　從故訓材料看，存在上下位訓釋關係的這類訓釋為數不少。主要有兩類，其一，訓釋詞是上位概念，其外延包含被訓釋詞，即：A＜B，如「刀，兵也。」其二，是被訓釋詞是上位概念，即：A＞B，如「羊，羔也」、「木，梅也。」王寧先生認為「前者是『對文則異，散文則通』的規律在起作用；後者則是為了把類名具體化而出現的文意訓釋，不在詞義訓釋之列。」〔註60〕

　　第一種訓釋方式在故訓材料中很常見，由於古代訓詁的目的是為了解經，這種釋義方式是行得通的，因為讀者很容易用自己已有的生活經驗和知識積累

〔註60〕　見《訓詁學原理》，第 96 頁。

對釋義不足的部份加以補足，但是從嚴格的邏輯意義的角度，這種定義是有缺陷的，是不科學的。

「睠，顧也」（《說文》），「睠」是「顧」的下位義，「顧之深」爲睠，而一般的「顧」還是「顧」。這是「用類名（上位義）解釋別名（下位義），這種訓詁方法在古代是很常見的，只不過說得比較精確的話，應當在類名後面加上一個『屬』字。」〔註61〕如果要準確描寫詞義，這種釋義方法是有局限性的，只能適合部份詞語（主要是名詞）。除了名詞外的其他詞，尤其是動詞的訓釋更不宜於這種方式。當然如果隨著時間的推移，某個詞的義域擴大，就另當別論了。

第二種是以下位概念訓釋上位概念。如「木，梅也」，正如王寧先生所言，這是文意訓釋，要與詞義訓釋區分開來。從另一個角度看就是特指的問題，跟泛指一樣是不能脫離語言環境的。但是這個問題也一定要注意詞義的歷史性問題。這種特指文中意一般來說比較容易判斷，然而是否已經成爲一個獨立義位就要考察這個詞的義位系統了。「木，梅也」是一種特指，但是假如隨著語言的變化，在未來的某個時段，隨著這種語境意的大量增加，「木」真的產生了「梅」義位，二者就變成了對當關係，那時就不再是上下位的訓釋了。我們以上古「告訴」義場中的幾個詞爲例進行說明。如：

（16）學也，以爲不知學之無益也，故告之也是。使智學之無益也，
　　　是教也，以學爲無益也教，誖。（《墨子・經說》下）孫詒讓
　　　《墨子閒詁》引張云：「告，教也。」

（17）夫上不及堯、舜，下不及商均，美不及西施，惡不若嫫母，
　　　此教訓之所諭也，而芳澤之所施。（《淮南子・脩務訓》）高
　　　誘注：「諭，教也」

上述用例的注釋「告，教也」「諭，教也」從詞義訓釋方式來看都是屬於以下位概念訓釋上位概念，訓釋的是文中意，辭書編纂者們處理得都很恰當，沒有確立爲一個獨立的義位。但是下面的例句就出現了分歧：

（18）先生言爲人父者必能詔其子，爲人兄者必能教其弟，若子不

〔註61〕此處請參考蔣紹愚《古漢語詞彙綱要》，第 122 頁，「顧」與「睠」的分析同出於
　　　此書。

聽父之詔，弟不受兄之教，雖今先生之辯，將奈之何哉！

（《莊子・盜跖》）

此例與前二者情況不同，「詔」當時由於使用頻率的增多已經產生了一個新的意義。又如：

（19）師氏掌以媺詔王。（《周禮・地官司徒》）

（20）大學之禮，雖詔於天子，無北面，所以尊師也。（《禮記・學記》）

（21）使愚詔知。（《荀子・王霸》）

（22）春誦夏弦，大師詔之；瞽宗秋學禮，執禮者詔之；冬讀書，典書者詔之。（《禮記・文王世子》）

（23）凡祭與養老，乞言合語之禮，皆小樂正詔之於東序。（《禮記・文王世子》）

此義萌芽於春秋晚期戰國初期，行於戰國中晚期，亡於漢。戰國中晚期「教詔」連用 5 次〔註62〕，說明二者同義。早期《周禮》中的「詔」正是萌芽期。這些例句中的「詔」已經不是特指，在這個特定歷史時期內此義已經固化，確立為一個獨立的義位是有事實依據的。所以我們說，《漢語大詞典》關於「詔」的這個義項的處理是對的（獨立為一個義項），但是有些工具書的處理就不是很恰當。那些認為「詔」是非獨立義位的人，顯然是受到後世詞義的影響，因為此義位後來沒有延續下來，人們不願意承認它在歷史上曾經獨立存在的事實。鑒於這個義位在歷史上大量存在的事實，所以有些字典、詞典採取折中的辦法。《王力古漢語字典》〔註63〕義項一「告訴、命令……引申為告誡、教導」《古代漢語詞典》〔註64〕義項一「告、告誡……又教誨」。雖然不同的辭書有不同的編纂體例，但是要想全面揭示不同時代的詞義特點，這類詞是應當分立義項的，這樣才能顯示出詞義的時代特點。

特指和泛指是在共時平面上的現象，但是隨著語言的發展變化，從歷時的角度看，某一特指義或泛指義可能出現了很高的頻率，如果這樣就可以歸納出

〔註62〕《戰國策》3 次；呂氏春秋》2 次。

〔註63〕《王力古漢語字典》，北京：中華書局，2000 年，第 1270 頁。

〔註64〕《古代漢語詞典》，北京：商務印書館，1998 年，第 2003 頁。

一個新義位。

　　關於特指和泛指問題導致義位歸納分歧，是辭書編撰過程中普遍存在的問題。張聯榮先生對「金」和「禾」在《古漢語常用字字典》和《簡明古漢語字典》中的義位歸納比較，得出結論說「就一部中型古漢語字典來說，我們認爲《簡明古漢語字典》對『金、禾』的處理基本上是合理的」〔註 65〕我們認爲張先生的看法是正確的，一部古漢語字典是應該對詞義的歷時變化有所反映，即特指義和泛指義隨時代發展而獨立後，就必須歸納爲一個義位。科學的做法是標明時代，什麼時代是特指義或泛指義，什麼時候開始獨立爲一個新義位。但是漢語詞彙史研究的薄弱使這方面的工作履步維艱，所以我們應該花大力氣加強漢語詞彙史的研究。

　　言說動詞義位的義素構成以及根據義素的聯場分類；

　　從《說文》等書入手，更主要從文本文獻中集錄說話類動詞，然後對每一表言說的義位進行義位表述並添加義素標記。

　　根據語法配價功能和語義邏輯關係，說話類動詞的總體義素構成大致可以分爲：說話（用言語）、爲什麼說（原因或目的）、誰說（主體）、跟誰說（關係對象）、怎麼說（方式或狀態）、說什麼（內容）等六個項。我們用符號分別標記上面不同的項：「說話」SH、「原因或目的」Y、「主體（由人充當）」R、「怎麼說」Z、「關係對象」G、「內容」N。我們把根據文獻用例和訓詁解釋歸納出來的說話類動詞的義位及義素值彙成語料庫。比如「問」類動詞屬於三目謂詞，它在句中可以帶有三個基本項：施事（問者）；受事（問的內容）；關係對象（問的對象，即需要回答的人），本書分別就用 R、N、G 來代表。

說話類動詞的義位分析語料庫樣板（按音序排列）

詞項	義位表述及義素標記	最早用例
訪	用言語 SH 向德高望重者 G 徵求對某大事的意見 Y。	王訪於箕子。（《尚書・周書・洪範》）
告	用言語 SH 向人 G 傳遞信息、解說事情，讓人知道 Y。	𢆶其來告。（《甲骨文詁林》0720）
誥	用言語 SH 向人 G 傳遞信息、解說事	後以施命誥四方。（《周易・下經》）

〔註 65〕《古漢語詞義論》，第 27 頁。

	情，讓人知道 Y。	
詬	用侮辱性 N 的言語 SH 惡意地 Z 侮辱斥責天神 Y 等。	詬天而呼曰。（《左傳·昭公十三年》）
詰	用言語 SH 向別人 G 詢問問題、追究別人的錯誤，並責備對方 Y。	士莊伯不能詰，復於趙文子。（《左傳·襄公二十五年》）
罵	用粗野或惡意的 N 言語 SH 大聲地 Z 侮辱或譴責人 Y。	冉豎射陳武子，中手，失弓而罵。（《左傳·昭公二十六年》）
謀	用言語 SH 向人 G 徵求或互相商量解決疑難的意見或辦法 Y；自求解決問題的辦法 Y。	《象》曰：天與水違行，訟。君子以作事謀始。（《周易·上經》）
詈	用粗野或惡意的 N 言語 SH 大聲地 Z 侮辱或譴責人 Y。	涼曰不可，覆背善詈。（《詩經·大雅·桑柔》）
問	用言語 SH 向人 G 詢問問題或徵求意見、辦法等 Y。	君子學以聚之，問以辯之，寬以居之，仁以行之。（《周易·上經》）
詢	用言語 SH 向人 G 詢問問題或徵求意見 Y。	舜格於文祖，詢於四嶽。（《尚書·虞書·舜典》）
訊[1]	用言語 SH 向位低者 G 詢問問題或徵求意見 Y。	召彼故老，訊之占夢。（《詩經·小雅·正月》）
訊[2]	用言語 SH 向俘虜、罪犯等 G 詢問有關問題，確定某人的罪行 Y。	丙午卜夬貞長其訊羌。（《甲骨續存》）一·六〇（胡厚宣）
曰	用言語 SH 表達意思。	王若曰：盂，丕顯文王，受天有大命。（《盂鼎》）
言	用言語 SH 表達意思。	多君弗言余。（《殷墟拾掇》）一·三三一五（郭若愚）
咨	用言語 SH 向尊貴者 G 詢問問題或徵求解決疑難的意見 Y。	載馳載驅，周爰咨諏。（《詩經·小雅·皇皇者華》）
詛	用言語 SH 求神 G 加禍於人 Y。	……以詛爾斯。（《詩經·小雅·何人斯》）

利用說話類動詞的義位表述和義素分析語料庫，根據相同的義素標記對說話類動詞進行初步的歸納。然後對初步歸納而得到的大類進行再次歸納，根據主要類義素（表示相同或相近的意義元素）可以歸爲相同的類；根據主要差義素（顯示區別的意義元素），可以歸爲不同的類。以上面的語料庫爲例進行簡單的說明：

　　首先，從上表可以看出，這些動詞都具有「使用言語」這個基本義素，所以屬於同一類，即「言說」類。其次，這些說話類動詞除了共同具有的「使用言語」（SH）這個基本義素外，有的還具有其他區別性義素（N、Z、Y、R、G），而有的沒有。例如「言、曰」只有基本義素「用言語」說話，沒有顯示明確的目的，而其他動詞都有一定的目的，那麼我們可以根據有無特定目的這個區別性義素把這些動詞分為「無 Y 類（言曰）」和「有 Y 類（其他）」。在「有 Y 類」中，「Y」的義值是不同的。所以我們根據「Y」的不同又可以把「有 Y 類」分成不同的類：告、誥（目的是傳遞信息）；詬、詈、罵（目的是侮辱或斥責對方）；訪、問、詢、訊 [1]、訊 [2]、咨、謀（目的是詢問問題或徵求意見、商量辦法）等等。次類之中也還可以再分次類，著眼於不同的區別性義素就可以分出不同的類。

　　我們運用上述義素分析法來系聯說話類動詞並區別不同義類，從而確定「說話類、告訴類、詢問類、詈罵類、責讓類、教導類、詆毀類、爭辯類、稱譽類、議論類」等不同語義場語義場，其中有的語義場成員多，有的成員少；各個語義場及其成員處於不同層次，形成一個網絡系統，我們主要考察這個網絡系統的語意詞義特徵；同時，我們選擇其中的常用詞進行了歷時演變的考察，進而探析詞義演變的規律。

試論「說」語義場的歷時演變

　　摘要：本文以上古時期漢語「說」語義場爲研究對象，觀察「說」類動詞在上古文獻的使用情況，對上古漢語「說」類動詞詞義進行共時詞義系統的描述和歷時詞義演變、詞彙興替的考察，進而揭示詞義演變的規律。本文是在聚合關係和組合關係中研究詞義特徵及其演變，我們以共有的詞義特徵爲依據確定了該類義場的主要詞項：「曰」、「云」、「言」、「道」。本文對上古文獻中「說」類語義場各詞項進行全方位的測查、歸納和整理，考察分析該義場各詞項的異同及其歷時演變並探討變化的原因。研究發現，上古「曰」一直是該義場的主導詞項。跟「曰」意義用法最近的是「云」，是爲了分化「曰」而出現的。「云」既可以引出直接引語，又可以引出間接引語。「言」、「道」一直存在於該義場，是因爲二者不同於「曰」、「云」的用法和語義特徵。「言」不僅可以帶關係對象，也可以帶內容賓語，但是「言」在上古前期一般不能直接帶關係對象，如果需要出現關係對象，往往要介詞引導；但是上古後期出現了不需要介引用例。

關鍵詞：「說」類詞；語義場；詞項；組合關係；聚合關係

一、義場各詞項的共同語義特徵

上古漢語中表示一般意義「說」的主要詞項有「曰」、「云」、「言」、「道」等。它們具有的共同的語義特徵是「用言語表達意思」。

「曰」、「云」語義特徵和用法最為接近，主要用於引出直接引語。如：

（1）白公問於孔子曰：「人可與微言乎？」孔子不應。（《呂氏春秋・審應覽》）

（2）諸府掾功曹白云：「王先生嗜酒，多言少實，恐不可與俱。」太守曰：「先生意欲行，不可逆。」遂與俱。（《史記・卷一百二十六》）

（3）齊桓公云：「寡人未得仲父極難，既得仲父甚易。」（《論衡・語增》）

（4）今不曰所言非，而云泰多，不曰世不好善，而云不能領，斯蓋吾書所以不得省也。（《論衡・自紀》）按：「曰」、「云」同義避免重複。

「言」上古後期也產生了引出直接引語的用法，但是上古前期以至於整個上古時期「言」主要不是帶直接引語作賓語，而是名詞、名詞性詞組、句子（間接引語）作「言」的賓語。如：

（5）高辛生而神靈，自言其名。（《史記・卷一》）

（6）夫天下稱誦周公，言其能論歌文武之德，宣周邵之風，達太王王季之思慮，爰及公劉，以尊后稷也。（《史記・卷一百三十》）

（7）丞相綰等言：「諸侯初破，燕、齊、荊地遠，不爲置王，毋以填之。請立諸子，唯上幸許。」（《史記・卷六》）

（8）丞相臣斯、臣去疾、御史大夫臣德昧死言：「臣請具刻詔書刻石，因明白矣。臣昧死請。」制曰：「可。」遂至遼東而還。（《史記・卷六》）

例（7）和例（8）是歷時演變的結果，上古前期「言」後出現直接引語必用「曰」，如「曩者臣言曰：『意民之情，其所欲者田宅也……』」（《商君書・徠民》）；「麑退，歎而言曰：『不忘恭敬，民之主也……』」（《左傳・宣公二年》）；

「聞其歎而言曰：『烏乎！必有此夫！』」（《左傳‧襄公三十年》）。

「道」引出直接引語在上古後期也出現於書面語中，但是極少見，上古時期「道」主要是用於「講明（情況或道理）」、「記載」等義。如：

（9）太子曰：「願因太傅而得交於田先生，可乎？」鞠武曰：「敬諾。」出見田先生，道：「太子願圖國事於先生也」。（《史記‧卷八十六》）

（10）道可道，非常道。（《老子》）

（11）《詩》道周宣王遭大旱矣。（《論衡‧治期》）

（12）故夫王陽之言「適」，光武之曰「偶」，可謂合於自然也。（《論衡‧初稟》）

例（11）這種「記載」義也常用「言」。如「《高祖本紀》言：劉媼嘗息大澤之陂，夢與神遇。」（《論衡‧奇怪》）

表 1　義位表述及最早用例

詞項	義位表述	最早用例
曰	用言語表達意思。	王若曰：盂，丕顯文王，受天有大命。（《盂鼎》）
云	用言語表達意思。	云不可使，得罪於天子；亦云可使，怨及朋友。（《詩經‧小雅‧雨無正》）
言	用言語表達意思。	多君弗言余。（《殷墟拾掇》一‧三三一五）（郭若愚）
道	指講明某一情況或某一道理等，後泛化爲用言語表達意思。	中冓之言，不可道也。所可道也，言之醜也。（《詩經‧鄘風‧牆有茨》）

表 1 說明（以後義場同）：義位主要表示各詞項的常態或演變前的狀態。

二、義場各詞項的差異

該義場的前三個詞項語義特徵比較相近，但是用法有差異。上古「曰」一直是這個義場的主導詞項，「云」的語義特徵和用法與之最近，但是使用頻率卻遠遠低於「曰」；「言」不但有動詞用法，更常見的是名詞用法，意義、用法上與「語」有些接近。「道」，是一個語義特徵比較豐富的詞項，上古後期也用爲一般意義的說，跟「曰」同。

　　「曰」大約相當於現代漢語的「說、說道」，常見用法是引出直接引語。「云」從意義特徵上與「曰」相近，但是用法有同有異。表示「說」的「云」和「曰」是一種同源分化現象。「hiuat 曰：hiuen 云（月文旁對轉）」〔註1〕「云」，本是「雲」的古字，二者分化後，「云」表示說之義，「雲」表示一種自然現象。「云」表示「說」義轉引直接引語，大致有兩種情況，一種是引語中的引語；另一種是引自書面語，當然也屬於轉引；另外，「云」還可以引出間接引語。總之，「云」表示「說」義大致相當於「曰」的過去進行時。如：

（13）牢曰：「子云：『吾不試，故藝。』」（《論語・子罕》）

（14）魏王曰：「鄉也，子云『天下無敵』；今也，子云『乃且攻燕』者，何也？」（《戰國策・楚四》）

（15）《詩》云：「有覺德行，四國順之。」（《左傳・昭公五年》）

（16）子云：「父子不同位，以厚敬也。《書》云：『厥辟不辟，忝厥祖。』」（《禮記・坊記》）

（17）孔子閒居，子夏侍。子夏曰：「敢問《詩》云：『凱弟君子，民之父母』，何如斯可謂民之父母矣？」孔子曰：「夫民之父母乎……」（《禮記・孔子閒居》）

（18）卜之，云趙王如意爲祟。（《史記・卷九》）

（19）去病時方貴幸，上諱云鹿觸殺之。（《史記・卷一百九》）

（20）使騏驥可得繫羈兮，豈云異夫犬羊！（《史記・卷八十四》）

　　例（13）和例（14）是引語中的引語，「云」相當於英語的過去進行時，有「曾說過」的意義，所以經常出現於直接引語中，即一個人說話時引述別人曾說過的話。例（13）意思是，「牢說，孔子曾經說過這樣一句話……」。例（14）明顯是過去時，出現了表示過去的時間狀語「鄉也」。例（15）引述書面語，是別人說過的話記載在書面語中。例（16）出現的「子云」仍然是過去時，孤立地看好像跟《論語》中的「子曰」同，實則不然。這種「子云」用例僅見於《禮記》中，其他典籍中基本未見，應該是《禮記》作者的一種寫作手法，作者引述孔子曾說過的話，所以「子云」從未出現在孔子與他人的對話中；而該書「孔子曰」都用於對話中，引出直接引語，如例（17）。例（18）、（19）、（20）都是

――――――――――

〔註1〕 王力《同源字典》，第456頁。

引出間接引語，例（19）意思是「皇上隱瞞了事實眞相，說是鹿撞死了他」。例（20）意爲「如果千里馬可以隨便繫住，怎麼說它不同於犬羊？」

「曰」的使用範圍很寬，「云」表示「說」的情況都可以出現「曰」。如：

（21）子游對曰：「昔者偃也聞諸夫子曰：『君子學道則愛人，小人學道則易使也。』」（《論語・陽貨》）

（22）《詩》曰：「鵲之姜姜，鶉之賁賁；人之無良，我以爲君。」（《禮記・表記》）

（23）子謂衛公子荊：「善居室。始有，曰：『苟合矣。』少有，曰：『苟完矣。』富有，曰：『苟美矣。』」（《論語・子路》）

（24）孔子對曰：「言不可以若是其幾也。人之言曰：『爲君難，爲臣不易。』如知爲君之難也，不幾乎一言而興邦乎？」（《論語・子路》）

（25）他日，弟子進問曰：「昔夫子當行，使弟子持雨具，已而果雨。弟子問曰：『夫子何以知之？』夫子曰：『詩不云乎？……』」（《史記・卷六十七》）

（26）張唐謂文信侯曰：「臣嘗爲秦昭王伐趙，趙怨臣，曰：『得唐者與百里之地。』今之燕必經趙，臣不可以行。」（《史記・卷七十一》）

（27）《書》曰：「知人則哲，惟帝難之。」（《論衡・定賢》）

以上引出直接引語中的引語以及引自《詩經》等都用「曰」，而且這種用法用「曰」大約是用「云」的兩倍。

「言」「道」與「曰」「云」組合關係之異：

「言」是個三價動詞，不僅可以帶關係對象 G，也可以帶內容賓語 N（名詞和名詞詞組）；而「曰」「云」一般只能帶小句賓語。「言」在上古前期一般不能直接帶 G，如果語義需要出現 G，往往需借助其他的手段，如「韓之美人因言於秦曰：「韓甚疏秦。」（《戰國策・韓三》）；而「云」介引 G 的用例漢代也出現了，如「對景公云『夫子聖，豈徒賢哉』，則其對子禽，亦當云『神而自知之，不聞人言。』」（《論衡・知實》）

「言」在上古期間動詞語義特徵沒有太大的變化，但是其組合關係發生了

很大變化。跟「問」等言說動詞類似，即上古前期到後期，從介詞引出關係對象到無需介引。

上古「言」的關係對象一般以兩種方式出現，常見的是用介詞「於」引出；另一種方式是用介詞「與」引出關係對象並置放於動詞「言」之前。如：

（28）管敬仲言於齊侯曰：「戎狄豺狼……」（《左傳・閔公元年》）

（29）叔向言陳無宇於晉侯曰：「彼何罪？……」（《左傳・昭公二年》）

（30）干犫請一矢，城曰：「余言汝於君。」（《左傳・昭公二十一年》）

（31）楚子使與師言曰：「君處北海……」（《左傳・僖公四年》）

（32）強言霸說於曹伯，曹伯從之，乃背晉而好宋。（《左傳・哀公七年》）

「言」後面直接出現的人物或人稱代詞都是指「言」的內容，「言汝於君」意思是「向國君替你求情」。上述各例或關係對象在動詞後，或關係對象在動詞前，例（28）這種結構方式到上古後期有的變成了「言＋G」，即由介引關係對象變成無需介引。如：

（33）丘人言之周孝王……申侯乃言孝王曰：「昔我……」（《史記・卷五》）

（34）鄭使人言繆公曰：「亡鄭厚晉，於晉而得矣……」（《史記・卷五》）

（35）將軍壯義之，恐亡夫，乃言太尉，太尉乃固止之。（《史記・卷一百七》）

有時只出現 N，不出現 G，如「晉侯賞從亡者，介之推不言祿，祿亦弗及。」（《左傳・僖公二十四年》）；有時只出現 G，不出現 N，如上例（35），這種情況可以譯為「告訴」，但是並非強調關係對象而存在，所以「告訴」義不應該確立為「言」的一個獨立義項〔註2〕。當然漢代「言＋G」這種類型沒有得

〔註 2〕《漢語大詞典》第 6506 頁，「言」義項九「告知、告訴」，引例之一為「酈生瞋目案劍叱使者曰：『走！復入言沛公，吾高陽酒徒也，非儒人也。』」（《史記・卷九十七》）；《古代漢語詞典》第 1806 頁，「言」義項二是「告訴」。

到發展（不多見），而用介詞把「G」提前的方式漸漸成爲其主要的類型，以避免與「言＋N」相混。如「吾與先君言矣，不可以貳。」（《左傳・僖公九年》）因爲有時「N」是由人充當的。漢代有很多用例介詞仍保留著，就是爲了避免混淆。如「眾皆言於堯曰：『有矜在民間，曰虞舜。』」（《史記・卷一》）

「道」是個二價動詞，上古一般情況下只帶內容賓語，不帶直接引語；而且從不引出關係對象。如「臣斯願得一見，前進道愚計，退就葅戮，願陛下有意焉！」（《韓非子・存韓》）。但是，我們推測，「道」引出直接引語的用法在口語中早已產生，上古後期書面語中也出現了這種用法，例見後文。

「言」、「曰」、「云」三者的其他用法的異同：

前二者可以用於詞語的解釋。「曰」這種用法早在甲骨文、金文中就出現了，如「月一正曰食麥」（正月叫食麥），意義是「叫做」。又如「東方曰析。」（《殷契拾綴》二・一五八）。「言」和「曰」雖都可表詞語解釋，但是二者有別，「曰」的前後兩部份是互相解釋的關係，即 A 曰 B，B 是被釋詞，如「凡自稱於君，士大夫則曰下臣。宅者在邦，則曰市井之臣；在野，則曰草茅之臣，庶人則曰刺草之臣。他國之人則曰外臣。」（《儀禮・士相見禮》）而用於解釋更常見的是「言」，主要是解釋句子和解釋詞語，或用於推論。如「夫著之爲言者也，龜之爲言舊也，明狐疑之事，當問者舊也。」（《論衡・卜筮》）又如「周書曰『惟命不於常』，此言幸之不可數也。」（《史記・卷七十二》）

「云」代動詞的用法是它所獨有的，即所說的內容在前文已經出現，一般譯成「這樣說」和「說這樣的話」。如「宋有富人，天雨牆壞，其子曰：『不築，必將有盜。』其鄰人之父亦云。」（《韓非子・說難》）「云」這種用法是「曰」和「言」所不具備的。另外「曰」「云」語氣助詞的用法以及「曰」用於列舉的用法已經超出了本義場討論的範圍。

「道」是引申爲言說義的動詞，上古使用面不是很寬。

「道」與「言」在泛指「談話、說話」時，「渾言不別」。如「然此可爲智者道，難爲俗人言也。」（司馬遷《報任少卿書》）但「析言」還是有區別的：「言」詞義比較寬泛；而「道」是「講明（某一情況或某一道理）」、「記載」等。如：

（36）仲尼之徒無道桓文之事者，是以後世無傳焉，臣未之聞也。

（《孟子・梁惠王上》）

（37）孟子道性善，言必稱堯舜。（《孟子・滕文公上》）

（38）相人，古之人無有也，學者不道也。（《荀子・非相》）

（39）凡理者，方圓、短長、粗靡、堅脆之分也，故理定而後物可得道也。（《韓非子・解老》）

（40）今世之談也，皆道辯説文辭之言，人主覽其文而忘有用。（《韓非子・外儲説左上》）按：前「談」後「道」。

（41）宗正者，主宗室諸劉屬籍，先見王，爲列陳道昭帝實武帝子狀。（《史記・卷六十》）按：列、陳、道同義連用。

（42）韓非者，韓之諸公子……非爲人口吃，不能道説，而善著書。《史記・卷六十三》按：道、説同義連用，均指説明某情況或道理，非泛指義。

（43）賈生因具道所以然之狀。（《史記・卷八十四》）按：具道是詳細説明之義，「具道」三見，均出《史記》。

（44）陰姬公稽首曰：「誠如君言，事何可豫道者。」……曰：「臣願之趙，觀其地形險阻，人民貧富，君臣賢不肖，商敵爲資，未可豫陳也。」（《戰國策・中山》）按：同樣的意思「預先説」前文作「豫道」後面作「豫陳」，同義避免重複。

「道」還常常用於引述，有時是口頭傳述，更常見的是用書面語表述，即「記載」。如：

（45）金石以動之，絲竹以行之，詩以道之，歌以詠之。（《國語・周語下》）

（46）帥其子姓，從其時享，虔其宗祝，道其順辭，以昭祀其先祖，肅肅濟濟，如或臨之。（《國語・楚語下》）

（47）又有左史倚相，能道訓典，以敍百物，以朝夕獻善敗於寡君，使寡君無忘先王之業。（《國語・楚語下》）

（48）曰遂古之初，誰傳道之？（《楚辭・天問》）

（49）子員道二國之言無私，子常易之。（《左傳・襄公二十六年》）

（50）宋之丁氏，家無井而出溉汲，常一人居外。及其家穿井，告

人曰：「吾穿井得一人。」而傳之者曰：「丁氏穿井得一人。」
國人道之，聞之於宋君。宋君令人問之於丁氏，丁氏對曰：
「得一人之使，非得一人於井中也。」（《呂氏春秋・慎行論》）

按：正是由於口頭傳述信息，所以才會導致誤傳。

「道」表「記載」義古籍中較為常見，如《墨子》「道」與「言說」義相關義項12見，都作「記載、講述」之用，《穀梁傳》此義16見均此用，即相當於「轉述」之義。如：

（51）且《禽艾》之道之曰：「得璣無小，滅宗無大。」則此言鬼
　　　神之所賞，無小必賞之；鬼神之所罰，無大必罰之。（《墨子・
　　　卷八》）

（52）《地形》之篇，道異類之物，外國之怪，列三十五國之異，
　　　不言更有九州。（《論衡・談天》）

這種用法，也可以用「言」，如「……其《政務》言治民之道。」（《論衡・
對作》）

口語中「道」泛指為一般意義的「說」的用法早已出現。如：

（53）公孫丑問曰：「高子曰：《小弁》，小人之詩也。」孟子曰：「何
　　　以言之？」曰：「怨。」曰：「固哉，高叟之為詩也！有人於
　　　此，越人關弓而射之，則己談笑而道之，無他，疏之也。其
　　　兄關弓而射之，則己垂涕泣而道之，無他，戚之也。」（《孟
　　　子・告子下》）

例（53）「道」疑為避免與前面「何以言之」之「言」重複。出現在對話中，
而對話是口語的記錄，說明當時口語中「道」泛指的用法已經產生。

在戰國晚期、漢代「道」一般意義的「說」義逐漸走進書面語中，用法與
「言」類似。我們推測這時口語中已經產生了「道」引出直接引語的用法。但
是可能還局限於口語中，書面語中少見。如：

（54）太子曰：「願因太傅交於田先生，可乎？」鞠武曰：「敬諾。」
　　　出見田光，道：「太子曰願圖國事於先生。」田光曰：「敬奉
　　　教。」乃造焉。（《戰國策・燕三》）

此句產生不同的句讀方式，有人覺得戰國末期「道」沒有引出直接引語的用法，就句讀爲：「道太子，曰：『願圖國事於先生。』」意義是「陳說太子，說：『（他）希望跟先生商談國事』」。我們認爲例（54）句讀方式合理些，因爲《史記》陳述此事如下：

（55）太子曰：「願因太傅而得交於田先生，可乎？」鞠武曰：「敬諾。」出見田先生，道：「太子願圖國事於先生也」。（《史記‧卷八十六》）

我們注意到司馬遷省略了直接引語中的「曰」，再也不可能有第二種句讀方式，因此我們判斷此「道」是引出直接引語。而且認爲這是口語用法滲透到書面語中。

「言」或「道」有時也帶句子賓語，但是屬於間接引語。如：

（56）太史公曰：世言荊軻，其稱太子丹之命，「天雨粟，馬生角」也，太過。又言荊軻傷秦王，皆非也……具知其事，爲余道之如是。（《史記‧卷八十六》）

總之，「曰」、「云」一般帶直接引語；而「言」、「道」一般帶名詞、名詞性詞組（或代詞）賓語。「言」上古前期需用「曰」引出直接引語；上古後期演變爲不用「曰」引出。

表2　語義特徵分析

詞項	用言語	表達意思	講明情況或道理	跟人說（是否帶關係對象）	一般時或將來時	一般過去時	正在進行	過去進行
曰	＋	＋	－	－	－	－	＋	±
云	＋	＋	－	－	－	－	－	＋
言	＋	＋	±	±	±	±	±	±
道	＋	＋	＋	±	±	±	±	－

表2說明：

1、＋表示有某義素特徵；－表示不具有某義素特徵；±表示不一定，有時具有、有時不具有某義素特徵。

2、義素特徵分析主要是針對上古時期各詞項的常態。演變後的義素特徵根據是否常見來標示。比如，「云」到漢代也出現了關係對象，只不過需要介引並提前，如「對景公云：『夫子聖，豈徒賢哉』，則其對子禽，亦當云：『神

而自知之，不聞人言』」（《論衡·知實》）。由於此用法少見，所以「云」的義素特徵「跟人說」我們標了「－」號。如果演變後的意義較常見，就標出，如「言」的「正在進行時」的特徵（即引出直接引語），上古前期沒有但是後期出現了，所以我們標示了「＋」。

三、義場各詞項的變化

「曰」上古期間使用頻率一直最高，是此義場的主導詞。「云」上古前期到後期使用範圍有所擴大，尤其到漢代，表示一般意義的說也可以用「云」。如：

（57）見其家織布好，而疾出其家婦，燔其機，云：「欲令農士工女安所讎其貨乎」？（《史記·卷一百一十九》）

（58）諸府掾功曹白云：「王先生嗜酒，多言少實，恐不可與俱。」（《史記·卷一百二十六》）

（59）齊桓公云：「寡人未得仲父極難，既得仲父甚易。」（《論衡·語增》）

（60）醫無方術，云：「吾能治病。」問之曰：「何用治病？」曰：「用心意。」（《論衡·量知》）

（61）齊田單保即墨之城，欲詐燕軍，云：「天神下助我。」有一人前曰：「我可以為神乎？」（《論衡·言毒》）

雖然如此，「曰」的主導詞地位不可動搖，上古後期「曰」依然頻出。

動詞「言」或「道」一直存在於該義場是表義的需要，與「曰」或「云」出現在不同的場合，在義場中處於各自不同的位置。「言」或「道」的用法是「曰」或「云」所不能代替的，而且「言」一直保持著較高的頻率。但是有時它們也有相同的用法，因為渾言不別，如「故夫王陽之言『適』，光武之曰『偶』，可謂合於自然也。」（《論衡·初稟》）

「道」在這個義場中出場的次數並非罕見。首先，上古前期（戰國晚期以前）「道」在義場出現主要是因為它所獨具的語義特徵，即講明某一情況或某一道理之義，使之在義場中佔有一個特有位置，實際上這種意義應該是「說」類詞的下位義，但是由於戰國晚期「道」出現了泛指用法，泛指為用言語表達意思，並漸漸固化為一個獨立的義位。所以我們姑且把上古前期的表言說的「道」強歸之於「說」類。戰國中晚期尤其是漢代「道」泛指義逐漸從口語進入到書面語中來。如：

（62）趙王意移，大悅曰：「吾願請之，何如？」司馬憙曰：「臣竊見其佳麗，口不能無道爾。即欲請之，是非臣所敢議，願王無泄也。」（《戰國策・中山》）

（63）願見於前，口道天下之事。（《戰國策・趙一》）

（64）文公之所以先雍季者，以其功耶？則所以勝楚破軍者，舅犯之謀也；以其善言耶？則雍季乃道其「後之無復」也，此未有善言也。（《韓非子・難一》）

（65）簡子曰：「此其母賤，翟婢也，奚道貴哉？」子卿曰：「天所授，雖賤必貴。」（《史記・卷四十三》）

（66）先生所以教臣者，非臣之意也，願勿複道。（《史記・卷九十七》）

（67）天子果以湯懷詐面欺，使使八輩簿責湯。湯具自道無此，不服。（《史記・卷一百二十二》）

（68）便遣使詣祇桓，道其消息。（《雜譬喻經》）卷上〔註3〕

但是「道＋直接引語」的例子除了在前文提到的過的一個例子（兩見，分別見於《戰國策》和《史記》），我們還在漢簡中發現了一例：

（69）毛不能支治（答）疾痛，即誣指講。講道：「咸陽來」。史銚謂毛：毛盜牛時，講在咸陽，安道與毛盜牛？治（答）毛北（背），不審伐數。（《張家山漢簡》）

張家山漢簡是漢代口語的真實記錄，此段審案記錄中兩個「道」都是跟現漢的「說」用法相同，所以我們推斷漢代口語中「道」已經成熟地使用「道」表示一般意義的「說」。

表3　各詞項頻率統計

詞項	易經	今文尚書	詩經	論語	左傳	儀禮	周禮	國語	楚辭	老子
曰	587/587	329/332	64/90	756/759	1000/3732	236/236	474/474	1000/1327	49/49	23/23
云	1/1	1/3	4/44	7/15	38/51	0	0	13/15	2/9	2/2

〔註3〕例引汪維輝《東漢——隋常用詞演變研究》，第166頁。

言	26/69	10/59	15/181	68/129	265/429	20/23	2/11	82/185	14/33	8/20
道	0/106	0/8	2/32	2/89	2/175	0/14	1/70	3/101	1/42	1/75

表3 各詞項頻率統計（續1）

詞項	禮記	墨子	商君書	孟子	莊子	荀子	韓非子	戰國策	晏子春秋	呂氏春秋
曰	1000/1308	727/738	106/106	958/958	1000/1004	527/527	1000/1566	2000/2451	998/998	1000/1431
云	110/110	0/5	0	31/37	2/5	21/27	5/6	5/16	9/9	5/7
言	160/275	200/349	11/66	60/117	144/266	108/214	191/457	195/327	49/106	150/301
道	1/312	12/154	0/64	5/150	8/359	5/385	15/374	5/180	1/107	1/316

表3 各詞項頻率統計（續2）

詞項	公羊傳	穀梁傳	睡虎地秦簡	山海經	管子	史記	論衡	張家山漢簡
曰	336/336	419/419	134/134	865/865	1000/1650	6000/6047	1000多/1440	339/339
云	4/8	12/14	6/8	2/2	3/7	62/134	102/105	0
言	419/447	291/311	30/61	3/5	156/311	1092/1591	964/1546	40/58
道	0/35	16/90	0/30	0/5	0/505	42/850	3/568	2/121

表3說明（以後義場同）：

1、凡是篇名、地名、人名都不計算在內。如「訾」，《左傳》15見，都是地名。《國語》「訾」用作人名3次，未計在內。

2、動詞自指為名詞的，仍算作動詞。

3、同義連用結構或作為語素使用單獨列出（有的是同義詞連用、有的已經是合成詞）。如「謂者」之「謂」作為「告訴」義是語素義，我們在「告訴」義場「謂」詞項頻率測查時單獨列出。詳見「告訴」義場或「責讓」義場。

4、1000/1308，說明「曰」在《禮記》出現1308次；數字過大導致有的版式原因變成兩行；1000或者2000均指1000餘或2000餘。

小 結

上古「曰」一直是該義場的主導詞項。跟「曰」意義用法最近的是「云」，是為了分化「曰」而出現的。「云」既可以引出直接引語，又可以引出間接引語。一般來說引導直接引語中的引語以及引自書面語，但是這種用法還大量用

「曰」。儘管漢代「云」使用範圍有所擴大，但使用頻率不及「曰」的 1%，絲毫不能動搖「曰」主導詞之位。

「言」、「道」一直存在於該義場，是因爲二者不同於「曰」、「云」的用法和語義特徵。「言」不僅可以帶關係對象，也可以帶內容賓語，但是「言」在上古前期一般不能直接帶關係對象，如果需要出現關係對象，往往要介詞引導；但是上古後期出現了不需要介引用例。另外「言」上古前期引出直接引語必須用「曰」，但是上古後期就可以不用「曰」了。而「曰」和「云」只能帶賓語句，尤其是「曰」從未出現過關係對象，但是「云」介引關係對象的用例在漢代也出現了。

「道」很早就出現於該義場，是因爲它所具有的獨特語義特徵。戰國中晚期尤其是漢代「道」泛指義「用言語表達意思」逐漸從口語進入到書面語中來，甚至「道」引出直接引語的用法也出現了。

中古，「道」成爲這個義場的常見詞項。根據汪維輝先生的研究，這個義場「在東漢魏晉南北朝發生了重大變化，總的演變趨勢是：『言、云、曰』漸趨淘汰，在口語中主要用『說』和『道』……『說』的用法則大爲擴展，基本上覆蓋了文言辭『言、云、曰』原有的使用範圍，取代了它們的地位。」〔註4〕

參考文獻

1. 蔣紹愚，《古漢語詞彙綱要》，北京：北京大學出版社，1989 年。
2. 蔣紹愚，《漢語詞彙語法史論文集》，北京：商務印書館，2000 年。
3. 李宗江，《漢語常用詞演變研究》，上海：漢語大詞典出版社，1999 年。
4. 李佐豐，《《左傳》的「語」「言」和「謂」「曰」「云」》，載《語言學論叢》第 16 輯，北京：商務印書館，1991 年。
5. 陸宗達、王寧，《古漢語詞義研究》，載《辭書研究》，1981 年第 2 期。
6. 汪維輝，《東漢──隋常用詞研究》，南京：南京大學出版社，2000 年。
7. 汪維輝，《漢語「說類詞」的歷時演變與共時分佈》，載《中國語文》，2003 年第 4 期。
8. 王楓，《「言說」類動詞語義場的歷時演變》，北大碩士論文，2004 年。
9. 王鳳陽，《古辭辨》，長春：吉林文史出版社，1993 年。
10. 楊榮祥，《從《世說新語》看同義詞聚合的歷時演變》，載《國學研究》，北京：北大出版社，第九卷，2002 年。
11. 張永言、汪維輝，《關於漢語詞彙史研究的一點思考》，載《中國語文》，1995 年。

〔註 4〕 汪維輝《東漢──隋常用詞演變研究》，第 172 頁。

試論「問」語義場的歷時演變

　　摘要：本文是在聚合關係和組合關係中研究詞義特徵及其演變，我們以共有的詞義特徵爲依據確定了問類義場的主要詞項：問、咨、詢、訊[1]、訊[2]、詰、訪、謀。本文對上古文獻中「問」類語義場各詞項進行全方位的測查、歸納和整理，考察分析該義場各詞項的異同及其歷時演變並探討變化的原因。研究發現，該語義場上古前期詞項豐富而後期詞項減少。義場詞項變化主要是由詞義演變的因素所決定的。詞義的變化不僅僅是其自身發展的結果，還常常是由於處於聚合關係或組合關係中受到其他詞語的變化影響所致。

關鍵詞：「問」類動詞；語義場；詞項；組合關係；聚合關係

一、前 言

1.1 宗旨及意義

　　本課題旨在對上古時期漢語「問類」動詞詞義進行共時的描述和歷時的研究，屬於漢語詞彙史的課題。

　　科學的詞義研究應該是對客觀存在的詞義系統進行全面的、整體的研究，這種研究要求既要看到處於同一系統的不同詞義的區別，又要看到它們的內在聯繫。我國有著悠久的詞義研究的傳統，但是千百年來，由於傳統訓詁學的影響，此研究往往局限於疑難詞語的訓釋和考證，而對於包括大量的非疑難詞語在內的整個詞義體系（這是詞義及詞義演變規律最主要的載體），歷來缺乏全面系統的考察和研究，正如江藍生先生所言：「詞彙史的研究跟語音史和語法史相比最爲薄弱，最近 20 年的詞彙研究側重於對疑難詞語的考釋，而對常用詞、對某一歷史時期詞彙系統的研究則很少著力。」這種缺憾直接導致漢語歷史詞彙學和漢語詞彙發展史至今難以建立。近年來，加強對常用詞以及對某一歷史時期詞彙系統的研究，改變過去詞義研究中倚輕倚重的局面，已成爲學界的共識﹝註1﹞。

　　我們認爲，從語義範疇出發，對反映某一範疇的某一類詞的詞義系統，進行全面系統的研究，是詞義研究的一項基礎性工作。這種研究包括共時詞義系統的描述和歷時詞義演變、詞彙興替的考察兩個方面。我們相信，這樣的研究累積到一定的程度，將爲漢語歷史詞彙學和漢語詞彙發展史的建立，提供一個較爲堅實的基礎。

　　在上述思想的指導下，我們選取上古漢語「問」類動詞作爲研究對象，主要進行詞義的研究，有時也涉及到語法方面的考察和分析。本文試圖全方位考察這個語義場內所有成員從殷墟甲骨文到兩漢這一千多年間各個歷史階段的共時詞義系統和與之相連的歷時詞義演變、詞彙興替的情況，尤其關注多義詞的各個義位之間的引申脈絡和每個成員的詞義變化所引起的語義場內相關成員的變化。這樣的工作目前只是一種嘗試。希望能爲全面研究上古漢語語義系統積累經驗，提供借鑒，爲科學準確地描寫和闡釋上古漢語語義系統起到某種程度的探路作用。

　　在我們還無法描寫一個時期的詞彙系統的時候，只能從局部做起，即除了對單個的詞語進行考釋之外，還要把某一時期的某些相關的詞語（包括不常用的和常用的）放在一起，作綜合的或比較的研究。﹝註2﹞蔣紹愚先生的這種近代

﹝註 1﹞　參考江藍生《東漢——隋常用詞研究·序》，汪維輝《東漢——隋常用詞研究》，南京大學出版社，2000 年版。

﹝註 2﹞　參考蔣紹愚《古漢語詞彙綱要》，北京大學出版社，1989 年版，第 255 頁「近代漢

漢語詞彙的研究方法，同樣也適合於上古漢語詞彙的研究。我們就是從上古詞彙的局部研究入手，描寫上古時期「問」類動詞詞義系統。所以，探討「問」類動詞的變化主要是在語義場中展開的。

我們不僅僅是對「問」類動詞分類的整體研究，對其中的常見詞語的個案考察也是我們的目標，探討「多義化的系統演變」，[註3] 考察義位變化的規律，即通過詞義的引申挖掘詞義變化的動因和演變的機制。具體來說就是從這些詞語所出現的所有語境中考察義位的產生、繼承、發展或消亡的過程，追蹤它們的演變軌跡，探討其詞義引申的規律。

1.2 研究現狀

詞義的研究屬於語義研究的一部份，漢語詞彙的研究大致經歷了訓詁學、傳統語義學、現代語義學三個時期。

訓詁學時期的語義研究，為我們從詞彙史的角度來探討詞義、詞彙的規律提供了寶貴的資料。《爾雅》根據詞義的相同、相近、相關或同類而編纂，是早期粗略的語義系統性觀念的體現。段玉裁《說文解字注》中對同義詞、近義詞的精微辨析，「渾（統）言」則同、「析（別）言」理論的形成、對詞義的概括和分析等，都對後代詞彙學的研究有很大的啓發，為漢語詞彙史的建立積累許多有用的材料。但是我們應該看到這些研究基本上還是屬於訓詁學的範疇，對詞彙系統性的認識還不夠。

傳統語義學時期，研究內容主要是詞義及其演變，特別是詞義的擴大、縮小和轉移，這種以詞義為軸心的單一研究顯然有其缺陷。總的來說，訓詁學和傳統語義學對語義的研究是孤立的、原子主義的，但是在語義研究的原子主義時期，語義的系統性的觀點已經萌芽。

現代語義學是以語義為座標進行靜態和動態的雙軸研究，它既研究語義的共時系統，又研究語義的歷時演變，更講究系統性和科學性。一些學者接受

語詞彙研究的方法」。

〔註3〕 張慶雲、張志毅《義位的系統性》，載《詞彙學新研究》，語文出版社，1995年版，第7頁：「在漢語中多義化的義位只占不足五分之一，它們在語義場總處於中心的基本義位，就是在聚合關係中帶有主宰、規定性的義位，它們的引申表現出一系列的規律。」

了西方詞彙場和語義場理論來進行漢語詞彙詞義系統的研究，並取得了一定的成績。

許多學者致力於詞彙系統的演變和詞義演變規律的研究。蔣紹愚〔註4〕從理論到實踐所作的探索對推動漢語詞彙史的研究產生重要影響。一些學者正是通過一個個義場的變化來觀察漢語詞義系統的歷時演變，比如關於顏色詞、親屬詞以及睡覺類詞語、觀看類詞語、洗澡類、行進類、種植類、烹煮類等領域均有人涉獵。但是跟詞義系統理論所受到的熱烈關注相比，這種微觀的詞義系統的研究顯得比較薄弱。現代語義學目前最大的不足，就是具體的語言材料分析比較少。本文就是選取「問」類動詞，從文獻入手，在語料中觀察詞義的特徵和變化以及該義場的演變。

1.3 研究方法

普通語言學理論是我們研究的重要理論基礎，因為進行義位的歸納和整理是必須要考慮到詞義的概括性和模糊性的，進行義位的演變研究必須要考慮到詞義的系統性，而且我們是在詞義的聚合和組合關係中研究詞義的發展和變化的。

語義、詞義系統性的理論是我們研究工作的總的指導性理論。系統觀念要求研究不同事物之間的內在關聯，要求研究這種內在關聯的層次性。如果我們的研究成果能夠揭示這種內在的關聯性，反過來也就證明了詞義系統的理論。

語義學理論和訓詁學研究的優秀成果，將對我們的研究以巨大的指導作用。我們根據語義場的理論，採用語義特徵分析法，開展我們的研究工作。

另外，我們還運用配價理論和方法研究詞義問題，分析動詞與其對象的關係，探求詞義引申的規律。

定性分析和定量結合的方法：本文是對某些具有時代特徵的典型作品作窮盡性調查，並對定量的材料進行分析歸納。採取典型例句和統計資料相結合的方法來研究，考察變化的情況，探討詞義演變的規律。

語義特徵分析法：不論是對上古「問」類動詞這個語義場的共時研究，還是對義場內各個詞項的義位變化以至於義場演變的研究，尤其對常見詞項演變

〔註4〕 見蔣紹愚《中國語文》1989 年第 1 期，蔣紹愚《古漢語詞彙綱要》，北京大學出版社，1989 年版，第 281 頁。

軌跡的追尋以及詞義引申規律的探求，我們都會用到語義特徵分析法。根據語義特徵的有無和組合來進行義場歸納以及研究義場之間的聯繫，也根據語義特徵的差別來進行義場內部的比較，從而描寫出「問」類動詞範疇的意義系統，同時進行縱向的演變規律的探討。當然，對上古詞語的語義特徵分析，我們要借助於訓詁學的優秀成果，「詞以類分，同類而聚集，這就是一種聚合，因而，在早期訓詁材料的纂集裏，就已經存在著西方語義學所說的『語義場』觀念」〔註5〕，傳統訓詁學中，有對材料纂集的傳統，即通過語義關係把一批詞語類聚起來，這些成果對於我們今天的研究來說有非常重要的作用，所以我們作語義特徵分析也要從訓詁材料的聚合中挖掘線索，尋找共同語義特徵。

比較互證的方法。探求文獻的詞義必須上溯本義，聯繫引申和同源，求得合乎規律的解釋，而且必須以古代漢民族詞義引申的規律作爲依據。

另外，還要與剖析詞的語法特點相結合來考察語義的變化過程以及和方言結合起來的研究都是我們會用到的方法。

1.4 語料範圍

我們選取上古這一時期的古漢語文獻，包括傳世書面文獻和出土材料。選取語料的標準是按照現代漢語規範化的精神，選取正統的文言文，主要是這一時期的經史子集傳世文獻。上古早期由於沒有文獻材料傳下來，因此以甲骨文、金文爲語料，後來傳世文獻與出土材料並存，我們以傳世文獻爲主，出土材料爲輔。本文所說的上古指秦漢以前，分三個時期〔註6〕：

西周時期：這時期的材料有甲骨文、金文，但材料有限。傳世文獻：《周易》《尚書》（即《大誥》等 13 篇西周作品）《詩經》（《周頌》和《大雅》的一部份）；

春秋戰國時期：《左傳》《周禮》《論語》《孟子》《國語》《莊子》《荀子》《戰國策》《韓非子》《呂氏春秋》以及部份出土材料（如睡虎地秦簡）；

漢代：《史記》《論衡》以及漢簡（如張家山漢簡）。

本文又把上古漢語分爲前後兩期，因爲戰國晚期是語言劇烈變化時期，所以此前稱爲上古前期，此後（包括戰國晚期）稱爲上古後期。

〔註 5〕 王寧《訓詁學原理》，中國國際廣播出版社，1996 年版，第 212 頁。

〔註 6〕 參考趙振鐸《論上古兩漢漢語》，載《古漢語研究》1994 年第 3 期。

關於語料的整理工作和分析工作。盡可能選用經過整理的語料，也就是關於文字的訛誤以及時代真偽等問題基本解決的本子。

二、上古「問」類動詞語義場特徵

2.1 義場各詞項

出現在該義場的詞項主要有「問」、「咨」、「詢」、「訊 ^{1}」、「訊 ^{2}」、「詰」、「訪」、「謀」等，這類詞語共同的語義特徵是向人詢問問題或向人徵求意見或辦法。

「問」表示向別人問問題，請人回答自己不知道的事情或不明白的道理；可以就某事向別人請教對策、徵求意見；也可以問一些跟對方有關的問題，目的是關心對方而發問；也可以是爲了審查對方而問等。總之，凡是問別人問題或請教對某事的意見，上古都可用「問」。如「叔向問鄭故焉，且問子晳。對曰：『其與幾何？……』」（《左傳・昭公元年》）「燕王弔死問孤，與百姓同甘苦。」（《史記・卷 34》）「淑問如皋陶，在泮獻囚。」（《詩經・魯頌・泮水》）。該義場中大多數詞項的意義都可以用「問」表示，再如「必問於遺訓而咨於固實；不干所問，不犯所咨。」（《史記・卷 33》），此語亦出自《國語》，「問」「咨」互用，意義相同。

「咨」（諮）表示向尊貴者徵求意見，如「子產咨於大叔。」（《左傳・昭公元年》）。上古早期尤其《尚書》歎詞「咨」使用頻繁，爲避免交際混淆給動詞「諮詢」義造了一個分化字「諮」，但作爲該動詞用法的「咨」還占相當的比例，所以分化並未取得成功，「諮」並沒有完全取代「咨」的諮詢義。

「訊 ^{1}」和「咨」、「詢」主要意義特徵相近，只是「訊 ^{1}」是地位高者向地位低者詢問問題，如「呂甥逆君於秦，穆公訊之曰：『晉國和乎？』」（《國語・晉語三》）但是「訊 ^{2}」則是一種目的性很明確的問（即「審問」），關係對象常常爲俘虜、罪犯等，出現時間很早，甲骨文形體從「口」從反絑雙手跪坐之人，這種形體一般見於早期的賓組卜辭，如「貞：勿訊。」（《合集》〔註 7〕19126），黃組卜辭作「」（《合集》36389），跟金文中的「訊」形體相近。

〔註 7〕 郭沫若主編，胡厚宣總編，《甲骨文合集》，中華書局，1999 年版。

「詰」跟「訊²」類似，也是目的性較強地向別人詢問問題（即「責問」）。如「夏六月，晉頃公卒。秋八月，葬。鄭游吉弔，且送葬，魏獻子使士景伯詰之，曰：『悼公之喪，子西弔……』」（《左傳・昭公 30 年》）

「訪」也是問別人問題，只不過問的對象為非普通人，而是德高望重者。如「訪於申叔豫，叔豫曰：『國多寵而王弱，國不可為也。』」（《左傳・襄公 21 年》）

「謀」不但向人徵求意見而且自己也參與其中。如「如晉，告趙孟。趙孟謀於諸大夫。」（《左傳・襄公 27 年》）「姜與子犯謀，醉而遣之。醒，以戈逐子犯。」（《左傳・僖公 23 年》）。「謀」有時是自己跟自己探討解決問題的意見和辦法，即謀劃，如「裨諶能謀，謀於野則獲，謀於邑則否。」（《左傳・襄公 31 年》）

表 1　義位表述及最早用例 〔註 8〕

詞項	義位表述	最早用例
問	向人詢問問題或徵求意見、辦法。	君子學以聚之，問以辯之，寬以居之，仁以行之。《周易・上經》
咨（諮）	向尊貴者詢問問題或徵求解決疑難的意見。	載馳載驅，周爰諮諏。《詩經・小雅・皇皇者華》
詢	向人詢問問題或徵求意見。	舜格於文祖，詢於四嶽。《尚書・虞書・舜典》
訊¹	向位低者詢問問題或徵求意見。	召彼故老，訊之占夢。《詩經・小雅・正月》
訊²	向俘虜、罪犯等詢問有關問題，目的是確定某人的罪行。	貞：訊州妾，值。《甲骨文合集》659
詰	向別人詢問問題，目的是追究別人的錯誤，並責備對方。	士莊伯不能詰，復於趙文子。《左傳・襄公 25 年》
訪	向德高望重者徵求對某大事的意見。	惟十有三祀，王訪於箕子。《尚書・周書・洪範》
謀	向人徵求或互相商量解決疑難的意見或辦法；自己尋求解決問題的辦法。	《象》曰：天與水違行，訟。君子以作事謀始。《周易・上經》

〔註 8〕　表 1 說明，「問」的義域比較寬，包括對有難之人問候、國與國之間的問候等。

2.2 各詞項的差異

「問」是該義場義域最寬的詞項，使用頻率最高，而且從古至今一直穩居主導詞（語義場內使用頻率最高的詞項）之位。「問」，主要表「詢問」義，如《論語》出現 120 次，其中 117 例爲詢問某事的用法，僅 3 例是特殊語境，是表示「慰問、問候」義，其中 2 例是對「有疾」之人的詢問，即「伯牛有疾，子問之。」（《論語・雍也》）「曾子有疾，孟敬子問之。」（《論語・泰伯》）

有時「問」的動作伴之以禮相送，如送弓、珠等，所以這時可譯成「贈送」，但是這種贈送是有話要說的，所以緊接下文都是「問」的主體要說的話。如：

（1）至三遇楚子之卒，見楚子，必下，免胄而趨風。楚子使工尹襄問之以弓，曰：「方事之殷也，有韋之跗注……」（《左傳・成公 16 年》）

（2）衛出公自城鉏使以弓問子贛，且曰：「吾其入乎？」子贛稽首受弓，對曰：「臣不識也。」（《左傳・哀公 26 年》）

（3）與之一簞珠，使問趙孟，曰：「句踐將生憂寡人，寡人死之不得矣。」（《左傳・哀公 20 年》）

「咨」，也作「諮」。「謀事曰咨」（《說文》）。「咨」是「（向尊貴者）詢問問題或徵求解決疑難的意見」。屬於「次」族。「次」，有「次第」、「次比」之義。「用梳比謂之『髮』，言次第髮以成髻也。績所未輯者謂之『紁』，言次第麻縷以績之也。次第相助謂之『佽』。以茅蓋屋謂之『茨』，言次第茅草苫覆也。以土增大道上謂之『坣』。言以土次於道上也，謀謂之『咨』，言次第詢問也。」[註9] 這些字都屬於精組字，脂韻，爲同一詞族。所以，「咨」表示「詢問」義是按次序一遍又一遍地問，一般不能是問一句就能解決問題，所以現代漢語中「咨詢處」是就某一專門性的問題而設的，常常是按一定順序逐步詢問。而「問訊處」常常是就某一具體事而發問，有時問一句就能解決問題。什麼事要按次序地問？一般來說大事，常常是難事，「謀事曰咨」，「謀，慮難曰謀。」（《說文》）如「夏，會於成，紀來咨謀齊難也。」（《左傳・桓公 6 年》）這是由於齊國要滅紀國，所以紀國國君來魯國商量對付此難的策略。春秋戰國之際，「事」，

〔註 9〕張希峰《漢語詞族叢考》，巴蜀書社，1999 年版，第 55 頁。

一般來說是「大事」。所以「咨」多是商量大事，如「慮難曰謀」中的「難」當然是大事，所以多向自己敬重的人、值得信賴的人請教。如：

> （4） 吾聞國家有大事，必順於典刑，而訪諮於耇老……（《國語·
> 晉語8》）
>
> （5） 子產咨於大叔。（《左傳·昭公元年》）

當然後世「咨」的內容有所擴大，大事小事都可以「咨」，如「愚以爲宮中之事，事無大小，悉以咨之。」（《三國志·諸葛亮傳》）

由於「咨」基本是上古前期出現於該義場的，所以跟大多數「問」類動詞一樣是由介詞引出關係對象。如：

> （6） 《皇皇者華》，君教使臣曰：「必諮於周。」（《左傳·襄公 4
> 年》）按：此句《國語》重出：「《皇皇者華》，君教使臣曰『每
> 懷靡及』，諏、謀、度、詢，必咨於周。……」（《國語·魯
> 語下》）
>
> （7） 堯求，則咨於鯀、共工，則嶽已不得。（《論衡·定賢》）
>
> （8） 公子居則下之，動則諮焉。（《國語·晉語4》）
>
> （9） 及其即位也，詢於「八虞」，而諮於「二虢」。（《國語·晉語
> 4》）

「詢，博問也。」（《正字通》）「詢」是一般的徵求意見，徵詢的對象非常寬泛，可以是普通百姓，也可以是年長者，不具有表尊敬的色彩，所以有時是招致被問對象前來，而且所徵求的一般不是什麼國之大事。如：

> （10） 尚猷詢茲黃髮，則罔所愆。（《尚書·秦誓》）
>
> （11） 先民有言，詢於芻蕘。（《詩經·大雅·板》）
>
> （12） 大詢於眾庶，則各帥其鄉之眾寡而致於朝。（《周禮·地官司
> 徒》）
>
> （13） 秦大夫不詢於我寡君，擅及鄭盟。（《左傳·成公 13 年》）

最後一例，用「詢」是外交辭令，用「詢」不表示對關係對象「我寡君」的尊敬，相反卻是把「我寡君」看成普通人來看待。

「訪」的內容一般來說是大事，而且「訪」的對象不是普通人，多是智者、

賢者、「善者」（有道德之人）。所以一般要到被訪對象處上門徵求意見，體現著對關係對象的尊敬之情，這是導致「訪」從該義場轉移的潛在因素。如：

（14）穆公訪諸蹇叔，蹇叔曰：「勞師以襲遠……」（《左傳·僖公32年》）

（15）因訪政事，大說之。（《左傳·哀公7年》）

（16）孔文子之將攻大叔也，訪於仲尼……訪衛國之難也。（《左傳·哀公11年》）

（17）訪問於善爲咨，咨親爲詢，咨禮爲度，咨事爲諏，咨難爲謀。（《左傳·襄公4年》）

（18）若以翟之所謂忠臣者，上有過則微之以諫，己有善則訪之上，而無敢以告，匡其邪而入其善，尚同而無下比。（《墨子·卷13》）

例（18）「訪」用作動詞的轉指意義「謀略」，轉而又用作謂語，意思是自己有好謀略就向上進獻。

「謀」與義場其他詞項的最大不同，主體常常是兩個或兩個以上的人，它所側重的「諮詢」是共同商議對策，而不僅僅聽取對方的意見。如「進則與馬謀，退則與人謀。」（《周禮·多官考工記》）有時一個人自己出謀劃策也叫「謀」，相當於自己跟自己商量解決問題的辦法。

「詰」表示「詢問」源於曲折義，重在深入地問、曲折地問、追根到底地問。「詢問」的目的非常明確，一般來說表示「對下或地位平等者的責備」。如「卜徒父筮之，吉。涉河，侯車敗。詰之，對曰：『乃大吉也，三敗必獲晉君……』」（《左傳·僖公15年》）但是，到了東漢詞義進一步發展使得「詰」的關係對象出現了上位者，這時詞義已經泛化爲一般意義的反問，即根據對方的話題進一步詢問，沒有責備對方的目的。

「訊」，吳大澂《古籀補》：「古訊字從系從口，執敵而訊之也。」對敵人、犯罪者、俘虜等的一種審問爲「訊²」，而一般意義上的地位高的人向地位低的人詢問事情爲「訊¹」。所以「訊」的關係對象是下位者。如「君嘗訊臣矣，臣對曰：『使死者反生，生者不愧乎其言，則可謂信矣』」（《公羊傳·僖公10年》）

表 2　語義特徵分析

語義特徵〔詞項〕	（施事）雙方或以上	用言語	關係對象		詢問事情		徵求意見	目　的	
			對上（或德高望重者）	對下或平等	非大事情	大事		責備	定罪
問	＋	＋	＋	＋	＋	＋	＋	＋	＋
咨（諮）	－	＋	＋	－	－	＋	＋	－	－
詢	－	＋	－	＋	＋	－	－	－	－
訪	－	＋	＋	－	－	＋	＋	－	－
謀	＋	＋	＋	＋	＋	＋	＋	－	－
詰	－	＋	－	＋	＋	＋	－	＋	－
訊¹	－	＋	－	＋	＋	＋	＋	－	－
訊²	－	＋	－	＋	＋	＋	－	－	＋

三、上古「問」語義場的歷時演變

　　常用詞項「問」在上古期間，甚至到現代「問」的「詢問」義無大變化，但是義域有變，現代漢語中的「問」一般只表示詢問問題，表示「責問」、「審問」、「慰問」等義一般用一個復合詞表達；而這些意義上古「問」都曾表達過。另外，詞的變化還表現在組合關係的變化上，「問」的組合關係上古期間發生了很大的變化。

　　「咨」（諮）、「詢」、「訪」、「訊¹」與「問」相比，使用頻率低得多，「諮」在上古二十幾本古籍中，表詢問之義「咨」30 見、「諮」5 見，使用頻率低，主要出現在《詩經》、《左傳》、《國語》中，而且《左傳》、《國語》中基本重出，即「《皇皇者華》，君教使臣曰：『必諮於周。』臣聞之：『訪問於善為咨，咨親為詢，咨禮為度，咨事為諏，咨難為謀。』」（《左傳·襄公 4 年》）「《皇皇者華》，君教使臣曰『每懷靡及』，諏、謀、度、詢，必咨於周。敢不拜教。臣聞之曰：『懷和為每懷，咨才為諏，咨事為謀，咨義為度，咨親為詢，忠信為周。』」（《國語·魯語下》）。後代出現的用例很多引自《詩經》，而且「咨」出現在同義連用結構中的情況較多，「獨用」與「連用結構」的比例是「24：11」，其中獨用的有 10 例是對「咨」的詞義訓釋（見上），再去掉引述原典的，所以「咨」的用例很少，我們所能進行的分析只能就這幾例進行。

「咨」獨用表示「詢問」到上古後期罕見，漢代僅見三例都是陳述舊事。如「賦事行刑，必問於遺訓而咨於固實；不干所問，不犯所咨。」（《史記·卷33》）這是引述《國語》。所以上古後期尤其是漢代「咨」已經不在此義場中單獨出現了。

「詢」，《禮記》《荀子》《國語》用例多數引自《詩經》《左傳》。戰國晚期、漢代「詢」基本不再獨現於該義場，《荀子》1 見，引前代文獻，《史記》僅 1 見。

「訊」和「訪」的主要差別是，前者是上對下，常見的是對俘虜或罪犯的審訊（訊^2）；後者是下對上，體現著對被問者的尊重之情。「訊^1」使用頻率極低，僅十餘見，主要出現在戰國初期以前。

「訪」跟「咨」、「詢」、「訊^1」一樣，行於春秋晚戰國初，主要見於《左傳》《國語》，戰國末期、漢代使用頻率銳降，《史記》僅見 2 例，其中一例引自《尚書》，所以說漢代「訪」已經基本從該義場消失了。

總之，上古後期「咨」、「詢」、「訊^1」不現於該義場，「訪」也只是偶而出現，主要原因是這些詞項主要語義特徵相同，其區別僅為非主要語義特徵即關係對象地位的差異，而且主導詞項「問」可以表示這些意義。一般來說，相同意義的詞項不可能長期共存於一個義場，因為這樣造成人們記憶的負擔，結果常常是使用頻率高的詞項取代使用頻率低的詞項，被取代詞項的意義有的以語素的形式保留在後代語言中，如「咨詢」、「詢問」等；有的詞項詞義發生變化而轉移到其他義場，如「訪」。

另外三個詞項「謀」、「詰」、「訊^2」上古期間甚至後代一直存在著，是因為它們具有著獨特語義特徵，是別的詞項所不能完全代替的。「謀」的主體是雙方，「詰」和「訊^2」的目的是責備和定罪，正是這些特殊語義特徵的存在，使得它們在義場中保持著穩固的地位。

「謀」有時也作「謨」，但是只是戰國晚期漢代的數次使用。「謨」最早見於《尚書》，是名詞用法「謀略」（表示名詞謀略、計謀也作「謀」）。「謀」「謨」二者在表示名詞意義上通用，但是上古後期名詞用法也不作「謨」了。即戰國以後「謨」的「謀劃」義基本上不出現了，除了追求典雅古美的效果外。

「詰」的結構類型上古有一定的變化，上古前期「詰＋N」的形式多（對

某一錯誤行爲的追究或責問），沒有出現「詰＋名詞 G」的用例；上古後期「詰＋N」的形式少了，多爲「詰＋G」型。如：

（19）季孫謂臧武仲曰：「子盍詰盜？」武仲曰：「不可詰也，紇又不能。」季孫曰：「我有四封，而詰其盜，何故不可？子爲司寇，將盜是務去，若之何不能？」（《左傳・襄公 21 年》）

（20）詰奸慝，舉淹滯。（《左傳・昭公 14 年》）

（21）汲黯庭詰弘曰：「齊人多詐而無情實……」（《史記・卷 112》）

從詞義來看，「詰」東漢時詞義泛化爲一般意義上的反問，不一定是責備對方，而是針對對方的話題，進一步追問。如：

（22）孟子不且語詰問惠王：「何謂『利吾國』」（《論衡・刺孟》）

（23）必將應曰：「倉頡作書，奚仲作車。」詰曰：「倉頡何感而作書？奚仲何起而作車？」（《論衡・謝短》）

（24）彼聞皋陶作獄，必將曰：「皋陶也。」詰曰：「皋陶，唐、虞時，唐、虞之刑五刑，案今律無五刑之文。」或曰：「蕭何也。」詰曰：「蕭何，高祖時也……」（《論衡・謝短》）

這些詞項中只有「訊²」和「詰」兩個詞項的語義特徵不但是詢問問題而且包含主體「定罪」和「責備」的目的。當然後來「詰」泛化後就沒有「責備」的目的了，表示「進一步追問」。

表 3　詞項頻率統計〔註 10〕

詞項	易經	今文尚書	詩經	左傳	儀禮	周禮	論語	國語	楚辭
問	4/4	1/2		190/192 2/192	17/17	16/16	120/120	101/101	5/5
答	0/2	0/7	1/19 4/19	6/8 2/8			0/1	12/12	0/1
（謁）								2/3 1/3	1/1

〔註 10〕 關於單元格中分上下兩組數字的説明：如「訪」在《戰國策》中「1/2；1/2」指的是「訪」共出現 2 次，1 次獨用，1 次是作爲「語素」使用（有的是處於同義連用的狀態）。

詞項								
詢		3/4 1/4	1/2 1/2	4/4	6/6		3/3	1/1
訪		1/1	1/1	14/16 2/16	2/2		8/9 1/9	1/1
謀	4/4		15/24	156/196	2/2	2/4	8/9	49/84	3/11
（謨）		0/1	0/1	0/1	0/1			
詰		0	0/2	9/13	0/5		2/2	0/1
訊¹			1/7		6/7		4/6	1/1
訊²				1/2	1/7		1/6 1/6	

表3　詞項頻率統計（續1）

詞項	禮記	墨子	商君書	孟子	莊子	荀子	韓非子	戰國策
問	228/228	71/74	18/18	105/106	172/172	99/99	143/143	73/73
咨		2/2						
（諮）								
詢	1/1					1/1		
訪		1/1						1/2 1/2
謀	10/18	36/53	2/7	4/5	27/29	16/38	34/60	79/130
（謨）				1/2	2/2			
詰	1/2 1/2				0/1	0/1	1/1	
訊¹	1/3					0/1		
訊²	1/3				1/1			

表3　詞項頻率統計（續2）

詞項	晏子春秋	呂氏春秋	公羊傳	穀梁傳	淮南子	管子	史記	論衡
問	140/140	115/115	4/4	9/9		201/202	503/504 1/504	368/371 1/371
咨		0/1					2/4	1/1
（諮）					1/1			

字								
詢							1/1	0/3
訪						2/2	1/2 1/2	0/1
謀	15/21	41/60	3/6	4/4	30/56	52/94	325/441	30/41
（謨）	1/1				2/2	0/1		
詰		2/4 2/4			1/2 1/2	2/3	5/6 1/6	11/12 1/12
訊[1]							0/1	0/13
訊[2]						1/1	9/13 1/13	

表格說明：關於單元格中分上下兩組數字的說明：如「訪」在《戰國策》中「1/2；1/2」指的是「訪」共出現 2 次，1 次獨用，1 次是作為「語素」使用（有時是處於同義連用的狀態）。

四、「問」語義場動詞詞義演變規律

　　一個詞項之所以存在於某一義場中，取決於它的存在價值。這種價值主要體現在它跟義場其他詞項之間的區別性的語義特徵中。正如索緒爾所言，「語言既是一個系統，它的各項要素都有連帶關係，而且其中每項要素的價值都只是因為其他各項要素同時存在的結果。」「詞既是系統的一部份，就不僅具有一個意義，而且特別是具有一個價值。」「在同一種語言內部，所有表達相臨近的觀念的詞都是互相制約著的。」〔註11〕所以研究漢語詞彙史，只對單個詞作孤立的研究是不夠的，還必須從系統出發，從義位與義位之間的關係進行研究。這種研究是把單個詞的發展演變的考察放在一群相關詞（本文指同義詞群）中進行研究，這樣不僅可以考察到詞義演變的情況，而且還便於分析解釋這種演變發生的原因。

　　跟語音、語法一樣，同一語言的詞彙在不同時期具有不同的系統。這種系統性體現在組成成員之間的相互關係中，這種關係又體現為各成員在義場中所佔有的不同位置。所以系統性的變化不僅體現在各成員之間的增減、去留，還體現在成員間的關係以及各自所佔有的位置的變化等。在詞彙系統中，每個具

〔註11〕分別出自索緒爾《普通語言學教程》，高名凱譯，商務印書館，2003 年版，第 160、161、161～162 頁。

體的詞（義位）都處於各種關係中，其中最重要的是兩種關係：聚合關係和組
合關係。下面我們將從聚合關係和組合關係不同角度探求「問」語義場的演變
規律。

4.1 義場詞項的增減

上古「問」語義場中，不同時期活躍在義場的詞項數量有所不同。總體而
言，上古前期到上古後期詞項數量趨減。一般來說，同義聚合的詞項尤其是主
要語義特徵相同的詞項語義逐漸靠攏，甚至互相代替，一般來說常用詞項代替
非常用詞項（或逐漸凝固成復合結構）。比如「問」類義場出現的詞項主要有：
問、咨、詢、訊¹、訊²、詰、訪、謀。上古前期義場詞項豐富，但是後期少多
了。「咨」、「詢」、「訪」、「訊¹」與「問」主要語義特徵相同；非主要語義特徵
不同，主要表現在關係對象的地位差異上。上古後期「咨」、「詢」、「訪」、「訊
¹」不再單獨出現於該義場，一方面「問」可以表示代替這些詞項，這樣可以避
免人們繁重的記憶負擔；另一方面，這些詞項並非消失得無影無蹤了，主要以
構詞語素形式保留下來，後世即以復合結構「咨詢」、「問訊」、「詢問」等表示
此義。

義場詞項數量的減少，是由於舊詞項的消失；而舊詞項的消失並不是孤立發
生的，常常伴隨著新詞項的產生。而新詞項的產生又使義場詞項數量增加。

義場詞項的變化是由詞義演變的因素所決定的。詞義的演變不但包括新義
位的產生、變化以及用法的擴大，還包括舊義的消亡﹝註 12﹞。詞義的變化不僅
僅是其自身發展的結果，還常常是由於處在聚合關係或組合關係中受到其他詞語
的變化影響所致。即一個詞項的產生、變化或消亡是多種因素作用的結果。

4.2 詞項的消失

交際的需要會導致詞項的消失。詞義系統中，詞義的變化相互影響，一個
詞義（詞項）的演變是綜合因素所致。

「問」類語義場詞項變化較大，上古後期「咨」「詢」「訊 ¹」不現於該義
場，「訪」也只是偶而出現，因為這些詞項主要語義特徵相同，區別主要是各自

﹝註12﹞ 本文「舊義的消亡」指的是某一時期不再獨用表示某義，在義場中消失。但是並
不否認作為構成語素的留存，或特殊原因的使用。

關係對象地位的差異或內容的差異，而且主導詞項「問」可以表示這些意義。一般來說，相同意義的詞項不可能長期共存於一個義場，因爲這樣造成人們記憶的負擔，結果常常是使用頻率高的詞項取代使用頻率低的詞項，被取代詞項的意義有的以語素的形式保留在後代語言中，如「咨詢」、「詢問」等；有的詞項詞義發生變化而轉移到其他義場，如「訪」。

4.3 詞項的轉移

新詞項的產生主要是詞義精確化的需要，該語義場主要體現爲詞項的減少，因爲有的詞項詞義發生變化而轉移到其他義場，如「訪」行於春秋晚戰國初，戰國末期、漢代使用頻率銳降，《史記》僅見 2 例，其中之一還引自《尚書》，所以說漢代「訪」已經基本從該義場消失，因爲此時的「訪」已經轉移到另一個語義場。

我們以穩定詞項的演變爲例加以說明：

「問」作爲古今常用詞，有人認爲沒有變化，實則不然。古漢語中「問」常見義位是「詢問、咨詢」。雖然此義位從古到今基本沒有變化，但是它的組合關係在不同的歷史時期是有所變化的。本文以上古文獻爲依據，重點考察了「問」的組合關係的變化情況。

從語義結構看，「問」屬於三目謂詞，它在句中可以帶有三個基本項：施事（問者）、受事（問的內容）、關係對象（問的對象，即需要回答的人），分別用 R、N、G 來代表。從語義上，RNG 三者都是必有項，但在實際句法結構中，是很複雜的。有時三者都出現，有時只出現兩個或一個，不出現的項往往是隱含的，通過上下文的語言環境是可以知道的。這三個基本項的歷時變化情況也不一樣：R 是由人充當的施事主語，古今沒有變化；N 相對來說複雜一點；G 的相關結構形式變化最複雜。

先談 N。N 是問的內容，很廣泛。N 有的是詞或短語，有的是句子。N 爲句子時，「問」後或出現「曰」，或不出現「曰」，即「問曰＋N」、「問＋N」。考察發現，「問」帶直接引語的方式上古前期，尤其口語中應用較廣泛（如《論語》和《張家山漢簡》中「問＋N」較多，因二者口語多見），但是書面語中用之寥寥，到戰國晚期甚至到漢代這種用法才有所增加。因此我們認爲「問」引導直接引語的用法是口語影響書面語所致。中古以後直接用「問」引導的比例大增。

儘管漢代口語中已經少用「曰」，而直接用「問」了，但書面語中，直到近代漢語「問＋引語」才成爲引導直接引語的主要方式。

G 的情況要複雜些，一般來說出現關係對象 G 的「問」句結構類型主要有：

S1：問於 G，如「季康子患盜，問於孔子。」（《論語・顏淵》）

S2：問 G（N），如「妾怪之，問孔成子。」（《史記・衛康叔世家》）

S3：問於 G 曰 N，如「哀公問於有若曰：『年饑，用不足……？』」（《論語・顏淵》）

S4：問 G（曰）N，如「吳使使問仲尼：「……」（《史記・孔子世家》）

S5：問 N 於 G，如「葉公問孔子於子路。」（《論語・述而》）

S6：問 NG（N 是代詞），即問之 G，如「問之伶州鳩。」（《國語・周語下》）

實際上就是 S1、S2、S5、S6 幾種樣式，因 S3 和 S4 是 S1 和 S2 的變化形式，內容 N 是否出現是根據表達需要而定的。據觀察這幾種樣式的變化情況如下：總的來說，S1 是逐漸向 S2 演變的趨勢，也就是說在上古前期，以介詞引出關係對象爲主。僅以《論語》爲例，如「以能問於不能／以多問於寡／太宰問於子貢曰／哀公問於有若曰」等。到上古後期變成了「問」直接帶關係對象爲主。

早在《左傳》和《論語》中就已經出現了「問＋G」的結構，但分析發現這些 G 均爲代詞「之」充當，沒有出現名詞作 G 的用例。《論語》中出現的兩例爲：

（1）闕黨童子將命。或問之曰：「益者與？」子曰：「……」（《論語・憲問》）

此「之」是指代後文出現的孔子。類似用法雖然不多，但在一定語言環境中是存在的。如「商聞之矣：『死生有命，富貴在天。』」（《論語・顏淵》）

（2）冉有曰：「夫子爲衛君乎？」子貢曰：「諾；吾將問之。」（《論語・述而》）

這裡「問」的 G 指前文的「夫子」，第二次提到用代詞代替。

《左傳》「問之」結構形式出現了 18 次，11 次「之」是間接賓語。有時候，「之」是代人還是代事，很難判斷，根據李佐豐先生的方法，即「如果所問的問題在前文已經有所說明，那麼『問』就只帶間接賓語。這個間接賓語可以用有生名詞或『之』來充當。」〔註13〕如「韓獻子使行人子員問之，曰：『子以君命辱於敝邑……』」（《左傳・襄公 4》）該句在《國語》中記載此事的時候，「問之」作「問焉」。

春秋時期「問」字句中，當 G 是由人名（或起人的作用的名詞）來充當，一般用介詞引導 G；但是當 G 是代詞「之」時，它就可直接置於動詞「問」之後了，我們在文獻中沒有見到過代詞「之」作「問」的 G 還需要介詞引導的情況。所以在這個意義上我們說上古前期 S1 和 S2 並存。G 是由代詞「之」還是由名詞充當決定著介詞是否出現。

戰國、兩漢時期，「問」的 G 絕大多數已不需介詞引出了。《左傳・僖公 4》的「昭王之不復，君其問諸水濱。」同樣的內容到《史記・齊太公世家》中變成了「昭王之出不復，君其問之水濱。」不同作品的特徵與作者的寫作風格有關。《淮南子》的情況就是兩兩相當，而《史記》不再使用介詞引導 G 的趨勢已經很明顯了，其中「介引」的 18 例，或是引用前代文獻，或是敘述前代舊事，是傳統習慣用法的延續。

總的來說介詞這種介引功能到中古就基本上不再發揮作用了。《世說新語》「問 G」96 例，「問於 G」3 例（「文帝問其人於鍾會」、「問諸僚佐曰」、「謝太傅問諸子侄」），後 2 例中的「諸」可能已經產生了代詞「之」的功能，前 1 例是 S5 式，即當非代詞的 N 和 G 共現時，仍然延續上古的結構方式。

這種演變的原因是什麼？一方面，這種演變跟整個漢語史的變化有關，部份介詞（如「於」）總的發展趨勢是趨減〔註14〕，「問」的發展不可能不受到總趨勢的影響。另一方面，語言是一個系統，系統中某個部份變化，常常和其他部份相關聯。任何事物的變化都是有原因的，「一個詞經常同某些詞語結合則有可能把這些詞內容壓縮到該詞的意義之中」，「詞的潛在搭配有理由看作詞位意

〔註13〕李佐豐《先秦漢語實詞》，北京廣播學院出版社，2003 年版，第 292 頁。

〔註14〕這是邵永海先生得出的結論，見《從〈左傳〉到〈史記〉看上古漢語的雙賓語結構及其發展》，載《綴玉集》，北京大學出版社，1990 年版。

義的一部份。」〔註15〕也可以說，這是語言的經濟原則在起作用。

由於「問＋介＋G」這種結構頻繁使用，且出現在這一結構中的介詞常常又是介詞「於」，所以導致「於」的功能壓縮到「問」之中了，即「問於」＝「問」了。這樣我們才能理解 S1 的結構變化。兩個詞的用法變成了一個詞的用法，確能體現語言的經濟原則。

以上是我們對上古「問」語義場研究的一些思考和總結，也更進一步認識到這種從某一類詞出發進行觀察研究詞義演變的重要意義。僅僅從問類動詞出發，我們就發現了詞義演變過程中一些規律性的東西以及一些值得深思的現象。如果我們把視野擴展到言說類動詞的其他具體小類詞的研究，可以預見的是，這些不同類別的詞義研究將對漢語詞彙學史甚至漢語語法學史的研究有一定的意義，尤其是常用詞研究更具重要性，這樣的研究一個個累積到一定的程度，將為漢語歷史詞彙學和漢語詞彙發展史的建立有一定的幫助作用。

參考文獻

1. 鄧思穎，《漢語方言語法的參數理論》，北京大學出版社，2003 年版。

2. 符淮青，《詞義的分析和描寫》，語文出版社，1996 年版。

3. 何九盈，《蔣紹愚古漢語詞彙講話》，北京出版社，1980 年版。

4. 黃金貴，《古漢語同義詞辨釋論》，上海古籍出版社，2002 年版。

5. 賈彥德，《漢語語義學》，北京大學出版社，1999 年版。

6. 蔣紹愚，《關於漢語詞彙系統及其發展變化的幾點想法》，載《中國語文》，1989 年第 1 期。

7. 李運富，《漢語詞彙研究中的幾個問題》，載《湖湘論壇》，1989 年第 3 期。

8. 李宗江，《漢語常用詞演變研究》，漢語大詞典出版社，1999 年版。

9. 李佐豐，《秦漢語實詞》，北京廣播學院出版社，2003 年版。

10. 劉叔新，《詞彙體系問題》，載《中國語文》，1964 年第 3 期。

11. 劉叔新，《漢語描寫詞彙學》，商務印書館，1990 年版。

12. 劉叔新，《語義學和詞彙學問題新探》，天津人民出版社，1993 年版。

13. 呂東蘭，《從〈史記〉〈金瓶梅〉等看漢語「觀看」語義場的歷時演變》，載《語言學論叢》第 21 輯，北京大學出版社，1998 年版。

14. 陸宗達、王寧：《古漢語詞義研究》，載《辭書研究》，1981 年第 2 期。

15. 石安石，《語義研究》，語文出版社，1994 年版。

〔註15〕 Lyons, John "Semantics", Cambridge: Cambridge University Press, 1997. P 613.

16. 石毓智，李訥，《漢語語法化的歷程——形態句法發展的動因和機制》，北京大學出版社，2004 年版。

17. 汪維輝，《東漢——隋常用詞研究》，南京大學出版社，2000 年版。

18. 汪維輝，《漢語「說類詞」的歷時演變與共時分佈》，載《中國語文》，2003 年第 4 期。

19. 王鳳陽，《古辭辨》，吉林文史出版社，1993 年版。

20. 王寧，《訓詁學原理》，中國國際廣播出版社，1996 年版。

21. 解海江、張志毅，《漢語面部語義場的演變》，載《古漢語研究》，1993 年第 4 期。

22. 徐朝華，《上古漢語詞彙史》，商務印書館，2003 年版。

23. 張永言、汪維輝，《關於漢語詞彙史研究的一點思考》，載《中國語文》，1995 年第 6 期。

24. 張志毅，張慶雲，《詞彙語義學》，商務印書館，2001 年版。

附錄：語料主要來源

電子語料

1. 《國學寶典》，北京國學時代文化傳播有限公司，尹小林研發。

語料核對參考文獻

1. 《十三經注疏》，北京：中華書局，1980 年版。

2. 《諸子集成》，上海：上海書店，1991 年。

3. 《論語譯注》，楊伯峻，北京：中華書局，1980 年。

4. 《孟子譯注》，楊伯峻，北京：中華書局，2003 年。

5. 《孟子正義》，北京：中華書局，1998 年。

6. 《荀子新注》，北京大學《荀子》注釋組，北京：中華書局，1979 年。

7. 《墨子校注》（上、下），吳毓江撰、孫啓治點校，北京：中華書局，1993 年。

8. 《莊子》，莊周著，郭象注，上海：上海古籍出版社，1989 年。

9. 《國語》，上海師範大學古籍整理組，上海：上海古籍出版社，1978 年。

10. 《楚辭集注》，朱熹集注，上海：上海古籍出版社，1979 年。

11. 《韓非子集釋》，陳奇猷，上海：上海人出版社，1974 年。

12. 《韓非子新校注》，陳奇猷，上海：上海古籍出版社，2000 年。

13. 《呂氏春秋》，呂不韋輯，（清）畢沅輯校，北京：中華書局，1991 年。

14. 《呂氏春秋校釋》，陳奇猷校釋，吉林：學林出版社，1984 年。

15. 《管子》，（唐）房玄齡注，上海：上海古籍出版社，1989 年。

16. 《戰國策》，（西漢）劉向集錄，上海古籍出版社，1978 年。

17. 《論衡》，（漢）王充撰，上海：上海古籍出版社，1992 年。

18. 《史記》，（漢）司馬遷，北京：中華書局，1959 年。

19. 《世說新語》，（南朝宋）劉義慶，北京：中華書局，1962 年影印本。

20. 《漢書》，（漢）班固撰，（唐）顏師古注，北京：中華書局，2000 年。

從「問」談常用詞研究的重要意義

　　摘要：「問」表示「詢問」義古今變化不大，但是「問」的組合關係卻發生了很大的變化：由上古前期的介詞引進非代詞充當關係對象逐漸到上古後期無需介詞引進，即「問」直接跟關係對象。所以我們應該加強對常用詞的研究，這種研究對於漢語詞彙史的建立有重要的意義，尤其對大型語文辭書的編纂也有重要的作用。

關鍵詞：關係對象；演變；語義場；常用詞

　　漢語中「問」是個多義詞，其常見義位是「詢問、咨詢」，從古到今無大變化。但是一個詞彙成分的意義只有通過聯繫與之相鄰、相對的詞彙成分意義才能確定。通過對上古文獻「問」的考察，我們發現其組合關係在不同的歷史時期是有所變化的。

　　從語義結構看，「問」屬於三目謂詞，它在句中可以帶有三個基本項：施事（問者）；受事（問的內容）；關係對象（問的對象，即需要回答的人），分別用 R、N、G 來代表。從語義上，RNG 三者都是必有項，但是在實際句法結構中，

是很複雜的。有時三者都出現，有時只出現兩個或一個，不出現的項往往是隱含的，通過上下文的語言環境是可以知道的。這三個基本項的歷時變化情況也不一樣：R 是由人充當的施事主語，N 相對來說複雜一點；G 的相關結構形式變化最複雜。

上古前期，「問」字句以介詞引出關係對象爲主。僅以《論語》爲例，如：「以能問於不能／以多問於寡／太宰問於子貢曰／哀公問於有若曰」等。到上古後期變成了「問」直接帶關係對象爲主。通過語料測查發現，早在《左傳》和《論語》中就已經出現了「問＋關係對象」的結構，但是細一分析，我們發現這些關係對象都是代詞「之」充當，沒有出現名詞作關係對象的用例。

也就是說，春秋時期詢問義動詞「問」，當關係對象 G 是由人名（或起人的作用的名詞）來充當，一般用介詞引導 G；但是當關係對象是代詞「之」時，它就可直接置於動詞「問」之後了，我們在文獻中沒有見到過代詞「之」作「問」的關係對象還需要介詞引導的情況。所以在這個意義上我們說上古前期「問於 G」和「問 G（N）」並存，關係對象是由代詞「之」還是由名詞充當決定著介詞的是否出現，這一點漢語和英語有共同性，如：buy a book for my father＝buy him a book，一般來說代詞常常緊跟在動詞之後的。

《國語》中不需要介引的名詞關係對象已經開始出現了（共出現了 5 例）。《國語》在《論語》之後，據《史記》所載，左丘明在 20 歲左右的時候，會見過年老的孔子，而在他編《國語》時已差不多 70 歲了，如果眞是這樣的話，《國語》要晚於《論語》幾十年，所以語言結構上出現了一些變化也是自然的現象。

戰國、兩漢時期，「問」的關係對象絕大多數已經不用介詞引出了。《左傳·僖公 4》的「昭王之不復，君其問諸水濱。」同樣的內容到《史記·齊太公世家》中變成了「昭王之出不復，君其問之水濱。」不同作品的特徵與作者的寫作風格有關。《淮南子》的情況就是兩兩相當，而《史記》不再使用介詞引導關係對象的趨勢已經很明顯了，其中「介引」的 18 例，或是引用前代文獻，或是敘述前代舊事，是傳統習慣用法的延續。

總的來說，介詞的這種介引功能到中古就基本上不再發揮作用了。《世說新語》中「問 G」爲 96 例、「問於 G」爲 3 例，即「文帝問其人於鍾會」、「問

諸僚佐曰」、「謝太傅問諸子侄」，後 2 例中的「諸」可能已經產生了代詞「之」的功能，前 1 例，非代詞的內容和關係對象共現時，仍然延續上古的結構方式。

　　那麼發生這種演變的原因是什麼呢？一方面，這種演變跟整個漢語史的變化有關，部份介詞（如「於」）總的發展趨勢是趨減〔註1〕，「問」的發展不可能不受到這個總趨勢的影響。另一方面，語言是一個系統，這個系統中某個部份變化，常常和別的部份相關聯。任何事物的變化都是可以找到原因的。「一個詞經常同某些詞語結合則有可能把這些詞的內容壓縮到該詞的意義之中」，「詞的潛在搭配有理由看作詞位意義的一部份。」〔註2〕也可以說，這是語言的經濟原則在起作用。

　　「問＋介＋G」這種結構的頻繁使用，出現在這一結構中的介詞常常又是介詞「於」，所以導致「於」的功能壓縮到「問」之中了，即「問於」＝「問」了。這樣我們才能理解「問」介引賓語的結構變化。兩個詞的用法變成了一個詞的用法，確能體現語言的經濟原則。

　　在漢語的詞彙中，有些基本詞表面看起來古今無變，如數詞、一些名詞以及一些核心詞等，但是如果對這些詞所出現的語言環境詳細考察，我們就會發現，這樣或那樣的變化發生了，如上文所談到的「問」的組合關係的變化。因此，為了對漢語史有一個全面的瞭解，我們必須加強對常用詞的研究。常用詞的研究不僅對漢語史的建立，對辭書的編纂將提供巨大的幫助。我國有著悠久的詞義研究的傳統，但是千百年來，由於傳統訓詁學的影響，此研究往往局限於疑難詞語的訓釋和考證，而對於包括大量的非疑難詞語在內的整個詞義體系，歷來缺乏全面系統的考察和研究，正如江藍生先生所言：「詞彙史的研究跟語音史和語法史相比最為薄弱，最近 20 年的詞彙研究側重於對疑難詞語的考釋，而對常用詞、對某一歷史時期詞彙系統的研究則很少著力。」這種缺憾直接導致漢語歷史詞彙學和漢語詞彙發展史至今難以建立。近年來，加強對常用詞以及對某一歷史時期詞彙系統的研究，改變過去詞義研究中倚輕倚重的局

〔註 1〕 邵永海《從〈左傳〉到〈史記〉看上古漢語的雙賓語結構及其發展》，載《綴玉集》，
　　　　 北京大學出版社，1990 年版。

〔註 2〕 Lyons, John "Smantics", Cambridge: Cambride University Press, 1997. P613.

面，已成爲學界的共識。

　　常用詞的研究對大型語文辭書尤其是上古斷代辭典的編纂也要重要的作用。「辭書的修訂是永遠的」，隨著漢語詞彙史研究的不斷深入，集詞彙研究與辭書編纂成就大成的《漢語大詞典》當然應當不斷地進行修訂。事實上有關《大詞典》補訂的文章早已大量面世，漢語詞彙史研究的新成果也無一不是在爲《大詞典》等書的修訂提供了新的材料。由於歷來常用詞的研究的不重視，常用詞的演變軌跡還有待深入研究，這種情況對於編纂斷代詞典以及大型辭書帶來困難。比如兩典在處理這些條目時碰到的具體問題就很多：「一是始見書證普遍較晚，沒有追溯到源頭；有個別書證不可靠，始見時代應推遲的。二對一些常見詞的義項劃分不合理或義項漏略、不準確。」比如「肉」，在《漢語大詞典》等辭書中列舉了義項「人的肉」，是把文意訓釋當成了詞義訓釋，是對於常用詞「肉」的歷時變化理解不當所致。常用詞的研究非常重要，如果不注意研究，極易引起人們的誤解。

　　張永言先生提出的加強漢語詞彙史的研究，尤其是加強常用詞的研究的主張「不對常用詞作史的研究，就無從窺見一個時期的詞彙的面貌，也無從闡明不同時期之間詞彙的發展變化，無從爲詞彙史分期提供科學的依據。訓詁學和詞彙史有密切的關係又有本質的區別。……目前在語言學界還存在著一種模糊認識，有意無意地將訓詁學和詞彙史混爲一談，以爲考釋疑難詞語和抉發新詞新義就是詞彙史研究的全部內容。這種認識對詞彙史研究的開展是不利的。因此。我們想要強調的是，這兩門學問各有其不可替代的價值，由於研究目的的不同，看問題的角度不同、所用的方法和材料的等等都有所不同。」誠然，「一個完整的詞彙史，既需要對言說類動詞作細緻的描寫和研究，也需要對以『俗語詞』爲中心的其他口語詞彙（包括疑難詞語、新詞新義）作全面細緻研究，缺一不可。在以往偏重於疑難詞語和新詞新義的考釋研究而嚴重忽略常用詞研究的前提下，強調常用詞研究的重要性，矯正偏頗，是十分必要的，也是理所當然的。」實質上對普通詞語的探討的主張早在五十年代的張相在《詩詞曲語辭彙釋·敘言》中就提出了：「字面生澀而義諱」與「與字面普通而義別者」，「皆在探討之列」這一主張，這一主張對於漢語的常用詞的研究具有重要的意義。

　　漢語歷史詞彙學產生雖晚，但是其實質早在 40 年代就產生了。那時王力先生就撰文探討古語的死亡、新詞的產生以及詞語的演變情況，開始了「詞彙史」的研究。1947 年，王力在他的《新訓詁學》中說：「從歷史上去觀察語義的變遷，然後訓詁學才有新的價值。即使不顧全部歷史而只做某一時代語義的描寫（例如周代的語義和現代的語義），那就等於斷代史，仍舊應該運用歷史的眼光。等到訓詁脫離了經學而歸到史的領域之後，新的訓詁學才算成立。」這裡的「新的訓詁學」實質上就是「漢語歷史詞彙學」，異名而同實。「漢語歷史詞彙學的建立在 20 世紀取得了一些進展，但總的說來，還有很多路程要走」。王力先生把語義學稱爲新訓詁學，是爲了表示訓詁學和語義學研究方法的差異，使新訓詁學成爲語史學的一部份。新舊訓詁學差別之一是歷史觀念問題。新訓詁學把語言的歷史的每一個時代看作有同等的價值。古代小學家把古代語言（主要是先秦語言）放在一個橫向平面上研究。忽視了它的縱向歷史發展。段玉裁偶而關照到古今詞義的異同，然而卻不是系統闡釋語言發展，當然夠不上歷史語言學。我們要歷史地觀察語義的變遷，從細微處入手，對詞義加以考釋，要作歷史的研究〔註3〕。我們應該大力加強對古漢語常用詞的研究。常用詞的研究對漢語歷史詞彙學的建立有重要的意義，對於大型語文辭書尤其是斷代辭典的編纂更有不可估量的作用。

參考文獻

1. 張永言、汪維輝，《關於漢語詞彙史研究的一點思考》，《中國語文》，1995 年第 6 期。

2. 汪維輝，《東漢──隋常用詞研究》，南京：南京大學出版社，2000 年。

3. 汪維輝，《漢語「言說類動詞」的歷時演變與共時分佈》，《中國語文》，2003 年第 4 期。

4. 賈彥德，《漢語語義學》，北京：北京大學出版社，1999 年。

5. 王寧，《訓詁學原理》，北京：中國國際廣播出版社，1996 年。

6. 王寧，《古漢語詞義系統研究·序》，載宋永培《古漢語詞義系統研究》，內蒙古教育出版社，2000 年。

7. 王寧，《漢語詞彙語義學的重建與完善》，載《寧夏大學學報》，2004 年第 4 期。

8. 蔣紹愚，《關於漢語詞彙系統及其發展變化的幾點想法》，《中國語文》，1989 年第 1 期。

〔註 3〕 此處請參看王力《中國語言學史》，復旦大學出版社，2006 年 3 月版。

9. 蔣紹愚，《古漢語詞彙綱要》，北京：北京大學出版社，1989 年。

10. 蔣紹愚，《漢語詞彙語法史論文集》，北京：商務印書館，2000 年。

11. 張慶雲、張志毅，《義位的系統性》，載《詞彙學新研究》，北京：語文出版社，1995 年第 7 期。

12. 王鳳陽，《古辭辨》，長春：吉林文史出版社，1993 年。

13. 張永言，《詞彙學簡論》，華中工學院出版社，1982 年。

14. 李運富，《古漢語詞彙學說略》，載《衡陽師專學報》，1988 年第 4 期。

15. 李運富，《古漢語詞彙研究中的幾個問題》，《湖湘論壇》，1989 年第 3 期。

16. 李運富，《古漢語詞彙學與訓詁學關係談》，載《中國語言學發展方向》論文集，光明社，1989 年。

17. 劉叔新，《論詞彙體系問題》，載《中國語文》，1964 年第 3 期，又載《詞彙和詞典學問題研究》，天津人民出版社，1984 年。

18. 黃易青，《上古漢語同源詞意義關係研究》（博士論文），北京師範大學，1997 年。

19. 宋永培，《古漢語詞義系統研究》，內蒙古教育出版社，2000 年。

20. 蘇寶榮、宋永培，《古漢語詞義簡論》，石家莊：河北教育出版社，1987 年。

21. 王力，《漢語史稿》（上、中、下），北京：中華書局，1980 年。

22. 姚錫遠，上《古時期詞彙學研究說略》，《河南教育學院學報》，1996 年第 3 期。

上古「告訴」類動詞詞義系統研究

　　摘要：本文以上古時期「告訴」類動詞爲研究對象，詳細考察這些詞語在上古文獻的使用情況，進行義位分析和歸納。根據語義場的理論，運用義素分析法，借鑒訓詁學的研究成果，通過對漢語「告訴」類動詞詞義進行共時詞義系統的描述和歷時詞義演變、詞彙興替的考察，試圖對詞義的演變作出解釋，從而揭示詞義演變的規律。結果我們發現「告訴」類動詞詞義系統中詞義的變化相互影響，一個詞義（詞項）的演變往往會波及義場其他詞項的變化。而一個詞項的產生、變化或消亡是多種因素作用的結果。我們在對相關研究現狀的梳理基礎上，對上古文獻中「告訴」類動詞進行全方位的測查、歸納和整理，考察分析該義場各詞項的異同及其歷時演變並探討變化的原因。本文是在聚合關係和組合關係中考察分析詞義的演變，探求「告訴」類動詞的演變規律，如綜合性較強的詞演變爲分析性較強的詞、「配價」項導致詞義引申等。

關鍵詞：「告訴」類動詞；詞義系統；語義場；詞項；共時；歷時；演變

一、前　言

1.1 詞義系統研究現狀

歷史上，漢語詞彙研究主要是詞義的研究，詞義的研究屬於語義研究的一部份。漢語詞彙的研究大致經歷了訓詁學、傳統語義學、現代語義學三個時期。

對於詞義的系統性，蘇寶榮、宋永培對我們傳統的詞義研究和研究詞義的方法作了精到的總結，「漢語的詞義系統主要是指詞的本義和引申義的縱向聯繫，以及這一引申系列與有關同義詞、反義詞、同源詞的橫向聯繫。」〔註1〕。他們提出「橫」的聯繫，即通過同義詞、反義詞、同源詞的研究，加深對詞義的理解，直至當今對詞義研究仍然是具有借鑒作用。〔註2〕後來，宋永培進一步提出「從微觀、從第一手語言材料出發」〔註3〕描繪詞義系統。

現代語義學是以語義為座標進行靜態和動態的雙軸研究，它既研究語義的共時系統，又研究語義的歷時演變，更講究系統性和科學性。賈彥德、符淮青、張志毅、張慶雲、劉叔新、黃景欣、解海江等學者接受了西方詞彙場和語義場理論來進行漢語詞彙詞義系統的研究，並取得了一定的成績。

越來越多的學者致力於詞彙系統的演變和詞義演變規律的研究，蔣紹愚在《古漢語詞彙綱要》中著重從同一種語言的不同歷史時期以及不同語言詞彙系統的對比來考察詞彙系統的演變情況，同年他發表《關於漢語詞彙系統及其發展變化的幾點想法》〔註4〕，探討了漢語詞彙系統在不同歷史時期的發展變化可從幾方面來考察：義位的有無和結合關係；詞的聚合關係；詞的組合關係；詞的親屬關係。為研究詞彙系統的發展變化起到重要指導作用。通過比較來研究詞彙系統，以此來觀察某個歷史平面上詞彙系統的特點，進而描寫這個系統，這是行之有效的方法。他還通過舉例具體提出觀察漢語詞彙系統歷時演變的方法，如古漢語表示觀看語義場中一些詞，他對那些詞進行古今漢語的比較。「這種比較還是很粗略的，因為所謂『古漢語』，實際上並不是同一個歷史平面。細

〔註1〕蘇寶榮、宋永培《古漢語詞義簡論》，河北教育出版社，1987年版，第21～33頁。

〔註2〕此處參考蘇寶榮、宋永培《論漢語詞義的系統性及說解詞義的方法》，《河北師範大學學報》1985年第2期。

〔註3〕宋永培《古漢語詞義系統研究》，內蒙古教育出版社，2000年版，第4頁。

〔註4〕見蔣紹愚《中國語文》1989年第1期。

緻的比較應該是取幾個不同的歷史平面（如春秋戰國、東漢、魏晉、晚唐五代、南宋、明代等），對各個平面上表示『觀看』的語義場中有哪些詞作一個比較全面的統計，然後再把各個歷史平面加以比較，從而觀察分析表『觀看』的語義場在漢語歷時演變中的變化。如果能把數十個或數百個重要的語義場作這樣的歷史比較，我們對漢語詞彙系統的歷時演變就會有比較清楚的瞭解。」〔註5〕蔣先生從理論到實踐所作的探索對推動漢語詞彙史的研究產生重要影響。一些學者正是通過一個個義場的變化來觀察漢語詞義系統的歷時演變，近年來更多的人開始關注微觀語義場的研究。〔註6〕

詞義系統理論的探討雖然熱烈，但是我們看到，它們都是比較宏觀的漢語詞義系統理論的建構，而對比較微觀的詞義系統，如詞義類聚的系統研究則相對較少，這不能不說是很大的缺憾。現代語義學目前最大的不足，就是具體的語言材料分析比較少。這個問題雖然已經引起一些學者的注意，也開始某些方面具體材料的分析，但描寫的範圍和分析的詞量有限，這必然不利於詞彙系統和詞義系統的深入研究，所以有必要拓展我們的研究空間、開闊我們的研究領域。

詞義、語義系統的研究存在的不足，正是我們的研究方向。正如王寧先生所言「詞彙意義系統永遠是一個開放的不平衡系統，但是歷史詞彙系統卻已經定量。古代漢語單音詞的意義元素是可以定量測查的。在窮盡分類歸納出相應類別的語義場之後，電腦所需要的義元測查可以有系統的進行，這對整理漢語詞彙總體系統，是一條必經之路」〔註7〕。

1.2 研究語料

本文是對文獻作窮盡性測查，並對定量的材料進行分析歸納。根據語義特徵的有無和組合進行義場各個詞項歸納，研究該義場各詞項之間的聯繫，也根

〔註5〕 蔣紹愚《古漢語詞彙綱要》，北京大學出版社，1989 年版，第 281 頁。

〔註6〕 劉新春《睡覺類動詞的歷史演變研究》，2003 年河南大學碩士論。

郝豔萍《語義場中具有「變化」語義的動詞研究》，2010 年黑龍江大學碩士論文。

王愛香《視覺動詞「見」的語義特徵對語法功能的制約關係研究》2011 年河北師範大學碩士論文。

〔註7〕 王寧《訓詁學原理》，中國國際廣播出版社，1996 年版，第 214 頁。

據語義特徵的差別對義場內各詞項加以比較，對該義場的意義系統進行共時描寫和歷時演變的研究。

我們選取上古時期（指秦漢及以前）古漢語文獻，以傳世文獻爲主，出土材料爲輔。我們把上古漢語分前後兩期，戰國晚期是語言劇烈變化時期，所以此前稱上古前期，此後（包括戰國晚期）稱上古後期。上古整體可分三個時期〔註8〕：

* 西周時期：《周易》《尙書》（即《大誥》等 13 篇西周作品）《詩經》（《周頌》和《大雅》的一部份）；甲骨文和金文。

* 春秋戰國時期：《左傳》《周禮》《論語》《孟子》《國語》《莊子》《荀子》《戰國策》《韓非子》《呂氏春秋》以及部份出土材料（如睡虎地秦簡）。

* 漢代：《史記》《論衡》以及部份漢簡（如張家山漢簡）。

二、「告訴」類語義場及其歷時演變

2.1 義場各詞項及其共同語義特徵

上古出現於「告訴」義場的主要詞項有「告、語、謂、誥、諭（喻）、謁、訴、詔、報、復、白」等。它們具有共同的語義特徵「用言語向人傳遞信息，讓人知道」。所以在「向別人傳遞信息」上，它們構成了一個義場。

「告」是義場使用範圍最廣的一個詞項，一直居於主導詞之位。不論關係對象（指動詞涉及的對象，本文用 G 表示）地位高低、不論傳達內容（本文用 N 表示）如何，凡是向對方傳達信息，都可用「告」。甲骨文「告」已是如此，告上、告下或是告祖先均用「告」，包括下對上的如臣屬的報告、上對下的如王的告命以及祭告（告訴的對象是祖先）等意義。根據 G 的不同主要有三種情況：祭告（告祖先）、報告（下告上）、告命（上告下），實際均爲「告訴」義的義位變體〔註9〕。

「語」的「告訴」義是其引申義，由於強調 G 而產生。如「語之而不惰者，其回也與？」（《論語‧子罕》）。「謂」不但強調 G，還常引出具體內容，所以它

〔註 8〕 參考趙振鐸《論上古兩漢漢語》，載《古漢語研究》1994 年第 3 期。

〔註 9〕 「義位變體」見蔣紹愚《古漢語詞彙綱要》，頁 40～42，指「由上下文而顯示的不同意義」。

常出現在「謂＋G（＋曰）＋直接引語」結構中，如「南蒯謂子仲：『吾出季氏……』」（《左傳·昭公 12 年》）。「誥」「告」「本同一詞，均告訴之意」，〔註10〕如「後以施命誥四方。」（《周易·下經》）「謁，白也。」（《爾雅·釋詁上》）如「執而謁諸王。」（《左傳·昭公 7 年》）。「諭，告也。」（《說文》）「喻，告曉也。」（《慧林音義》卷三「眾喻」注引鄭注《周禮》云〔註11〕）。「諭」「喻」這個時期為異體字，後來分化了。如「自車上諭命於從車，詔王之車儀。」（《周禮·夏官司馬》）如「故諭人曰：『孰知其極？』」（《韓非子·解老》）又如「口弗能言，志不能喻……」（《呂氏春秋·孝行覽》）

「訴，告也。」（《說文》）「訴」嚴格來說應是「告訴」義場的子義場。它不是一般意義的「告訴」，而是「訴說冤屈」，其義位為「用言語向某一值得信賴的人述說因某人或某事引起的不良情緒」。如「取貨於宣伯而訴公於晉侯，晉侯不見公。」（《左傳·成公 16 年》）。

「詔」，不見於《說文》。「詔，告也」（《說文》新附）「詔」的本義是「告」。如「及三年，大比，以萬民之數詔司寇。」（《周禮·秋官司寇》）

另外，還有「報」、「復」、「白」等本義為非言說的詞發展出「告訴」義。

「報」主要有三個義位變體出現在該義場中，即「完成使命後向上彙報情況」、「答覆」、「通告」。第一個義位變體是最常見的，後兩個變體主要出現在漢代。

「復，往來也。」（《說文·彳部》）「復」和「往」是相對的，先有「往」，後有「復」。引申為言語方面的回覆、稟告，指奉命處理完相關事情回來報告，也用於下對上的稟告。如「朕復子明辟。」（《尚書·洛誥》）《說文》亦有「复」形，「复，行故道也。」段注：「彳部又有復，復行而复廢矣。疑彳部之復乃後增也。」

「白」表示「告訴」可能是口語或方言詞進入書面語中，如「燕相白王，王大說，國以治。」（《韓非子·外儲說左上》）。東北方言，表示一個人說話很多（稍帶貶義），就用「白話」表示，讀為 báihua。漢代鄭玄所作的注中，常用「白」作訓釋詞，說明當時「白」是一個通俗易懂的詞語，《說文》用「白」作訓釋詞的也很多。

〔註10〕 王力主編《王力古漢語字典》，中華書局，2000 年版，第 1279 頁。

〔註11〕 宗福邦、陳世鐃、蕭海波主編《故訓彙纂》，商務印書館，2003 年版，第 369 頁「喻」字條。

2.2 義場各詞項的差異

「告」的義域很寬，不論告上、告下、平等相告都曰「告」，還包括向別人傳達自己的感受，如《詩經》中「告」共有 22 見，除了一處通假外，其餘都是向別人傳遞信息，如：

（1）經營四方，告成於王。（《詩經·大雅·江漢》）

（2）我聞有命，不敢以告人。（《詩經·唐風·揚之水》）

（3）君子作歌，維以告哀。（《詩經·小雅·谷風之什》）

「語」泛指一般的說話、談話，但是從詞源意義來說，從「吾」得聲的字多有「交、對」義，如「晤、牾、悟」等。所以「語」多為交談、對答，如《論語序》：「名曰論語集解。」《釋文》：「答述曰語」。正因為這種對答、對談的意義特徵，即「語」強調談話的 G，常譯為「告訴」；有時除了出現 G 外，還出現談話的 N；有時只出現 N，G 不顯現，這時一般翻譯為「談論」。如「子不語怪、力、亂、神。」（《論語·述而》）

「語」和「告」雖都表「告訴」義，但語義特徵是有別的。如「公語之故，且告之悔。」（《左傳·隱公元年》）此處的「語」和「告」均為「告訴」義，但二者有細微差異，「告」是鄭重其事告訴別人，故有端莊色彩；而「語」是在交談中傳遞信息，重在交談中訴說，故比較隨便。上句「語之故」用「語」，因為莊公是回答穎考叔的發問，在交談中隨意地「告訴」。但是一說此事便勾起莊公心病，不知不覺衝破其心理防線，不禁吐露出後悔而難於改變的困惑，這是超越對方的要求，鄭重告訴對方（事實上正是對方預想的結果），是主動傾訴，故用「告」。〔註12〕

「謂」的「告訴」義尤為常見，而只出現在特定的帶直接引語的結構中，或用「曰」或不用「曰」引出直接引語，即「動詞＋（G）＋（曰）：『直接引語』」。而「告」和「語」的「告訴」義不僅僅見於這種結構形式。在該義場中，出現在這一結構中的詞項常見「謂」，其次是「告」或「語」。如《墨子·魯問》：「魯陽文君語子墨子曰。」孫詒讓閒詁：「吳鈔本語作謂」。另外，「謂」帶直接

〔註12〕此處參看黃金貴《古漢語同義詞辨釋論》，上海古籍出版社，2002 年版，第 49～50 頁。

引語不用「曰」較爲常見，但是「告」帶直接引語不用「曰」卻不常見，而「語」不用「曰」則是罕見。如：

（4）釋獲者執餘獲進告：「左右卒射。」如初。（《儀禮‧大射儀》）

（5）召申祥而語之曰：「……」（《禮記‧檀弓上》）

「謂」帶單賓語的情況極少，因「謂」詞源意義是兩兩相當，所以一般出現雙賓語；而「告」和「語」結構上帶單賓語的用例常見，甚至多於帶雙賓的情況。

「謂」帶單賓的例子先秦漢語中罕見，僅見下面幾例：

（6）謂：「先王何常之有？唯餘心所命，其誰敢請〔註13〕之？」（《左傳‧昭公 26 年》）

（7）謂：「邯鄲人誰來取者？」（《戰國策‧秦策》）

（8）鮑牽見之，以告國武子，武子召慶克而謂之。慶克久不出，而告夫人曰：「國子謫我！」（《左傳‧成公 17 年》）

（9）子盍謂之。（《左傳‧昭公 8 年》）

例（6）和例（7），關係對象雖然在句中沒有顯現，但是實際上是存在的，在主體心目中有所指，且「謂」是最常見意義和用法即「對……說」。實際上這兩例仍然可以看作雙賓（只是 G 省略）。但是例（8）和例（9）卻是罕見的單賓用例（而且帶非句子賓語），這種情況下跟「告」的用法相同，例（8）是爲了避免與「告」重複，本句的前後都出現了「告」。例（9）帶單賓語的原因可能是因爲同義詞類推所致，「謂」、「告」、「語」在「對……說」的用法（動詞＋G＋引語）上相同，所以由「『告或語』＋G（單賓）」的結構類型類推出「謂＋G（單賓）」。到漢代「謂」帶單賓語的情況雖然有所增加，但是用例仍很少。如「代王乃謂太尉。」（《史記‧卷 9》）「請往謂項伯，言沛公不敢背項王也。」（《史記‧卷 7》）「臣常欲謂太尉絳侯。」顏師古注：「謂者，與之言。」（《漢書‧陸賈傳》）

「誥」出現在義場中主要是春秋中期以前。從甲骨文時代，「告」一直作動

〔註13〕 「請」，根據楊伯峻《春秋左傳譯注》，中華書局，2009 年版，第 1477 頁：應是「討」，「原作『請』，今依阮元校勘記及金澤文庫本正」。

詞，而《尚書》中，隨著名詞使用的增多，產生了「誥」。「誥」、「告」本同一詞，都是「告訴」義，後來二者分化，「誥」與「告」主要為名動之別，而非「上告下」或「下告上」的區別〔註14〕。「誥」主要用作名詞，是動詞分化的結果。如：

（10）王曰：「我不惟多誥，我惟祗告爾命。」（《尚書·周書·多方》）

（11）予不允惟若茲誥，予惟曰：「襄我二人……」（《尚書·周書·君奭》）

（12）今我曷敢多誥？（《尚書·周書·多方》）

上述幾例中「誥」前有修飾語「多」或「茲」，說明此「誥」起名詞之作用。例（10）「誥」與「告」同句出現，可見其別。

但是二者並非涇渭分明，「誥」雖然有名詞〔註15〕之功能或者說有分化動詞的趨勢，但「誥」仍常用作動詞。「誥」的動詞用法早在《周易》就可見到，《尚書》中也常出現，「告上」、「告下」都可用「誥」。只是內容的原因，出現「上告下」的情況多些，故使得人們得出值得商榷的結論〔註16〕。如：

（13）後以施命誥四方。（《周易·下經》）

（14）王若曰：「猷大誥爾多邦越爾御事……」（《尚書·周書·大誥》）

（15）文王誥教小子有正有事。（《尚書·周書·酒誥》）

（16）厥或誥曰：「群飲。」汝勿佚。（《尚書·周書·酒誥》）

前三例都是「上告下」；例（16）是「下告上」。

「誥」「告」也常連用，如：

〔註14〕王鳳陽《古辭辨》，吉林文史出版社，1993 年版，第 755 頁：「在等級森嚴的古代社會裏，也把『告』作了等級上的劃分，把身份相近的人互相告語和下對上的稟告稱做『告』，而把上告下別作一『誥』字。」《王力古漢語字典》（第 1279 頁）也認為「後人加以區別，下告上為告，上告下為誥。」

〔註15〕這裡名詞既包括專用名詞的用法，也有普通名詞的用法。

〔註16〕《王力古漢語字典》（第 1279 頁）「誥」下：「『告』、『誥』本同一詞，都是告訴的意思。後人加以區別，下告上為告，上告下為誥。」

（17）王若曰：「誥告爾多方……」（《尚書·周書·多方》）*按：此例「誥告爾多方」，與《尚書》同章前文的「告爾四國多方」相同，說明「告」與「誥」爲同義連用。*

（18）拜手稽首，旅王若公誥告庶殷越自乃御事。（《尚書·周書·召誥》）

雖然「誥」有分化爲名詞之趨勢，但是由於動詞「告」仍常用於自指，起名詞之作用，例不煩舉，因此致使「誥」的分化並未成功。

「謁」在「告訴」語義場中佔有特殊位置，專門表示對尊者、上位者的「告訴」，主體和客體是下對上或卑對尊的關係。「謁」表「告訴」義，即向尊者傳遞消息或陳述事情，如：

（19）使豎牛請日。入，弗謁。（《左傳·昭公 4 年》）

（20）執而謁諸王。（《左傳·昭公 7 年》）

（21）伯石始生，子容之母走謁諸姑，曰。（《左傳·昭公 28 年》）

這幾例主客體是下與上的關係，同時主客體又不處一個空間，可能有一段距離。所以後來產生了「謁者」一詞，是專門向上司傳遞話語的人。有什麼事，要走近上司所在之處才能向他通報相關事情。

「諭（喻）」把事情、道理或意願等向人陳述或解說，讓對方明白、理解。嚴格地說，應是屬「告訴」義的子義場，它是「告訴」的下位義，因「諭（喻）」強調主體動作對客體的反應。其「告曉、告訴」義較常見，常帶賓語「志」、「意」、「心」等，這時常譯爲「表達、表明」等，仍是「告諭」義。如：

（22）間問以諭諸侯之志。（《周禮·秋官司寇》）

（23）奉承而進之，於是諭其志意。（《禮記·祭義》）

（24）或得寶以危其國，文王得朽骨以喻其意。（《呂氏春秋·孟冬紀》）

（25）言者以諭意也。（《呂氏春秋·審應覽》）

（26）寡人善孟嘗君，欲客之必諭寡人之志也。」（《戰國策·齊 4》）

（27）以諭朕意於單于。（《史記·卷 10》）

有時帶其他內容賓語，是把內容講述明白之義。如「故君子之說也，足以

言賢者之實、不肖者之充而已矣，足以喻治之所悖……」(《呂氏春秋·先識覽》)

即使帶人稱賓語，也是表示向這些人說明情況或闡明道理，使之懂得。如：

（28）告諭秦父兄。(《史記·卷8》)

（29）因以文諭項羽，項羽乃止。(《史記·卷8》)

（30）太尉往諭，謁者十人皆掊兵而去。(《史記·卷9》)

由此言說義引申出認知義「理解、懂得」，這是一個動作的兩個方面，是從不同角度產生的意義。一個是從說者角度（主體）而言，是「講明道理或情況」；一個是從聽者角度（客體）而言，是「懂得、理解」。如「諸侯皆諭乎桓公之志。」(《穀梁傳·僖公3年》)。

「訴」在該義場中更是獨居一隅，訴說者（主體）往往自認為是含冤受屈者（實際上可能是、也可能不是）；聽者（即G）一般都是說者值得信賴的人，或是上位者、或是尊者。訴說者不僅是訴說不滿或受屈的情緒還希望得到幫助。

「訴（愬）」表「訴說」義最早見於《詩經·邶風·柏舟》：「薄言往訴，逢彼之怒。」主體向人陳述心理的冤屈，即不好的心緒。該篇序云：「柏舟，言仁而不遇。」又如「天下之欲疾其君者，皆欲赴訴於王。」(《孟子·梁惠王上》)天下之人之所以「赴訴於王」，是因為他們的國君給他們帶來了很多痛苦，而今王實行仁政，這樣的王正是他們傾訴的對象，也是求助的對象。

所以，與「告」不同，「訴」不僅是訴說一件事情，更主要是訴說心中對某人某事的不滿情緒。如：

（31）干徵師赴於楚，且告有立君。公子勝愬之於楚，楚人執而殺之。(《左傳·昭公8年》)

（32）他日，董祁愬於范獻子曰：「不吾敬也。」(《國語·晉語9》)

「詔」嚴格說來也應屬「告訴」義場的子義場。「詔」的「告知」義不是一般地傳遞信息，而是「告訴別人某事某情況，使客體明瞭」。多數是告訴別人怎樣做，因為「詔」與「昭」「照」同源。「詔，照也。」(《釋名》)「詔」的主體常常是掌握一定知識的人，所以客體往往聽從主體所說。而主體並非只是上位

者，主體和客體的地位存在著各種各樣的關係，不分地位高低。「詔」主要就是告訴別人做什麼或不做什麼，常譯作「告戒」或「教導」。如：

（33）詔後治內政。（《周禮・天官冢宰》）

（34）夫為人父者，必能詔其子；為人兄者，必能教其弟。若父不能詔其子，兄不能教其弟，則無貴父子兄弟之親矣。（《莊子・盜跖》）陸德明《釋文》：「詔，教也。」

「詔」存在於「告訴」義場主要是從春秋晚期到戰國初中期，既有上告下，也有下告上，也有平等地位的「相告」。與「告」的主要區別是體現在其詞源意義上。如「要時立功之巧若詔四時」（《荀子・儒效》）又如「昔者舜之治天下也，不以事詔而萬物成。」（《荀子・解蔽》）「詔」常常是明確地說明要客體怎麼做，所以「詔」之後往往出現另一個動詞。如「以官刑詔冢宰而誅之。」（《周禮・天官冢宰》）

「報」本義為「根據犯罪者罪行的輕重大小，依法判處相應的懲罰。」〔註17〕「報，當罪人也」（《說文・㚔部》）。由詞源意義「相應」產生了一系列引申義──「往復」、「報復」、「報答」、「覆命」等。其中「覆命」，指奉命辦完事回來報告，主要用於臣對君王、僕對主人等稟告執行任務的情況。出使或外出完成任務者都是下位者，被上位者委派，所以「報」多數是下對上。如：

（35）樂毅報遺燕惠王書曰。（《史記・卷80》）

（36）廟成，還報孟嘗君曰：「三窟已就……」（《戰國策・齊4》）

（37）晉人之覘宋者，反報於晉侯曰：「……」（《禮記・檀弓下》）

（38）列子入，泣涕沾襟以告壺子……列子入，以告壺子……列子入，以告壺子……明日，又與之見壺子。立未定，自失而走。壺子曰：「追之！」列子追之不及。反，以報壺子曰：「已滅矣，已失矣，吾弗及已。」（《莊子・應帝王》）*按：此句前面出現三個「告」；最後一個用「報」，因為此處是執行命令後「回覆」使命的完成情況。*

（39）巫祝史與望氣者必以善言告民，以請上報守，守獨知其請而

〔註17〕見《漢語大詞典》，漢語大辭典出版社，2009年版，第1227頁「報」字條下。

已。《墨子・卷 15》按：「上報守」是把情況報告太守，因爲這是按上位者要求行事。

（40）守室下高樓，候者望見乘車若騎卒道外來者，及城中非常者，輒言之守。守以須城上候城門及邑吏來告其事者以驗之，樓下人受候者言，以報守。（《墨子・卷 15》）按：此處表示傳遞信息分別用了「言」、「告」、「報」，這是同義避複。

「報」言說義的用例約 1/5 用於「反（返）報」、「還報」、「歸報」等類似形式的語境中，表示執行任務後返回報告。實際上，「答覆別人的問題」之義也用「報」。有時是上對下，有時是下對上。漢代出現了這種用法，如：

（41）於是上久不報式，數歲，乃罷式。（《史記・卷 30》）按：皇上久不答覆卜式（吏民上書後皇上置之不理，不予答覆叫做不報。）

（42）從亡賤臣壺叔曰：「君三行賞，賞不及臣，敢請罪。」文公報曰：「夫導我以仁義，防我以德惠，此受上賞……三賞之後，故且及子。」（《史記・卷三十九》）按：這是皇上回答臣的問題。

（43）須賈爲魏昭王使於齊，范睢從。留數月，未得報。（《史記・卷 79》）

（44）乃上書曰：「……」天子報曰：「古者賞有功……」（《史記・卷 112》）

以上用例都不是下對上，而是上答覆下，其實只要是答覆別人問題，都可以用「報」，如「使人問左右，盡報弗聞。」（《韓非子・十過》）這就是下答覆上。

另外，從組合關係來看，「報＋G」類型多見，還見「報＋N」、「報＋N＋介詞＋G」、「報＋N＋G」、「介詞＋N＋報」等類型。如：

（45）種還，以報句踐。（《史記・卷 41》）

（46）晉人之覘宋者，反報於晉侯曰：「陽門之介夫死，而子罕哭之哀，而民說，殆不可伐也。」（《禮記・檀弓下》）

另見《國語》、《戰國策》數例均作「報＋G」的類型，同例（45）。例（46）中介詞的使用可能是爲了與「報」的「報復」義相區別（「報復」義之「報」後面也跟 G）。如「『王若欲報齊乎，則不如因變服折節而朝齊，楚王必怒矣。王遊人而合其鬥，則楚必伐齊。以休楚而伐罷齊，則必爲楚禽矣。是王以楚毀齊也。』魏王曰：『善。』乃使人報於齊，願臣畜而朝。」（《戰國策‧魏二》）前面「報齊」是「報復齊」，後面「報於齊」是「向齊報告」。

（47）於是遷仕爲郎中，奉使西征巴、蜀以南，南略邛、筰、昆明，還報命。（《史記‧卷 103》）按：「報命」，事情辦完後回來覆命。

（48）臣乃市井鼓刀屠者，而公子親數存之，所以不報謝者，以爲小禮無所用。（《史記‧卷 77》）

（49）是日皆報殺四百餘人。（《史記‧卷 122》）

（50）使桓楚報命於懷王。（《史記‧卷 7》）

（51）魯公伯禽之初受封之魯，三年而後報政周公。（《史記‧卷 33》）

（52）太后曰：「吾復立帝子。」袁盎等以宋宣公不立正，生禍，禍亂後五世不絕，小不忍害大義狀報太后。（《史記‧卷 58》）

最後二例 N 與 G 均現，其中例 51 之所以作「報＋N＋G」型，是因爲兩個賓語音節簡單，連用出現不會造成混淆，跟「哀公問政孔子」同理，例 52 由於內容賓語太長而用介詞把賓語提前。

「復」用於言說意義，最初指回來向王報告，即上奏。它常出現於比較固定的語境中，其某種用法往往集中體現在一本書中或幾本書中。如自指爲名詞的「復」除了《晏子春秋》（2 見）、《戰國策》（1 見）外，其餘基本見於《周禮》，即：

（53）敍群吏之治，以待賓客之令、諸臣之復、萬民之逆。（《周禮‧天官冢宰》）

（54）大僕掌正王之服位，出入王之大命，掌諸侯之復逆。（《周禮‧夏官司馬》）

（55）掌三公及孤卿之復逆，正王之燕服位。（《周禮‧夏官司馬》）

（56）御僕掌群吏之逆，及庶民之復，與其弔勞。（《周禮‧夏官司馬》）

（57）凡遠近煢獨、老幼之欲有復於上，而其長弗達者，立於肺石三日，士聽其辭，以告於上，而罪其長。（《周禮·秋官司寇》）

（58）晏子假之以悲色，開之以禮顏，然後能盡其復也。（《晏子春秋·內篇雜上》）

（59）且嬰之於靈公也，盡復而不能立之政，所謂僅全其四支以從其君者也。（《晏子春秋·外篇上》）

（60）對曰：「願有復於公。（《戰國策·韓一》）按：「有復於公」意思是「還有些話希望稟告您」。

戰國中期以前主要用於「復命」，《論語》《儀禮》《國語》分別爲 1 見、6 見、7 見（均爲「復命」）；《左傳》28 見，其中 23 見「復命」，其餘 5 見爲「復於 G」類型。「復於 G」形式又出現在《墨子》《孟子》中，分別爲 3 見、1 見。另外「復曰」《墨子》1 見。如：

（61）賓退，必復命曰：「賓不顧矣。」（《論語·鄉黨》）

（62）有復於王者曰：「……」（《孟子·梁惠王上》）

（63）伍子胥復曰：「……」（《公羊傳·定公 4 年》）

只有《莊子》一例特殊，不作「復命」，也不作「復曰」。即：

（64）丘請復以所聞：凡交近則必相靡以信，遠則必……（《莊子·人間世》）

戰國晚期、漢代除了《晏子春秋》和《管子》出現新的語境外，《公羊傳》8 見均作「復於 G」類型，《呂氏春秋》「復於 G」3 見，另外 2 見是「復者」，《史記》1 見「復命」，《晏子春秋》除了 2 個自指爲名詞、2 個「復者」，其他都作謂語。如：

（65）晏子復曰：「國之士大夫……」（《晏子春秋·內篇諫下》）

（66）景公飲酒，田桓子侍，望見晏子而復於公曰。（《晏子春秋·內篇雜下》）

（67）晏子入，復乎公，公忿然作色而怒曰：「……」（《晏子春秋·外篇上》）

（68）晏子至，已復事，公延坐，飲酒樂。（《晏子春秋·內篇諫下》）

（69）雖然，嬰將爲子復之，適爲不得，子將若何？（《晏子春秋·

內篇諫下》）

（70）景公之嬖妾嬰子死，公守之。三日不食，膚著於席不去，左
右以復，而君無聽焉。（《晏子春秋·內篇諫下》）

例（65）和（66）這種類型前文出現過，例（67）是唯一用介詞「乎」引
出關係對象 G 之例。例（68）～（70）是新產生的類型「復＋N」，其中例（70）
省略了 N。

《管子》除了戰國前期已見的「復＋於＋G」和戰國晚期的「复＋N」外，
新產生了「復＋G」和「复＋N＋於＋G」型，即：

（71）管子入復於桓公曰。（《管子·輕重丁》）

（72）桓公終神，管子入復桓公曰。（《管子·輕重丁》）

（73）以復管仲，管仲於是知桓公之可以霸也。（《管子·小問》）

（74）正月之朝，五屬大夫復事於公。（《管子·小匡》）

（75）正月之朝，鄉長復事，公親問焉。（《管子·小匡》）

（76）公令官長，期而書伐以告，且令選官之賢者而復之。（《管子·
小匡》

（77）……諸侯使者無所致、百官有司無所復。（《管子·小匡》）

例（72）和例（73）「復＋G」類型少見的原因是「復」的義項太多，「復
＋G」容易造成理解的困難。如「請復衛侯而封曹，臣亦釋宋。」（《史記·卷
39》）「復衛侯」是讓衛侯復位。但是例（72）和例（73）「復」後出現的這兩個
G「桓公」和「管仲」爲讀者所熟悉，一般不會造成交際混亂，所以才產生了
這種形式。從詞義特徵看，例（73）中的「復」用於泛指義，「以復管仲」指桓
公把這件事告訴管仲，不是下對上，甚至是上對下。

詞義的泛指，一般來說是發展新義的潛在機制。但是「復」是個多義詞，
而且「向上回覆或稟告」之義並不多見，更重要的原因是表此義更常用「報」
這一詞項，所以這種泛指用法並沒有得到發展。

總之，「復」主要用於下對上的回覆或稟告，相當於「報」的「義位變體1」。
只不過，「報」的義域比「復」寬。所以後來「復」被「報」代替。

「白」表「告訴」義出現在戰國晚期，如：

（78）燕相白王，王大說，國以治。（《韓非子·外儲說左上》）

（79）彼正其名，當其辭，以務白其志義者也。（《荀子・正名》）

（80）此十五人者爲其臣也，皆夙興夜寐，卑身賤體，竦心白意……

（《韓非子・說疑》）

後兩例都是「白＋N」類型，而且賓語是「志義」或「意」，用言語表明思想、心意等。

漢代，大概「白」在口語中出現較多，所以侵入書面語中。《史記》「白」表言說義的用例雖然僅數見，但是多出現在會話中，《史記》所有用例如下：

（81）皆對曰：「……臣請見太后白之。」（《史記・卷58》）

（82）呂后白上曰：「彭王壯士，今徙之蜀……」（《史記・卷90》）

（83）齊人東郭先生……拜謁曰：「願白事。」（《史記・卷126》）

（84）巫嫗弟子是女子也，不能白事，煩三老爲入白之。（《史記・卷126》）

（85）言之皇后，令白之武帝，乃詔衛將軍尚平陽公主焉。（《史記・卷49》）

（86）屬王母弟趙兼因辟陽侯言呂后，呂后妒，弗肯白。（《史記・卷118》）

從上古數例來看，「白」表傳遞信息義主要有兩類：「白＋G」和「白＋N」。從引出 G 來看，都是下位者對上位者、卑對尊的稟告，例（86）「弗肯白」指不肯告訴皇上。又如「白單于」（《漢書・蘇武傳》）。

表1 語義特徵分析

語義特徵\詞項	用言語	傳遞信息	完成使命的情況	回答問題	（正式）通告	對上	對下或同級	主體感受	使客體明瞭
告	＋	＋	±	±	±	±	±	±	±
語	＋	＋	－	＋	－	±	±	－	－
誥	＋	＋	－	－	±	±	±	－	－
謂	＋	＋	－	－	－	±	±	－	－
謁	＋	＋	－	－	－	＋	－	＋	－
諭（喻）	＋	＋	－	－	－	±	±	－	＋

訴		＋	＋	－	－	－	＋	－	＋	－
詔		＋	＋	－	－	－	±	±	－	＋
報	變體1	＋	＋	＋	－	－	＋	－	－	－
	變體2	＋	＋	－	＋	－	±	±	－	－
	變體3	＋	＋	－	－	＋	±	±	－	－
復		＋	＋	＋	－	－	＋	－	－	－
白		＋	＋	－	－	－	＋	－	－	－

2.3 義場各詞項的變化

該義場中「告」詞項出現頻率最高，不同歷史時期皆如此，所以「告」一直穩居主導詞項之位。雖說「告」的語義特徵從古到今無大變化，但其組合關係是有變化的。而且不同時期與「告」聚合的詞項也發生了變化，即出現在這個義場中的非主導詞項有很大的變化。這些詞項並非共時共域地存在一個平面上，有的殷商時期就存在了，有的到戰國晚期漢代才出現。

「語」戰國中期以前在「告訴」語義場一直佔有一席之地，尤其是春秋晚期到戰國初期「語」的「告訴」義大量出現，其語法標記是「語」帶關係對象。如「歸，以語范文子。」（《左傳・成公12年》）；「單子語諸大夫曰：『溫季其亡乎……」（《左傳・成公16年》）；「公曰：『多語寡人辰，而莫同。何謂辰？』」（《左傳・昭公7年》）；「夫子語我九言，曰：『無始亂，無怙富，無恃寵……』」（《左傳・定公4年》），這些用例中的「語」，也可以用「告」表示，但是並非出現「告」（表「告訴」）的地方都可以出現「語」，因為「語」是強調關係對象而產生的。

戰國晚期是語言發生劇烈變化的時期，同時也影響到「告訴」義場的變化。這個時候「語」的「告訴」義使用頻率發生了變化，《荀子》還比較常見，「語」27：10（27見有10次告訴義，下同）；《晏子春秋》「語」10：4。但是《韓非子》「語」（「告訴」義）的使用有所減少，即「語」37：2（只有2見是「告訴」義）。

漢代除了引述原文或陳述舊事等習慣於使用原文的語言風格外，一般情況下「語」主要作名詞用。「告訴」義的使用相對來說比以前少見了，《淮南子》

「語」17 見，「告訴」2 見，且這兩例均見於同章：

（87）教寡人以道者擊鼓，諭寡人以義者擊鐘，告寡人以事者振
　　　鐸，語寡人以憂者擊磬。（《淮南子・論訓》）

（88）語其子曰：「汝數止吾爲俠。今有難……」（《淮南子・論訓》）

　　例（87）「語」的出現是爲了避免重複，「教」、「諭」、「告」、「語」對應，
達到一種修辭效果。例（88）可能跟前例原因類似，因爲《淮南子》中不遠的
下文就有「宋人有嫁子者，告其子曰……」，應該算是一種泛義的對文。當然，
其中的語義差別依然是存在的，「語其子曰」中的「語」還保留著對答之義，因
爲前文有「其子孫數諫而止之」，即他的子孫多次勸告制止他。所以經過了那件
事之後，他告訴其子孫的話實際就是對他們的回答。

　　《管子》一書託管子之名，現今所見的本子是西漢劉向集解而成。《管子》
的內容儘管具有異質性，但是多數學者還是認爲《管子》的所有篇章都不是出
自戰國以前，多數產生於戰國晚期或漢代。〔註18〕我們從語言特點也可以印證
這個結論。《管子》出現 21 次「語」，其中表「告訴」13 次，但是 10 次是出現
在管子和桓公的對話中，他們都是春秋時人，所以語言特點自然保持著當時的
風格，另有 2 見是表「告訴」義，即「相語以事，相示以功，相陳以巧，相高
以知事……相語以利，相示以時，相陳以知賈。」（《管子・小匡》）。

　　《史記》「語」237 見，「告訴」義 29 見（另外有同義連用結構 4 見），例
如：

（89）令平陽侯告衛尉：「毋入相國產殿門。」……欲爲亂，殿門
　　　弗得入，裴回往來。平陽侯恐弗勝，馳語太尉。（《史記・卷
　　　9》）

（90）語大夫曰：「我之帝所甚樂，與百神遊於鈞天……」（《史記・
　　　卷 43》）

（91）語諸大夫曰：「我之帝所甚樂，與百神遊……」（《史記・卷
　　　105》）

〔註18〕轉引自（英）魯惟一主編《中國古代典籍導讀》，遼寧教育出版社，第 261 頁：羅
　　　根澤在其《管子探源》（中華書局，1931 年版）一書中對《管子》每篇的時代和作
　　　者分別進行研究。他的結論基本被當代大多數學者所接受。

　　這三例都是避免重複，例（89）「告衛尉」「語太尉」前後出現；例（90）和例（91）是段落避免重複，《史記》中這兩處幾乎是同樣的內容，分析上下文發現，這兩處的前文都有這樣的內容：「在昔秦繆公嘗如此，七日而寤。寤之日，告公孫支與子輿曰：『我之帝所甚樂……』」前後文是同樣的結構甚至是內容都有部份的重複，所以為避免重複，前文用了最常見的「告」，後文換成同義詞「語」。

　　《史記》獨用「語」表「告訴」義29例，其中至少有4例是引述孔子的原話或《楚辭》的原文。再去掉上述因修辭原因而使用的「語」以及那些敘說舊事而沿用「語」，餘下表「告訴」義的「語」僅約10例。《論衡》「語」共159見（不包括篇名），「告訴」義僅數見，或引述舊事，或為避免重複。

　　「語」表示「告訴」義儘管到漢代用得少了，但是由於語言的傳承性，各種原因所致，一直到中古還有這種用法。《世說新語》中「語」的告訴義還很比較常見〔註19〕。《洛陽伽藍記》還能見到「語」的這種用法。但是《顏氏家訓》中「語」基本是名詞的用法，「告訴」義已經絕跡。

　　與「告」不同的是，「語」不但動詞用法常見，名詞用法也常見，且後者逐漸成為其主要用法，這也是動詞「語」逐漸從「告訴」語義場消失的原因之一。

　　「謂」出現在「動詞＋G（曰）＋直接引語」這種結構中的用法一直到中古漢語還很常見。如《世說新語》中，「謂」共224見，其中「對……說」118見。之所以「謂」一直保持此用法，在該義場中佔據一個特有位置，一是因為「謂」的此義位不會與「謂」的其他義位發生混淆；另外，其他兩個有此用法的「告」和「語」情況就不同了，首先帶雙賓語不是它們的必有特徵，而且「語」不但動詞用法常見（「告訴」義），名詞用法也很常見；「告」義域則寬得多，其他用法也很常見。

　　「誥」表「告訴」義主要是春秋中期以前，春秋中期以後到戰國、漢代，「誥」基本不再表示動詞「告訴」義了，完全從「告訴」義場中消失了。

　　春秋以後，「誥」的使用範圍很窄，主要是引述《尚書》篇名時出現，其次

〔註19〕根據張萬起編的《世說新語詞典》，商務印書館，1998年版，第31頁，「語」共227次，其中「告訴、對……說」義115次。

的用法是作爲專有名詞使用，用爲文體名。如「一曰誓，用之於軍旅；二曰誥，用之於會同。」(《周禮・秋官司寇》)又「誥誓不及五帝，盟詛不及三王，交質子不及五伯。」(《荀子・大略》)

在測查的文獻語料中春秋中期以後的著作「誥」的動詞用法 2 見（可靠的僅 1 見），如下：

> (92) 近臣諫，遠臣謗，輿人誦，以自誥也。(《國語・楚語上》)
>
> (93) 「帝謂文王，予懷明德……」此誥文王之以天志爲法也，而
>   順帝之則也。(《墨子・卷 7》)

例（92）「誥」的「告誡」義爲罕見用例，原因存疑；例（93）「誥」誤，畢沅注：「『誥』字，據上下文當作『語』。」

「誥」不再表「告訴」義的原因很清楚，本來它就是「告」的分化字，爲其名詞義而產生的，雖說分化並未取得成功。作爲動詞使用的「誥」無任何優勢跟「告」競爭，結果自然被淘汰。故後來的「誥」專門用於名詞，且爲專有名詞。

「謁」也是春秋晚期戰國初期進入該義場中的，戰國晚期是「謁」產生「拜謁」義的萌芽期。漢代「謁」的「拜見」義成爲常見義位，已經很少出現「告訴」義。「謁」脫離「告訴」義場轉到其他義場，《淮南子》《管子》《史記》《論衡》中表「告訴、陳述」之「謁」，分別爲 2 次、1 次、15 次、2 次，大多數爲引述原文或敘說舊事。

「謁」的「告訴」義體現著下對上，主體對客體的尊敬之情，這是它引申出「拜見」義的重要原因。它不再表示告訴義的原因，一是這個意義完全可以用主導詞項「告」和義場其他詞項來表示，「謁」這種關係對象的差異只是其次要語義特徵，「謁」的主要語義特徵跟「告」等其他詞項相同，所以導致了「謁」的告訴義消失，跟「訪」同理；二是「謁」的「拜見」義成爲主要義項，而且其「請求」義也比較常見，再保留「謁」的「告訴」義可能會造成交際混淆。

「諭（喻）」的「告曉、告訴、使知道」義和「懂得、明白」義都是常見義位，而且在戰國中期又產生了「說明、比喻」的義位，即「用具體的事物來說明抽象的道理。」漢代該義位也成爲其常見義位。由於常見義位的增多，這

兩個形體產生了分化趨勢，表「說明、比喻」義多用「喻」而少用「諭」，漢代尤其是東漢，分化趨勢更明顯了，表示「比喻、說明」多用作「喻」，少用作「諭」，然而這個時候表示「告曉、告訴」義並沒有同步為多作「諭」，這個義位兩個形體仍混用，甚至到中古如《世說新語》中，二者都用於表「告訴」義，如：

（94）公卿將校當詣府敦喻。（《世說新語·文學》）

（95）敦謂鯤曰：「余不得復為盛德之事矣！」……鯤諭敦曰：
「……」（《世說新語·規箴》）

「訴」從戰國末、漢代就常常與「告」組成同義連用結構，表示訴說一種情緒。如「黔首無所告訴。」（《呂氏春秋·孟秋紀》）「思怫鬱兮肝切剝，忿悁悒兮孰訴告。」（《楚辭·九思·憫上》）此時的「告訴」，仍然是訴說自己冤屈和內心的痛苦等。

「詔」在秦之前就已經存在，但使用範圍狹窄。《尚書》中 2 見，都出於《微子》篇，而《微子》的產生可能晚至戰國時代了。《左傳》僅 1 見。

戰國晚期由於「詔」產生了新義位「上級（包括君王）發布命令」，已經不是一般意義上的「告訴」義，主體為君王或上級，他告訴我們做什麼即為發布詔命。雖說這個時期傳承的動詞用法「告訴」義偶見使用，但出現頻率較低，這個時期是其「告知」義消失過渡期，但是並非消失得無影無蹤，而是發展出一個新義位。

漢代產生了新義位「皇帝發布命令」，施事者只能是皇帝，「詔」成為皇家專用詞。這樣「詔」就不再表示一般的「告訴」義了。

同樣「告哀」、「告勞」這種「訴說」義後代用「訴」來表示，表達主體的一種感受，當然這種替換不是突然完成的，上古「訴」表達的這種主體感受隱含在「訴」的詞義之中，屬於其語義特徵的一部份。「訴」上古時期是綜合性較強的詞，後世變成分析性較強的詞〔註20〕。

〔註20〕 參見楊榮祥《「太叔完聚「考釋》，載《語言學論叢》第 28 輯，商務印書館，2003年版，第 134 頁。

又參楊鳳仙《古漢語「言說類」動詞的演變規律之探析》，載《中國政法大學學報》2011 年第 6 期（總第 26 期），第 149 頁。

在該義場中，還有「報」、「復」等。此二者具有獨特的語義特徵，含有回覆或向上稟告義，後來使用頻率高的「報」成為表示此義的主要詞項。也就是說，「報」或「復」走進「告訴」義場使詞義表達更清晰、更精確。「報」或是完成使命回來報告；或是回答別人的問話；或是向別人通告某信息，「報」基本上具有這三個義位變體。「報」與「復」同源，有「回覆」之義。如「『有鼓新聲者，使人問左右，盡報弗聞。其狀似鬼神，子為我聽而寫之。』師涓曰：『諾。』因靜坐撫琴而寫之。師涓明日報曰：『臣得之矣……』」（《韓非子·十過》）。前兩個義位變體都含有「回覆」義，但是「向人通告信息」這一義位變體已經失去了「回覆」語義特徵，表示正式通知某事。

「報」戰國末期頻率增加，尤其漢代詞義進一步發展，義域有所擴大。「向對方正式通告某一信息」，也可以用「報」，並不是回應什麼，甚至可以是主動地告知。這一意義跟現代漢語的「報」意義接近，現在以語素形式保留在「通報」等詞語中。例如：

（96）晉侯亦使呂省等報國人曰：「孤雖得歸，毋面目見社稷，卜日立子圉。」（《史記·卷39》）

（97）甘羅謂文信侯曰：「借臣車五乘，請為張唐先報趙。」文信侯乃入言之於始皇曰：「……今者張唐欲稱疾不肯行，甘羅說而行之。今原先報趙，請許遣之。」（《史記·卷71》）

（98）高乃報胡亥曰：「臣請奉太子之明命以報丞相，丞相斯敢不奉令！」（《史記·卷87》）

（99）太子送至門，戒曰：「丹所報，先生所言者，國之大事也，願先生勿泄也！」（《史記·卷86》）

（100）梁數使使報條侯求救，條侯不許。又使使惡條侯於上，上使人告條侯救梁，復守便宜不行。（《史記·卷106》）

例（100）同樣的內容前面用「報」，後面用「告」。

「通告某一消息」義一直沿用到中古，唐杜甫《秦洲雜詩》之十三：「船人近相報，但恐失桃花。」甚至沿用到現代漢語書面語中，如「許多人都沸沸揚揚，金嬸嬸一早就跑過來報消息。」（丁玲《阿毛姑娘》二）〔註21〕。但是現代

〔註21〕例引《漢語大詞典》，第 1227 頁。

漢語中主要作爲語素使用，如「報告」。

「復」的「告訴」義的產生早於「報」，《尚書》已經出現了。如：

（101）朕復子明辟。（《尚書·洛誥》）

從文中所附表 2 可看出：春秋時期、戰國初中期表示「向上傳遞相關信息、或彙報情況或說明事情」主要用「復」；戰國晚期、漢代表示此義主要用「報」。這是因爲「復」的其他義項常見，語言明晰性的需要使得「復」的「告訴」義的使用不可能有大的發展。比如「鮑牧怒曰：『子忘景公之命乎？……』鮑牧恐禍起，乃復曰：『皆景公子也，何爲不可！』」（《史記·卷 32》）此「復」作副詞表「又」意，已經成爲其常見義，所以「復」從該義場消失。

表 2　詞項頻率統計表

詞項	易經	今文尚書	詩經	論語	左傳	儀禮	周禮	國語	楚辭	老子
告	11/11	43/43	21/22	20/20	439/439	150/150	24/24	131/131	16/17 1/17	
語	5/7		5/7 1/7	9/15	41/49	1/1	1/5	24/49	4/5	1/2
謂		5/6	45/60	26/78	199/539	0/13	0/110	41/171		0/32
誥	1/1	13/15 2/15			0/5		0/2	1/1		
謁					4/8	3/3	0	4/5	0/2	
諭						1/1	5/6	1/1		
喻				0/2						
訴	0/4		1/1	2/2	25/25			2/2	3/4 1/4	
詔		2/2			1/1	4/4	77/77		0/2	
報	0/1	0/2	0/17	0/4	0/98	0/21	0/1	1/43	0/3	
復	0/45	1/7	0/14	1/9	28/255	6/134	6/12	7/59	0/17	
白	0/8	0/3	0/23	0/2	0/33	0/16	0/20	0/18	0/49	0/3

表2　詞項頻率統計表（續1）

詞項	禮記	墨子	商君書	孟子	莊子	荀子	韓非子	戰國策
告	7/7	54/54	7/7	41/41	44/44	21/21	39/47	102/102
語	21/36	23/36	2/3	8/13	45/50	13/27	16/37	20/45
謂	10/250	39/179		21/65	35/377	6/532	76/408	472/602
誥	0/4	1/1		0/1		0/2	0/1	
謁	4/6		0/1		3/3	2/4	10/23	16/33 8/33
諭	1/2					0/3	3/5	1/4
喻	7/11			0/3	0/7	4/17	0/1	3/3
訴				1/1	1/1	1/1	1/1	2/2
詔	22/22				4/5	4/5	4/9	1/14
報	2/44	4/23		0/2		0/7	16/ 47	31/73
復	0/86	4/30		1/14		0/21	0/76	1/155
白	0/39	0/65	0/4	0/22		1/32	2/47	0/37

表2　詞項頻率統計表（續2）

詞項	晏子春秋	呂氏春秋	公羊傳	穀梁傳	山海經	管子	史記	論衡
告	21/21	75/77	14/17	7/12		66/66	407/421 14/421	77/145 68/145
語	5/10	8/13		1/2		16/23	114/237 4/237	21/159 4/159
謂	24/134	78/313	20/84	8/54	0/5	24/440	339/720	10/863
誥				0/1			0/16	0/3
謁		12/14			0/2	2/10	17/131 12/131	2/10 4/10
諭	1/1	10/17		1/3		4/4	20/29 9/29	
喻		4/5					8/14 2/14	0/25
訴（愬）		1/3	1/2			1/1	2/2	2/2

詔	0/1	1/8				1/3	1/220	0/19
報	5/9	21/31		0/2		5/28	148/303	11/96
復	15/35	5/65	8/73	0/49		12/84	1/964	0/409
白	40	0/46	0/11	0/9	0/149	0/78	6/363	0/168

上表說明：有的詞項在一個單元格中分上下兩組數字，如「謁」在《戰國策》中「16/33；8/33」指的是「謁」共出現 24 次以「告訴」意出現，其中 8 次是作爲「語素」使用（有的是處於同義連用的狀態）。

三、「告訴」類動詞的演變規律

3.1 綜合性較強的詞演變爲分析性較強的詞

古漢語詞彙有很多綜合性較強的詞，隨著詞義的精密化，這種綜合性特徵很強的詞很多演變成分析性很強的詞。這裡所說的綜合性指的是一個詞的語義特徵包含有兩個以上的不同動作特徵或者一個詞除了動作特徵外還包含對象或方式等語義特徵。詞的分析性是指不同的動作或不同的動作方式或不同的動作對象不再含混地包含在一個詞義之中。

比如「訴」是一個綜合性很強的詞，是一個包含特定語義特徵的自足性動詞，但是這種心理的東西往往不顯現，不管是帶了具體的內容賓語還是沒有帶內容賓語都是如此。如「他日，董祁愬於范獻子曰：『不吾敬也。』」（《國語‧晉語 9》）

表訴說義的「訴」在戰國末、漢代就常常與「告」組成同義連用結構，表示訴說，而這時期的「訴」仍然訴說一種情緒，訴說自己冤屈和內心的痛苦等。如「身在患中，莫可告語。王有德義，故來告訴。」（《史記‧卷 128》）「思怫鬱兮肝切剝，忿悁悒兮孰訴告。「（《楚辭‧九思‧憫上》）後一例「訴告」而沒有作「告訴」可能是爲了押韻。後來「告訴」泛化爲一般意義的傳遞消息，同「告」義。「訴」語義特徵中不再包含說者的主觀感受，後世書面語中獨用「訴」主要表示傳遞一種信息，只不過這種信息多爲一種感受，但是這種感受在句中是外化的，如現代漢語的「訴衷腸」、「訴苦」等中的「訴」完全是一種分析性的詞。

3.2 認知義出現

一些言說義動詞引申出認知義，因爲根據言語行爲的理論，奧斯丁把言語

行為劃分為三個類型：以言指事（locutionary act）；以言行事（illocutionary act）；以言取效（perlocutionary act）「以言行事」指表達者在說出話語時體現或實施了超出話語本身的意圖或行為。所以，說者說出某話語當然也就是相當於說者闡述自己的觀點。部份言說類動詞由「說」義引申出「認為」義，我們以「謂」為例加以說明：

幾乎所有的古漢語字典、詞典都把「評論、評價」作為「謂」的一個義項。我們認為此義項的確立需要進一步商榷，「謂」實際應是「認為、以為」之義，即使譯為「說」亦表此義。《王力古漢語字典》把「認為、以為」作為「評論」義的引申，我們認為「評論、談論」和「以為、認為」義沒有分立義項的必要。如「子謂：『公冶長可妻也，雖在縲絏之中，非其罪也！』」（《論語‧公冶長》），其中「謂」就是「以為、認為」義或「說」義。

我們發現「謂」表「評論」義的句子中，「謂」的主體既有「君子」、「孔子」、「楚子」、「君王」之類的重要人物，甚至也有「據與款」這類普通人，因為任何人都有發表議論、闡述看法的可能，當然有時候作者是借「君子」、「孔子」、「子」、「仲尼」之口來發表議論。這種只帶小句賓語的情況同「謂」帶雙賓語的情況完全不同。詞義上，這種情況下的「謂」雖然也可解為「說」，但是其意義顯然已經不是一般意義上的「說」，而是反映「謂」的主體的主觀認識，是就某人某事進行的議論。一般譯作「以為、認為」，或直接譯為「說」也可以。這時「謂」已經由言說意義發展為心理動詞。首先，言為心聲，說什麼往往就是認為什麼；另外，認知域與言語行為域的區分，可以運用於動詞、情態、複句等各項研究領域。〔註22〕。「這兩個域的區分，也體現在詞義的演變之中。」〔註23〕

3.3 「配價」項導致詞義引申

配價理論的語法研究頗多，而在語義研究中卻沒有引起重視。配價思想引入語義研究中，我們發現動詞與其所支配對象有密切的聯繫，二者是相互作用的，動詞決定了它所支配的名詞；反之，動詞所支配的名詞有時也決定了動詞的詞義、影響了動詞詞義的發展。

〔註22〕 沈家煊《複句三域「行」、「知」、「言」》，載《中國語文》2003 年第 3 期。
〔註23〕 李明《從言語到言語行為》，載《語言文字學》2004 年第 11 期，第 73 頁。

告訴類動詞或是二價或是三價動詞，其組合對象主要有：施事、關係對象（跟誰說 G）、受事內容（說什麼 N）所以從組合關係來說，從動詞所支配對象的視角有時會產生不同的語義特徵或演變為一個獨立義位，這是告訴類動詞的一個重要特徵，尤其是從受事項角度而產生的意義。當動詞受事內容（N）是由人來充當的時候，這時候從受事者（N）的角度來觀察詞義可能就會有不同的心裏側重或產生不同的心裏感受。

不管是從受事項的角度，還是從施事項的角度，由於長期處於一種特定組合關係中而產生的語義特徵可能固化為一個新的獨立義位。

3.3.1 受事項導致引申

言說類動詞很多有兩個受事，一個是受事內容 N，一個是關係對象 G。當受事內容由人充當的時候，動詞也要影響到作為受事內容的人，所以一個三價言說動詞可以從更多不同角度來認識詞義，從受事項角度產生的意義即是該義位的義位變體。但是如果這個義位變體的使用頻率增大，就可能會導致一個新義位的產生，如「喻」由「告曉」義演變為「明白」義就是從受事項角度產生的義位。

「諭（喻）」表「告之使曉」義指把事情、道理或意願等向人陳述或解說，讓對方明白、理解。它包含兩種主要語義特徵：一是傳遞信息的動作；一是使客體明白。即使帶人稱賓語，也是表示「向這些人說明情況或闡明道理，使之懂得」之義，如「告諭秦父兄。」（《史記・卷八》）當客體作為話題時，「諭」表「懂得、理解」之義，段注：「曉之曰諭，其人因言而曉亦曰諭。」此義初見於《論語》，「君子喻於義，小人喻於利。」（《論語・里仁》）當這一意義使用頻率的增多，就產生了一獨立義位「諭2」（「知道、明白」義），如「諸侯皆諭乎桓公之志。」（《穀梁傳・僖公 3 年》）。所以「諭（喻）」之「懂得、理解」義也是從受事項角度而引申出的義位。

再如「訴」指「向某一值得信賴的人述說因某人或某事引起自己的不良情緒或苦處」。但當「訴」內容為人之時，如從受事項即「人」的角度，就會產生不同的詞義理解，如「取貨於宣伯而訴公於晉侯，晉侯不見公。」（《左傳・成公 16》）杜注：「訴，譖也。」此例為《漢語大字典》（6552 頁）「訴」的「讒害、譖謗」義項下所列例句之一，此句之「訴」是由「誣陷」意引申而來，「讒害、

誹謗」意是從受事項「公」的角度認識詞義的結果。

3.3.2 施事項導致引申

如果施事項固定為某一類人（如封建帝王），這種語義特徵常常固化為詞義特徵，如「詔」。

「詔」之「告訴」義主要存在於春秋晚期到戰國初中期。「詔」的主體一般來說掌握一定知識的人或具有某專門知識的人，所以客體一般聽從主體所說，而主體並非只是上位者，主體和客體的地位存在著各種各樣的關係，不分地位高低。「詔」主要是告訴別人做什麼或不做什麼，常譯作「告戒」或「教導」，如「詔後治內政。」（《周禮・天官冢宰》）；「夫為人父者，必能詔其子；為人兄者，必能教其弟。若父不能詔其子，兄不能教其弟，則無貴父子兄弟之親矣。」（《莊子・盜跖》）

戰國晚期由於施事者常常是「上級（包括君王）」，已經不是普通人的行為，尤其是漢代，「詔」的主體專為君王，所以漢代「詔」產生了新義位「皇帝發布命令或文告」，「詔」成為皇家專用詞。

四、結 論

義場演變主要表現為義場動項的增減。該義場不同時期活躍在義場的詞項數量有所不同。總體而言，上古前期到上古後期詞項數量趨減。

義場動詞項數量的減少，是由於舊詞項的消失；而舊詞項的消失並不是孤立發生的，常常伴隨著新詞項的產生。而新詞項的產生又使義場詞項數量增加。

義場詞項的變化是由詞義演變的因素所決定的。詞義的演變不但包括新義位的產生、變化以及用法的擴大，還包括舊義的消亡〔註24〕。詞義的變化不僅僅是其自身發展的結果，還常常是由於處在聚合關係或組合關係中受到其他詞語的變化影響所致。即一個詞項的產生、變化或消亡是多種因素作用的結果。

具體說來，「告訴」類義場演變的原因主要有以下幾個方面：

〔註24〕 本文「舊義的消亡」指的是某一時期不再獨用表示某義，在義場中消失。但是並不否認作為構成語素的留存，或特殊原因的使用。

4.1 舊詞項的消失

4.1.1 義場詞項消失的原因

詞項自身的原因即為了交際清楚的需要而導致該詞項的消失，例如「語」，跟「謂」有所不同，「謂」的常見義位「告訴」和「說的是、意思是」，在具體使用過程中一般不會造成交際的混淆，因為這些意義各自出現在不同的結構類型中，而「語」則不然，戰國晚期到漢代，一方面，「語」的其他義位「談論」和名詞用法很常見，尤其名詞的用法越來越廣泛，如果「語」的「告訴」義也成為常見義，那麼就可能會導致交際混淆；另一方面，「語」的各義位出現的結構類型沒有明顯的區別，有的甚至沒有區別，要完全依靠文意去分辨詞義，這樣可能會給交際造成障礙，這種情況導致的結果常常就是，非主要義位一般要漸漸讓位給主要義位，這樣「語」的告訴義位就漸漸少用了，除非是由於修辭手段的需要，或者出現在不會造成混淆的結構中（如「語 G 曰」）。

「誥」西周春秋時期就出現於義場，雖然目的是分化「告」的名詞用法，但是實際上「誥」仍用作動詞，不分告上告下。由於跟「告」詞義相等，很快被淘汰出該義場。

4.1.2 義場詞項減少的原因

義場詞項的減少有的是因為部份詞項產生的新的義位，且成為常見義位，致使其「告訴」義不再常用，甚至逐漸退出該義場。

「謁」是向尊者傳遞消息或陳述事情，在「告訴」義場中佔有特殊位置，它是在春秋晚期戰國初期進入該義場，戰國晚期「謁」萌芽了「拜見」義，漢代「謁」的拜見義成為常見義位，很少再出現「告訴」義，因而漢代「謁」基本脫離「告訴」義場。「詔」存在於「告訴」義場主要是從春秋晚期到戰國初中期，既有上告下，也有下告上，也有平等地位的相告。「詔」不是一般地傳遞信息，而是告訴別人某事某情況，使客體明瞭，多數是告訴別人怎樣做。戰國晚期「詔」產生新義位，「詔」就不再表示一般意義的「告訴」。漢代為帝王專用。

表示「向上傳遞相關信息、或彙報情況或說明事情」春秋時期、戰國初中期主要用「復」到戰國晚期、漢代表示主要用「報」，因為這個時期的「復」主要用為副詞「又」，已經成為其常見義。先前「復曰」常常作「回覆說」義，此

時如果「復」仍常用「回覆」義，就可能會導致混淆。所以漢代「復」從該義場消失了。還有一個重要原因導致「復」離開該義場，「復」和「報」的「義位變體 1」相當，兩個意義相當的詞項或者意義有包容關係的詞項一般不可能長期共存，這樣勢必導致「復」不再出現於義場。

4.2 新詞項的產生

4.2.1 義義明晰性的要求所致

新詞項的產生主要是社會的進步、語言的發展、詞義精確化的需要。如「諭（喻）」的「告曉、告訴」義位（把事情、道理或意願等向人陳述或解說，讓對方明白、理解。）產生前，用「語」或「告」等詞表此義。但是只有「諭（喻）」才能準確表達「告訴別人並使人明白」的意義。如「若夫工匠……父不能以教子。瞽師之放意相物，寫神愈舞，而形乎弦者，兄不能以喻弟。」（《淮南子·齊俗訓》）此句意為：這種奇技，父親不能夠教給自己的兒子……這種奇技，兄弟不能曉喻他的弟弟。其中的「喻」不是一般的「告訴」義，而是「把其中的道理講清楚並使對方明白」。

4.2.2 詞義的演變機制

一個新義位的產生是由於該詞具有演變的可能性，再加上表達的需要，往往會導致一個新義位的產生。比如「告」使用範圍極寬，使用「謁告」的地方也可使用「告」，所以漢代「謁」表「告訴」少了。同時，語言的發展迫切需要用一個詞來表達「拜見」之義，而「謁」正好具有這種演變的機制，因為「謁」的「告訴」義位含有「對受事對象的崇敬之情」和「到某處去」的義素特徵，這些正是「拜見」義位的語義特徵之一部份。

4.2.3 文化的原因

政治經濟文化等原因勢必導致人們交往的增多，一般會使強勢方的語言影響到弱勢方的語言，這樣有些方言詞可能會進入到通語中。口語成分滲入到書面語中，有時會取代書面語用詞，如「白」就是這樣從口語進入到書面語中的。

語言與社會關係密切，文化因素勢必會影響詞義的發展變化。「詔」的「告知」義主要是告訴客體怎樣做，而且主體往往都是具有某方面知識的人，他的話一般來說是必須聽從的。之所以被皇帝專用正是由於這個語義特徵，封建時

代皇帝的命令臣民必從。戰國晚期「詔」產生了新的義位「上級（主要指君王）發布命令」，已經不是一般意義上的「告訴」義。到漢代，完全爲皇帝所專用，專指「君王發布詔命」。新義位的產生導致「告訴」義位的消失，這主要是文化原因所致，「詔」成爲帝王專用詞，自然不能作一般意義的告訴了。

　　總的來說，在某一共時平面上、某一歷史時期，出現在這個義場中的各詞項主要語義特徵大體相同，才使這些詞項得以共存於該義場；但是這些詞項或非主要語義特徵有別，或語法意義或語體特徵或感情色彩等有各自的區別特徵，否則就會逐漸被語義場淘汰。某個具體詞項在語義場的去留命運取決於多方面的因素，既有自身因素的影響，也有義場其他詞項的影響，是內因外因綜合作用的結果。進一步來說，一個詞項的產生、變化或消失是多種因素作用的結果。比如，「訴」的控告義位，春秋晚期戰國初期產生，一直到漢代都在使用。作爲「控告」義，除了用「訴」外，更常用「告」來表示，尤其在口語中〔註25〕。到了後代，「訴」的「控告」義基本不用了，該義逐漸被「告」取而代之。「訴」的控告義消失的重要原因是因爲這個義位和訴說義位易造成交際的混淆，因爲「訴」的關係對象不需介引，作「訴＋關係對象」。假如「控告」義位繼續得以存在的話，那麼「訴」後的人稱名詞是傾訴對象（關係對象）還是控告對象（內容賓語）極易混淆。而「控告」是其非主要義位，又有代替者，所以必然導致「訴」的「控告」義消亡。但是「訴」的「控告」義並不是消失得無影無蹤，作爲構詞語素保留在復合詞中，如現代漢語中的「上訴」、「申訴」等。再如，前文所述「語」的告訴義從戰國晚期尤其是到了漢代漸漸少用了，就是因爲「語」既有名詞用法又有動詞用法，而且都很常用，這是導致它最後從「告訴」義場消失的主要原因，但是同時也是因爲「語」的告訴義可以用義場其他詞項表示，除了「告」之外，還有「語」的分化詞「諭（喻）」，代替了「語」的動詞的部份用法。「諭（喻）」帶對象賓語，作「諭（喻）＋G」型，這種類型戰國末期尤其是漢代甚至中古用例比以前有所增加，原來用動詞「語」的地方，可以用「諭（喻）」來表示。如「故諭人曰：『孰知其極？』」（《韓非子・解老》）；「會項伯欲活張良，夜往見良，因以文諭項羽，項羽乃止。」（《史記・卷8》）；「敦謂鯤曰：『余不得復爲盛德之事矣！』……鯤諭敦曰。」（《世說新語・規箴》）

〔註25〕 以張家山漢簡爲例，表告發、控告義主要用「告」，而不用「訴」。

參考文獻

1. 崔宰榮：《漢語吃喝語義場的演變》，載《語言學論叢》第 24 輯，北京大學出版社，2001 年版。

2. 符淮青：《漢語表示「紅」的顏色詞群分析》（上、下），載《語文研究》，1988 年第 3 期和 1989 年第 1 期。

3. 符淮青：《詞義的分析和描寫》，語文出版社，1996 年版。

4. 何九盈：《蔣紹愚古漢語詞彙講話》，北京出版社，1980 年版。

5. 黃金貴：《古漢語同義詞辨釋論》，上海古籍出版社，2002 年版。

6. 黃景欣：《試論詞彙學中的幾個問題》，載《中國語文》，1963 年第 3 期。

7. 蔣紹愚：《關於漢語詞彙系統及其發展變化的幾點想法》，載《中國語文》，1989 年第 1 期。

8. 李運富：《漢語詞彙研究中的幾個問題》，載《湖湘論壇》，1989 年第 3 期。

9. 李宗江：《漢語常用詞演變研究》，漢語大詞典出版社，1999 年版。

10. 李佐豐：《〈左傳〉的「語」「言」和「謂」「曰」「云」》，載《語言學論叢》第 16 輯，商務印書館，1991 年版。

11. 李佐豐：《秦漢語實詞》，北京廣播學院出版社，2003 年版。

12. 汪維輝：《東漢——隋常用詞研究》，南京大學出版社，2000 年版。

13. 汪維輝：《漢語「說類詞」的歷時演變與共時分佈》，載《中國語文》，2003 年第 4 期。

14. 王鳳陽：《古辭辨》，吉林文史出版社，1993 年版。

15. 王寧：《訓詁學原理》，中國國際廣播出版社，1996 年版。

16. 解海江、張志毅：《漢語面部語義場的演變》，載《古漢語研究》，1993 年第 4 期。

17. 張慶雲、張志毅：《義位的系統性》，載《詞彙學新研究》，語文出版社，1995 年版。

18. 張永言、汪維輝：《關於漢語詞彙史研究的一點思考》，載《中國語文》，1995 年第 6 期。

19. 張志毅、張慶雲：《詞彙語義學》，商務印書館，2001 年版。

「說話類」動詞語義場常用詞項「問」的演變

　　摘要：常用詞「問」的詢問義位，古今基本不變。但在不同的歷史時期其組合關係有所不同：1）「問」帶直接引語的方式上古前期已經產生，且在口語中應用較爲廣泛，但是書面語中漢代這種用法才有所增加；2）由上古前期的介詞引進非代詞充當的關係對象逐漸演變到上古後期基本無需介詞引進。

關鍵詞：常用詞；義位；組合關係；關係對象；介詞

　　古漢語中「問」是個多義詞，其常見義位是「詢問、諮詢」，即請人回答自己不知道或不明白的事情、道理，或者向人徵求處理某事的意見、對某人某事的看法。雖然此義位從古到今出現的項往往是隱含的，通過上下文的語言環境是可以知道的。這三個基本項的歷時變化情況也不一樣：R 是由人充當的施事主語，古今沒有變化；N 相對來說複雜一點；G 的相關結構形式變化最複雜。

先談 N。N 是問的內容，很廣泛。N 有的是詞或短語，有的是句子。N 為句子時，「問」後或出現「曰」，或不出現「曰」，即「問曰＋N」、「問＋N」。這兩種方式在上古並存：

表一　幾部典籍「問曰」和「問」帶引語的用例統計

		論語	左傳	國語	孟子	韓非子	史記	張家山漢簡	論衡	紅樓夢
A	問曰	23	39	42	55	60	115	1	94	36
B	問	13	2	0	0	4	43	7	24	98
B：A	%	0.5652	0.05128	0	0	0.06667	0.37391	7	0.2553	2.7222

> 說明：《紅樓夢》的「問曰」的數量 36 實乃是「問道」之數目，因為「問道」由「問曰」發展而來。

可以看出「問」帶直接引語的方式上古前期，尤其口語中應用較廣泛（如《論語》和《張家山漢簡》中「問＋N」較多，因二者口語多見），但是書面語中用之寥寥，到戰國晚期甚至到漢代這種用法才有所增加。因此我們認為，「問」引導直接引語的用法是口語影響書面語所致。中古以後直接用「問」引導的比例大增。儘管漢代口語中已經少用「曰」，而直接用「問」了，但是在書面語中，直到近代漢語「問＋引語」才成為引導直接引語的主要方式。

關係對象 G 的情況要複雜些，一般說，出現關係對象的「問」句結構類型主要有〔註1〕：

S1，問於 G，如「季康子患盜，問於孔子。」《論語・顏淵》；

S2，問 G（N），如「妾怪之，問孔成子。」《史記・衛康叔世家》；

S3，問於 G 曰 N，如「哀公問於有若曰：『年饑，用不足，如之何？』」《論語・顏淵》；

S4，問 G（曰）N，如「吳使使問仲尼：「……」《史記・孔子世家》；

S5，問 N 於 G，如「葉公問孔子於子路。」《論語・述而》；

〔註 1〕 本文著眼於關係對象劃分的句子類型，實際上如果把問的內容考慮在內還應該包括「問＋內容」這一類。因為本文主要探討一些歷時的變化，所以沒有列此類。另外，如果遵循存在即分類的原則，那麼在結構分類中起碼還應多出一類：「問＋於＋關係對象＋內容」，如「管子問於桓公：『敢問齊方於幾何里？』」（《管子・輕重丁》）但是這類用例極少，所以不算作一種類型。

S6，問 NG（N 是代詞），即問之 G，如「問之伶州鳩。」《國語‧
周語下》。

實際上，主要也就是 S1、S2、S5、S6 三種樣式，因爲 S3 和 S4 是 S1 和
S2 的變化形式，因爲內容 N 是否出現是根據表達需要而定的。據觀察，這三
種樣式的變化情況如下：

總的來說，S1 是逐漸向 S2 演變的趨勢。也就是說在上古前期，以介詞引
出關係對象爲主。僅以《論語》爲例，如：「以能問於不能／以多問於寡／太宰
問於子貢曰／哀公問於有若曰」等。到上古後期變成了「問」直接帶關係對象
爲主。詳細情況見下表：〔註2〕

表二　幾部上古典籍「問」（義位詢問、諮詢）的使用情況
　　　　（只測查關係對象 G 出現的情況）

	論語		左傳		國語		孟子		韓非子		戰國策		淮南子		史記		論衡	
問＋介＋G	24		95		55		6		27		6		18		19		19	
問＋G	2		11		5		9		62		21		20		158		112	
	名	代	名	代	名	代	名	代	名	代	名	代	名	代	名	代	名	代
	0	2	0	11	5	0	7	2	40	22	13	8	11	9	124	34	81	31

通過上表可以看出，早在《左傳》和《論語》中就已經出現了「問＋關係
對象」的結構，但是細一分析，我們發現這些關係對象都是代詞「之」充當，
沒有出現名詞作關係對象的用例。《論語》中出現的兩例爲：

（1）闕黨童子將命。或問之曰：「益者與？」子曰：「吾見其居於
　　　位……」《論語‧憲問》此「之」是指代後文出現的孔子。
　　　類似用法雖然不多，但在一定語言環境中是存在的。如「商
　　　聞之矣：『死生有命，富貴在天。』」（《論語‧顏淵》）

〔註2〕 圖表說明：在「問＋介＋G」的統計中，凡是在動詞「問」（表詢問）後出現兼詞
　　　（焉和諸）的，都算作使用介詞「於」的範圍內。比如說《國語》S1 有 50 個例句，
　　　但是近乎半數以上爲出現焉的句子，如「魯襄公使叔孫穆子來聘，范宣子問焉，
　　　曰：「人有言曰『死而不朽』，何謂也？」（《國語‧晉語八》）凡是這樣的情況我們
　　　都採取保守的講法，都把焉看作了兼詞，而沒有看成代詞。其他的典籍均同此。

（2）冉有曰：「夫子爲衛君乎？」子貢曰：「諾；吾將問之。」《論
語・述而》

這裡，「問」的關係對象是前文的「夫子」，所以第二次提到時用代詞代替。

《左傳》「問之」結構形式出現了 18 次，只有 11 次「之」是間接賓語。有時候，「之」是代人還是代事，很難判斷，我們根據李佐豐先生的方法，即「如果所問的問題在前文已經有所說明，那麼『問』就只帶間接賓語。這個間接賓語可以用有生名詞或『之』來充當。」〔註3〕如：

（3）韓獻子使行人子員問之，曰：「子以君命辱於敝邑……」《左
傳・襄公4》

（4）晉陽處父聘於衛，反過寧，寧嬴從之。及溫而還，其妻問之。
《左傳・文公5》

（5）左師見夫人之步馬者，問之，對曰：「君夫人氏也。」《左傳・
襄公28》

（6）孔氏之老欒寧問之，稱姻妾以告。《左傳・哀公15》

（7）以息嬀歸，生堵敖及成王焉，未言。楚子問之，對曰：「……」
《左傳・莊公14》

（8）蔿賈尚幼，後至，不賀。子文問之，對曰：「不知所賀……」
《左傳・僖公27》

例3在《國語》中記載此事的時候，「問之」作「問焉」，正說明《左傳》中的「之」是代人，而不是代事，問穆叔爲什麼這樣。以上這些用例中「問之」中的「之」都是代詞，「問」的內容在前面已經出現。

也就是說，春秋時期詢問義動詞「問」，當關係對象 G 是由人名（或起人的作用的名詞）來充當，一般用介詞引導 G；但是當關係對象是代詞「之」時，它就可直接置於動詞「問」之後了，我們在文獻中沒有見到過代詞「之」作「問」的關係對象還需要介詞引導的情況。所以在這個意義上我們說上古前期 S1 和 S2 並存。關係對象是由代詞「之」還是由名詞充當決定著介詞的是否出現，這一點漢語和英語有共同性，如：buy a book for my father＝buy him a book，一般

〔註 3〕李佐豐《先秦漢語實詞》，北京：北京廣播學院出版社，2003 年，第 292 頁。

來說代詞常常緊跟在動詞之後的。

《國語》中不需要介引的名詞關係對象已經開始出現了（共出現了 5 例）。《國語》在《論語》之後，據《史記》所載，左丘明在 20 歲左右的時候，會見過年老的孔子，而在他編《國語》時已差不多 70 歲了，如果真是這樣的話，《國語》要晚於《論語》幾十年，所以語言結構上出現了一些變化也是自然的現象。

戰國、兩漢時期，「問」的關係對象絕大多數已經不用介詞引出了。《左傳‧僖公 4》的「昭王之不復，君其問諸水濱。」同樣的內容到《史記‧齊太公世家》中變成了「昭王之出不復，君其問之水濱。」不同作品的特徵與作者的寫作風格有關。《淮南子》的情況就是兩兩相當，而《史記》不再使用介詞引導關係對象的趨勢已經很明顯了，其中「介引」的 18 例，或是引用前代文獻，或是敘述前代舊事，是傳統習慣用法的延續。

總的來說，介詞的這種介引功能到中古就基本上不再發揮作用了。《世說新語》中「問 G」為 96 例、「問於 G」為 3 例（「文帝問其人於鍾會」、「問諸僚佐曰」、「謝太傅問諸子姪」），後 2 例中的「諸」可能已經產生了代詞「之」的功能，前 1 例是 S5 式，即當非代詞的內容和關係對象共現時，仍然延續上古的結構方式。

那麼發生這種演變的原因是什麼呢？一方面，這種演變跟整個漢語史的變化有關，部份介詞（如「於」）總的發展趨勢是趨減〔註4〕，「問」的發展不可能不受到這個總趨勢的影響。另一方面，語言是一個系統，這個系統中某個部份變化，常常和別的部份相關聯。任何事物的變化都是可以找到原因的。「一個詞經常同某些詞語結合則有可能把這些詞的內容壓縮到該詞的意義之中」，「詞的潛在搭配有理由看作詞位意義的一部份。」〔註5〕也可以說，這是語言的經濟原則在起作用。

「問＋介＋G」這種結構的頻繁使用，出現在這一結構中的介詞常常又是介詞「於」，所以導致「於」的功能壓縮到「問」之中了，即「問於」＝「問」了。這樣我們才能理解 S1 的結構變化。兩個詞的用法變成了一個詞的用法，

〔註 4〕 這是邵永海先生在《從（左傳）到（史記）看上古漢語的雙賓語結構及其發展》得出的結論，載《綴玉集》，北京大學出版社，1990 年。

〔註 5〕 Lyons, John "Semantics", Cambridge: Cambridge University Press, 1997. P613.

確能體現語言的經濟原則。

　　S5 式上古變化如何呢？「問＋內容＋於＋對象」中，如果問的內容 N 是名詞，這種結構形式一直延續到中古甚至更晚；如果問的內容 N 是代詞「之」，「問 N 於 G」就變成了「問之 G」。按照道理推斷，S5 這種結構應該可以變成「問 GN」，但是我們根據測查的語料，發現上古漢語中這種由兩個短語構成的雙賓語並不多見，其原因是那樣可能會造成交際的混淆。這也正是漢語介詞發達的原因。漢語是分析型語言，各種句法成分在句子中缺乏必要的形態標記，介詞就成了部份句法語義成分在句子中的外在標誌。在「問＋（非代詞）N 於G」中，介詞「於」為什麼沒有象其他結構類型那樣同步變化呢？就是因為「問」與介詞「於」沒有連用，中間隔著一個非代詞的「內容」。但是當內容 N 是代詞「之」時，「問 N 於 G」就變成了「問之 G」，原因跟 S1 結構類型的變化是一樣的，「問諸（之於）」長期組合連用導致「於」的功能壓縮到「問之」之中。總之，上古時期 S5「問 N 於 G」的演化出現了兩種情況，一種是內容 N 由非代詞充當，延續原結構類型；另一種情況是，當內容 N 為代詞「之」，這種結構就成了「問＋之＋於＋G」（問＋諸＋G），漸漸演變為「問＋之＋G」，S5 就演變成 S6。這種用例並非罕見，如：

（9）　吳子使來好聘，且問之仲尼曰：「無以吾命。」《國語·魯語下》

（10）　使問之仲尼曰：「吾穿井而獲狗，何也？」。《國語·魯語下》

（11）　燕王欲傳國於子之也，問之潘壽，對曰。《韓非子·外儲說右下》

（12）　子貢以為重，問之仲尼，仲尼曰。《韓非子·內儲說上七術》

（13）　客從外來，與坐談，問之客曰：「吾與徐公孰美？」《戰國策·齊一》

（14）　昭王之出不復，君其問之水濱。《史記·齊太公世家》

（15）　有識其手書，問之人，果偽書。於是誅文成將軍而隱之。《史記·孝武本紀》

　　另外《史記》、《孫臏兵法》還有三例從結構上跟上述句子是同樣的類型，但是這三例形成的原因完全不同：

「說話類」動詞語義場常用詞項「問」的演變

（16）景公問政孔子……他日又復問政於孔子。《史記・孔子世家》

（17）大將軍問其罪正閎、長史安、議郎周霸等：「建當云何？」《史記・衛將軍驃騎列傳》

（18）齊威王問用兵孫子曰：「兩軍相當……爲之奈何？」《孫臏兵法・威王問》

　　例 16「景公問政孔子」是省略，因爲後文中出現了「他日又復問政於孔子」。例 17 是因爲關係對象「正閎、長史安、議郎周霸等」太長，如果放在「問」之後，「內容」之前，對於確認哪個是內容，會產生一定的困難。所以才臨時把較長的關係對象置後。類似這種情況在英語中很常見，如果一個較長的部份作主語或賓語，常常用 it 來代替放在正常的位置，而較長的部份置後。例 18 和例 16 類似，例 16 是一種小語境下的省略，而例 18 是一種大語境下的省略。《孫子兵法》和《孫臏兵法》都不見「問」的關係對象需要介引的用例。但這也不能解釋「齊威王問用兵孫子」中的不用介詞的原因，因爲這種結構的變化跟其他結構類型的演化是不同的。我們進一步測查《孫臏兵法》發現，「問孫子」這一用法在這部不到萬字的著作中共出現了七次。所以說例 18 可能是「問用兵於孫子」省略了「於」而成，這種省略在這種特殊的語言環境中是不會造成交際混淆的。

　　粵語中就有這種「倒置」雙賓語的情況，如：「我畀〔一本書〕〔你〕。」〔註6〕一些研究漢語方言語法的學者注意到這個問題並加以研究，他們基本上認爲粵語這種語法結構是由於「倒置」而形成的，並把這個特徵視作方言語法的重要標誌。〔註7〕但是也有人認爲這種結構是由於介詞省略所致，「我們認爲這種結構並不是由『倒置』所形成，而是屬於與格結構的一種，從與格結構經過介詞省略推導出來的。普通話和粵語就『倒置』雙賓語的差異只不過是由於粵語與格結構的介詞有選擇語音特徵〔可省略〕的可能性，因此與格結構裏的介詞能夠被省略……普粵就倒置雙賓語的問題根本不是句法的問題，而是屬於音韻的問題，跟介詞的音韻省略有關。」〔註8〕上古漢語中這種與格結構中的

〔註 6〕 轉引自 62 頁，鄧思穎《漢語方言語法的參數理論》，北京大學出版社，2003 年。

〔註 7〕 參看 62 頁，同上。

〔註 8〕 鄧思穎《漢語方言語法的參數理論》，第 22 頁。

・109・

介詞如前所述，有這種省略的可能性，不會造成理解的混淆。如上所舉的例16 和 18 是就是這種原因形成的，實際上漢語史上這種倒置情況他處也可見到，甲骨文中出現的「告秋上甲」是「告秋於上甲」的省略，《史記》中出現了19 處的「告＋急＋國名」這樣的結構〔註9〕，如「告急秦」是「告急於秦」的省略。

話語活動中，說話人往往盡量地壓縮語言符號系列，這就必須會產生語法學上所說的「省略」。要保證意思能夠充分準確地表達，這種壓縮、省略必須有某些語境來彌補。假定與一定的意思相對應的話語形式是一個「常式」（經常出現的形式），與之相應的省略形式就是「變式」，即人們可以根據常式來類推、理解變式。但是必須保證的是常式不變，而且常式出現的頻率很高，導致讀者熟悉，所以在某種特殊的語境下丟失一個成分不會造成混淆。實際上，這不是語法學的內容，而是語用學的內容。

我們之所以說「問＋N（非代詞）＋G」這種結構形式是一種語用現象，一是這種例句很罕見，在後代沒有延續下來；更重要的原因是這種結構不具有合理的演變機制。即源結構「問＋N＋於＋G」，如果 N 不是代詞，N 就是個變體，不同的句子就會有不同的 N，當然介詞「於」就不能跟同一詞語經常連用，也就無法被壓縮進去，所以介詞「於」還是要存在的。

讀車淑婭先生的《「問」之賓語演變探析》（古漢語研究，2004 年第 4 期），收益良多，但偶有所疑。疑問之處有二。其一，車淑婭先生認為「《左傳》中的『問』有著和《論語》相同的規律……詢問義動詞『問』在《論語》時期通常情況下只用所問內容作賓語，不用所問對象作賓語。用所問對象作賓語的，我們只在《國語》中發現了 2 例〔註10〕，只是這種用例非常罕見」。也就是說作者認為，這個時期「問」的關係對象一般只能由介詞引出。經過我們的測查發現，這個時期「問＋關係對象」的用例並不罕見，只是關係對象是代詞而已。其二，

〔註 9〕 這 19 例中，除了「告急天子」和「告敗太子」兩例外，其餘均作「告急＋國名」的情況。

〔註10〕 作者車淑婭此處說「用所問對象作賓語的，我們只在《國語》中發現了 2 例」，但是在該文後面作者談到 E 式結構時又說「E 式始見於《國語》，有 3 例」，E 式恰恰是用所問關係對象作賓語，這可能是作者的疏忽導致的前後矛盾，同時也正說明上古前期不需介引關係對象並非罕見。實際上《國語》中有 5 處這樣的用例。

作者把古漢語中詢問義動詞「問」的格式歸納爲六種，基本上囊括了「問」的結構類型。但是，作者在 E 式下所舉的部份用例是一種語用現象，是依賴於具體的語言環境而存在的，這種格式的眞正用例應爲「問＋之＋對象」類型，是由 C 演變而來的，E 如果作爲樣式存在的話，所問「內容」應該限制爲「代詞」才更爲妥當。

參考文獻

1. 符淮青，《詞義的分析和描寫》，語文出版社，1996 年版。

2. 何九盈，《蔣紹愚古漢語詞彙講話》，北京出版社，1980 年版。

3. 黃金貴，《古漢語同義詞辨釋論》，上海古籍出版社，2002 年版。

4. 蔣紹愚，《關於漢語詞彙系統及其發展變化的幾點想法》，載《中國語文》，1989 年第 1 期。

5. 李運富，《漢語詞彙研究中的幾個問題》，載《湖湘論壇》，1989 年第 3 期。

6. 李宗江，《漢語常用詞演變研究》，漢語大詞典出版社，1999 年版。

7. 李佐豐，《秦漢語實詞》，北京廣播學院出版社，2003 年版。

8. 劉叔新，《詞彙體系問題》，載《中國語文》，1964 年第 3 期。

9. 呂東蘭，《從〈史記〉〈金瓶梅〉等看漢語「觀看」語義場的歷時演變》，載《語言學論叢》第 21 輯，北京大學出版社，1998 年版。

10. 陸宗達、王寧，《古漢語詞義研究》，載《辭書研究》，1981 年第 2 期。

11. 石毓智、李訥，《漢語語法化的歷程——形態句法發展的動因和機制》，北京大學出版社，2004 年版。

12. 汪維輝，《東漢——隋常用詞研究》，南京大學出版社，2000 年版。

13. 汪維輝，《漢語「說類詞」的歷時演變與共時分佈》，載《中國語文》，2003 年第 4 期。

14. 王鳳陽，《古辭辨》，吉林文史出版社，1993 年版。

15. 王寧，《訓詁學原理》，中國國際廣播出版社，1996 年版。

16. 解海江、張志毅，《漢語面部語義場的演變》，載《古漢語研究》，1993 年第 4 期。

17. 張永言、汪維輝，《關於漢語詞彙史研究的一點思考》，載《中國語文》，1995 年第 6 期。

18. 張志毅、張慶雲，《詞彙語義學》，商務印書館，2001 年版。

「謂」的「評論」義項疑義

摘要：通過對上古典籍「謂」的全面測查，整理「謂」的義位系統，我們發現傳統上對「謂」的「評論」義項的確立是欠妥當的。

關鍵詞：謂；義項；評論

《漢語大詞典》〔註1〕「謂」的第一個義項「評論」，舉例爲下面的例1和《孟子・滕文公下》「子謂薛居洲，善士也。」〔註2〕《辭源》〔註3〕「評論、談論」爲其第兩個義項，舉例爲下面的例5。《王力古漢語字典》〔註4〕第一義項「說，用於評論人物……引申爲認爲、以爲。」幾乎所有的古漢語字典、詞典

〔註 1〕 縮印本，漢語大詞典出版社，2000 年版，第 6681 頁。

〔註 2〕 這句話楊伯峻《論語譯注》翻譯爲「你說薛居洲是個好人」，也可翻譯成「你認爲薛居洲是個好人」。

〔註 3〕 合訂本，中華書局，1995 年，第 1582 頁。

〔註 4〕 中華書局（2000 年，第 1289 頁）：在義項「說，用於評論人物」下所舉例子爲上面的例 1 和例 2。

都把「評論、評價」作爲「謂」的一個義項。我們認爲此義項的確立是欠妥當的，實際上就是「認爲、以爲」之義，即使譯爲「說」亦表此義。《王力古漢語字典》把「認爲、以爲」當作「評論」的引申義，更爲不當。實際上，這種「評論、談論」和「以爲、認爲」義沒有必要分立義項，下面的句子均出自《論語》，標點和翻譯我們參照楊伯峻的《論語譯注》：

1、謂季氏，「八佾舞於庭，是可忍也，孰不可忍也？」《論語‧八佾》

2、子謂《韶》，「盡美矣，又盡善也。」謂《武》，「盡美矣，未盡善也。」《論語‧八佾》

3、子謂公冶長，「可妻也，雖在縲絏之中，非其罪也！」以其子妻之。《論語‧公冶長》

4、子謂南容，「邦有道，不廢；邦無道，免於刑戮。」以其兄之子妻之。《論語‧公冶長》

5、子謂子賤，「君子哉若人！魯無君子者，斯焉取斯？」《論語‧公冶長》

6、子謂子產，「有君子之道四焉：其行己也恭，其事上也敬，其養民也惠，其使民也義。」《論語‧公冶長》

7、子謂衛公子荊，「善居室。始有，曰：『苟合矣。』少有，曰：『苟完矣。』富有，曰：『苟美矣。』」《論語‧子路》

8、子謂仲弓，曰：「犁牛之子騂且角。雖欲勿用，山川其舍諸？」《論語‧雍也》

9、子謂顏淵，曰：「惜乎！吾見其進也，未見其止也！」《論語‧子罕》

例1和例2「謂」楊伯峻均譯爲「談到」；例3、例4譯爲「孔子說公冶長（南容）……」；例5和例6「謂」直接譯爲「評論」；例7、例8、例9翻譯同例1，如「子謂仲弓」譯爲「孔子談到冉雍」。傳統上把上述例句中的「謂」訓釋爲「評價、評論」。

學界的這種看法主要原因是受到訓詁學家段玉裁的影響，段玉裁《說文解字注》〔註5〕：「謂者論人論事得其實也，如《論語》謂韶、謂武子、謂子賤子、

〔註 5〕上海：上海古籍出版社，1988 年，第 89 頁。

謂仲弓」。

　　爲什麼此意義幾乎都出現於《論語》之中？如果作爲一個獨立義位，使用範圍不應該如此狹窄，只出現在一兩本書中。

　　事實上當「評論」講實質上仍然是「說」（認爲），表達的意思是談論對某件事或某人的看法。但是有時候沒有出現關係對象，只是說話的主體在發表看法，可以直接翻譯成「說」（談說），或翻譯成「認爲」，這種用法歷來造成誤解主要原因是受到段氏的影響。我們對此產生疑義，一方面是考慮到詞義本身，這些「謂」當「評價」講，稍顯牽強。上述用例引語中的話有些並不完全是評價之語，而且，經全面測查語料並翻檢工具書我們發現，只有《論語》諸例以及少數《孟子》中的例子，人們持此看法；另一方面，我們發現在《論語》一書中，這種結構與常見的「謂」的用法即「謂某某曰」（對某某說）造成混淆，這種情況一般來說違背語言的交際原則的，所以我們對這種例句仔細排查，發現以上這些例句仍然是當「說」講的，只是這個「說」與一般情況下的「說」意義有所不同，是「認爲、以爲」，這就導致了句讀方式與一般句讀方式不同。根據我們的看法，例1～9這些句子可以重新句讀爲（例8和例9句讀未變，但意義有變）：

10、〔註6〕子謂：「季氏八佾舞於庭，是可忍也，孰不可忍也？」《論語・八佾》

11、子謂：「《韶》盡美矣，又盡善也。」謂：「《武》盡美矣，未盡善也。」《論語・八佾》

12、子謂：「公冶長可妻也，雖在縲絏之中，非其罪也！」《論語・公冶長》

13、子謂：「南容邦，有道，不廢；邦無道，免於刑戮。」《論語・公冶長》

14、子謂：「子賤，君子哉若人！魯無君子者，斯焉取斯？」《論語・公冶長》

15、子謂：「子產有君子之道四焉：其行己也恭，其事上也敬，其養民也惠，其使民也義。」《論語・公冶長》。

〔註6〕例11～19是和前面的例1～9對應的。

16、子謂:「衛公子荊善居室。始有,曰:『苟合矣。』少有,曰:『苟完矣。』富有,曰:『苟美矣。』」《論語·子路》

17、子謂仲弓曰:「犁牛之子騂且角。雖欲勿用,山川其舍諸?」《論語·雍也》

18、子謂顏淵曰:「惜乎!吾見其進也,未見其止也!」《論語·子罕》

以上例 10、11、12、13、15、16,按原來的句讀法(例 1～例 7),其中的引語是無主句;重新句讀後,更符合句子語法結構的特點,這樣的話語也不顯得突兀。前面例 5 那種傳統句讀,引語中的部份雖是有主語的,但是我們的重新句讀(例 14)似乎更符合《論語》一書的口語語體的特色,即「子謂:『子賤,君子哉若人!魯無君子者,斯焉取斯?』」這種結構在《論語》這樣的口語語體中很常見,如「子曰:『回也,其心三月不違仁。其餘則日月至焉而已矣。』」(《論語·雍也》)在這兩個句子中「子賤」和「回」都是以稱謂形式存在的獨詞句,在日常口語中是一種常見的形式。例 17 和例 18 就是正常的用法,是「對某某說」的意思。例 17 的意思是,孔子對仲弓說:「耕牛生下的牛犢,長著赤色的毛,端正的角,雖然不想用它當祭品,山川之神難道會捨棄它嗎?」孔子的言外之意是(對仲弓)「雖然你父親卑賤,但是你能不被重用嗎?」。例 18 可能是孔子面對生病的顏回或剛去世的顏回說,「可惜啊,你的身體這樣(或你走得這樣早)我只見你進步。從未見你停止過。」此例中的「其」活用為第一人稱。

我們持此看法還有一個證據,上述例 3 到東漢《論衡》中變成了:

19、孔子曰:「公冶長可妻也,雖在縲絏之中,非其罪也。」以其子妻之。《論衡·問孔》

我們主張「評價」和「以為、認為」不該分立義項的另一原因,是「評價」義和「以為」義語法上有別,前者帶名詞;後者可以帶小句賓語。前面例 1～例 9 傳統的句讀法就是為了迎合這種語法上的特點。而從語義上看,帶小句賓語的句讀形式更符合「謂」的語義特徵。

實際上,這樣的用法古籍中是常見的,只是由於受到段注的影響,才形成傳統的那種句讀方式。事實上這些句子中的「謂」就是「以為、認為」義。這

種結構多數是「謂」獨自引出直接引語。我們測查語料發現，上古時期「謂」和「問」一樣，引出直接引語時，儘管常常用「曰」來引出直接引語，但有時也獨自引出。如：

20、析父謂子革：「吾子，楚國之望也……」《左傳·昭公十二年》

21、謂：「先王何常之有？唯餘心所命，其誰敢請之？」《左傳·昭公二十六年》

22、又謂子惡：「令尹欲飲酒於子氏。」《左傳·昭公二十七年》

23、退而謂季孫：「君怒未怠，子姑歸祭。」《左傳·昭公三十一年》

24、子泄怒，謂陽虎：「子行之乎？」《左傳·定公五年》

25、國人懼，懿子謂景伯：「若之何？」《左傳·哀公八年》

26、公謂鮑子：「或譖子，子姑居於潞以察之……」《左傳·哀公八年》

27、陳僖子謂其弟書：「爾死，我必得志。」《左傳·哀公十一年》

28、知伯謂趙孟：「入之。」對曰：「主在此。」《左傳·哀公二十七年》

29、君子謂：「宋共姬，女而不婦。女待人，婦義事也。」《左傳·襄公三十年》

30、儒者謂：「日月之體皆至圓。」《論衡·說日》

我們還發現「謂」表「評論」義的句子中，「謂」的主體既有「君子」、「孔子」、「子」、「仲尼」，也有「楚子」、「君王」甚至「據與款」這類普通人，因為任何人都有發表議論、闡述看法的可能，當然有時候作者是借「君子」、「孔子」、「子」、「仲尼」之口來發表議論。這種只帶小句賓語的情況同「謂」帶雙賓語的情況不同。詞義上，這種情況下的「謂」雖然也可解為「說」，但是其意義顯然已經不僅僅是一般意義上的「說」。而是「用言語表示對某人或某事的具體看法」，是反映「謂」的主體的主觀認識，是就某人某事進行的議論。一般譯作「以為、認為」，或直接譯為「說」也可以，這時的「謂」已經由言說動詞義發展為心理動詞義。首先，言為心聲，說什麼往往就是認為什麼；另外，認知域與言語行為域的區分，可以運用於動詞、情態、複句等各項研究領域。[註7]。「這

〔註7〕 沈家煊《複句三域「行」、「知」、「言」》，《中國語文》，2003年第3期。

兩個域的區分，也體現在詞義的演變之中。」〔註8〕根據我們對言說類動詞的全面研究，我們發現很多言說類動詞的意義引申出認知類動詞的意義（如「諭」由「告曉」義引申出「明白、理解」義）相應的，從結構上看，這種用法的「謂」不必出現關係對象（表人賓語）了，這時的「謂」語義特徵明顯不同於其他義位，是二價動詞。這種用法後來不再使用「謂」，漸漸被「曰或云」所代替，因為「謂」的更常見的義位是三價動詞。

所以，上古漢語「謂＋引語」這種結構中的「謂」有時表示「以為、認為」之義，是單賓語結構，跟一般「謂字句」有別。

我們通過對上古二十多部典籍全面測查，整理「謂」的義位系統，發現傳統上把「評論」確立為「謂」的一個義項是欠妥當的。

參考文獻

1. 王鳳陽，《古辭辨》，吉林：吉林文史出版社，1993 年。
2. 沈錫榮編，《古漢語常用詞類釋》，上海：學林出版社，1992 年。
3. 張百棟、邵祖成，《古漢語長用同義詞辨析》，廣州：中山大學出版社。
4. 王政白，《古漢語同義詞辨析》，安徽：黃山書社，1992 年。

〔註 8〕 李明《從言語到言語行為》，《語言文字學》，2004 年第 11 期，第 73 頁。

言說類動詞的語法特徵之分析──以「問」「告」爲例

　　摘要：本文以言說類動詞「問」（詢問）、「告」（告訴）等爲例來探討介詞「於」的發展變化及相關問題，歷時地看，「於」的總的趨勢是漸趨衰亡，即由「V＋於＋G」逐漸向「V＋G」過度，但是整個上古時期「V＋N＋於＋G」一直存在，不同類型的存在和變化都有各自的原因。「V〔言說〕＋N2＋N1」的結構不管 N2 是否是代詞，我們認爲是雙賓語結構，而且不是省略介詞「於」所致。

關鍵詞：省略；雙賓語；關係對象（G）；內容賓語（N）；介詞

　　關於這個問題有很多學者探討，歷來存在著不同的看法。一些語法學家認爲是「介詞省略式」〔註1〕、但是孫良明先生認爲應「取消『介詞省略說』」

―――――――――――――――――――

〔註 1〕 如黎錦熙先生，見《比較文法》，第 72～73 頁。

〔註2〕。「Ｖ〔轉移〕＋Ｎ2＋Ｎ1」的歸類的問題是與此密切相關的問題，所以我們放在一起探討。「Ｖ〔轉移〕＋Ｎ2＋Ｎ1」，除了「省略說」之外，還有楊伯峻先生的「雙賓結構」說〔註3〕、殷國光先生的「並存說」等。

殷國光先生在《上古漢語研究》中對於「Ｖ〔轉移〕＋Ｎ2＋Ｎ1」的歸類，如「謁之吏。」〔註4〕（《韓非子‧五蠹》），他陳述了兩點說明自己不採取「省略說」的理由（一個是從變換的角度；另一是從歷史的角度，即甲骨文該句式已存在），他得出結論說「歷史地看，與其說 Ｖ〔轉移〕＋Ｎ2＋Ｎ1 是省略式，不如說是與 Ａ 式〔註5〕及 Ｖ〔轉移〕＋Ｎ2＋介＋Ｎ1 並存的一種。」同時殷先生認為這類結構之中一些是雙賓語，一些不是，如上面的「謁之吏」就不是雙賓語。〔註6〕

上述各家的說法從不同的角度，不同的用例看，都有一定道理，但是對同一現象各家有時也有分歧。諸多說法發生分歧的根本原因主要是把不同質的東西雜糅在一起而得出結論。實際上，探討介詞「於」的發展變化與句中動詞的類別是分不開的。不同類的動詞相關方面的發展變化有時是不同的。我們通過上古言說類動詞的全面測查發現，從上古前期到上古後期，言說類動詞由「Ｖ＋於＋Ｇ」演變為「Ｖ＋Ｇ」。雖說部份介詞（如「於」）總的發展趨勢是趨減〔註7〕，但是對相關情況還是應該作具體分析的，有時，即使同類動詞，具體不同的動詞的發展變化也會有所不同。本文主要以言說類動詞「問」（詢問）、「告」（告訴）和「謂」（意指）為例來探討介詞「於」的相關問題。

一、「問」

從語義結構看，「問」屬於三目謂詞，它在句中可以帶有三個基本項：施事

〔註2〕 《關於建立古漢語教學語法體系的意見》（載《中國語文》1995 年第 2 期）：直到現在還有人持「介詞省　略說」：即認為古漢語 Ｎ—Ｖ 結構前，Ｖ—Ｎ 結構中間隱含有 Ｐ（介詞）義的，皆是該用而不用，「省略」掉了。

〔註3〕 見《文言文法》，第 173〜174 頁。

〔註4〕 此為他所舉三例中一例，其中動詞「謁」為言說動詞，表是「告、告發」。

〔註5〕 作者注：殷先生指的是雙賓語式，如「告之悔」。

〔註6〕 詳細見第 19〜20 頁，中國大百科全書出版社。

〔註7〕 這是邵永海先生在《從〈左傳〉到〈史記〉看上古漢語的雙賓語結構及其發展》得出的結論，載《綴玉集》，北京大學出版社，1990 年。

（問者）；受事（問的內容）；關係對象（問的對象，即需要回答的人）〔註8〕，分別用 R、N、G 來代表，從語義上，R、N、G 三者都是必有項，但是在實際句法結構中，有時三者都出現，有時只出現兩個或一個。這三個基本項的歷時變化情況也不一樣，本文只探討與介詞有關的 G（關係對象）的變化。

有關 G 的情況要複雜些。G 表示關係對象，由人（或相當於人的物）來充當。一般地，出現「問」的關係對象的句子結構主要有下列幾種：

S1，問於 G，如「季康子患盜，問於孔子。」《論語·顏淵篇》；

S2，問 G（N），如「妄怪之，問孔成子」《史記·卷37》；

S3，問於 G 曰 N，這裡 N 是直接引語，實際是 S1 的另一形式，如「哀公問於有若曰」《論語·顏淵篇》；

S4，問 G（曰）N，實際是 S2 的另一形式。如「吳使使問仲尼：「骨何者最大？」《史記·卷47》

S5，問 N 於 G，如「葉公問孔子於子路」《論語·述而篇》

實際上，主要也就是 S1、S2、S5 三種樣式，因為 S3 和 S4 是 S1 和 S2 的變化形式。根據我們的觀察發現，這三種樣式的變化情況如下：

總的來說，S1 有逐漸向 S2 演變的趨勢。也就是說在上古前期，以介詞引出關係對象為主。僅舉《論語》中的例子，如：「以能問於不能／以多問於寡／太宰問於子貢曰／哀公問於有若曰」等。到上古後期變成了「問」帶關係對象為主。詳細情況見下表：

幾部上古典籍「問」（義位 1）的使用情況：（只測查關係對象 G 出現的情況）

	左傳		論語		國語		孟子		韓非子		戰國策		淮南子		史記		論衡	
問＋介＋G	95		24		55		6		27		6		18		19		19	
問＋G	11		2		5		9		62		21		20		158		112	
	名 0	代 11	名 0	代 2	名 5	代 0	名 7	代 2	名 40	代 22	名 13	代 8	名 11	代 9	名 124	代 34	名 81	代 31

〔註 8〕 此處參看賈彥德的《漢語語義學》，第 222～227 頁，我們把他的「與事」改成了「關係對象」。

圖表説明：在「問＋介＋G」的統計中，凡是在動詞「問」（表詢問）後出現兼詞（焉和諸）的，都算作使用介詞「於」的範圍內。比如說《國語》S1 有 50 個例句，但是近乎半數以上爲出現焉的句子，如「魯襄公使叔孫穆子來聘，范宣子問焉，曰：「人有言曰『死而不朽』，何謂也？」（《國語・晉語八》）凡是這樣的情況我們都採取保守的講法，都把焉看作了兼詞，而沒有看成代詞。其他的典籍均同此。

通過上表可以看出，早在《左傳》和《論語》中就已經出現了「問＋關係代詞」的結構，但是細一分析，我們就發現這些關係對象都是代詞「之」充當，沒有出現名詞作關係對象的用例。如：

例 1）子將命。或問之曰：「益者與？」子曰：「吾見其居於位也，見其與先生並行也。非求益者也，欲速成者也。」《論語・憲問》

例 2）叔如晉，報知武子之聘也，晉侯享之。金奏《肆夏》之三，不拜。工歌《文王》之三，又不拜。歌《鹿鳴》之三，三拜。韓獻子使行人子員問之，曰：「子以君命，辱於敝邑……」《左傳・襄公 4 年》

例 2）在《國語》中記載此事的時候，「問之」作「問焉」，正說明《左傳》中的「之」是代人，而不是代事，是問穆叔爲什麼這樣。

也就是說，兩周春秋時期詢問義動詞「問」，當關係對象是由名詞人（或起人的作用的名詞）來充當，一般用介詞引出關係對象，但是當關係對象由代詞「之」代替時，就可直接放於動詞「問」之後了，所以在這個意義上我們說上古前期 S1 和 S2 並存。

《國語》中不需要介詞引進的名詞關係對象已經開始出現了（共出現了 5 例）。

戰國、兩漢時期，「問」的關係對象已經絕大多數不用介詞引出了。《左傳・僖公 4 年》的「昭王之不復，君其問諸水濱。」同樣的內容到《史記・卷 32》中變成了「昭王之不復，君其問之水濱。」《史記》已經有明顯的趨勢，不再介引關係對象了，「介引」的 18 例中或是引用前代文獻，或是敘述前代舊事，是傳統習慣用法的延續。

那麼漢語史發生這種演變的原因是什麼呢？結構語言學認爲。語言是一個

系統，這個系統中某個部份變化，常常和別的部份相關聯。任何事物的變化都是可以找到原因的。「一個詞經常同某些詞語結合則有可能把這些詞的內容壓縮到該詞的意義之中」，「詞的潛在搭配有理由看作詞位意義的一部份。」〔註9〕

根據馬丁內語言的經濟原則，在言語交際中，人們自覺或不自覺地在完成交際任務的前提下採取消耗力量更小的語言形式，這是由人的生理和精神上的惰性造成的〔註10〕。這種情況可能是是語言的經濟原則在起作用，使語言的表達很經濟。

「問＋介＋G」這種結構的頻繁使用，出現在這一結構中的介詞常常又是介詞「於」，所以導致「於」的內容壓縮到「問」之中了，即「問於」＝「問」了。這樣我們才能對 S1 的結構變化情況予以理解。這樣，兩個詞的用法變成了一個詞的用法，確能體現語言的經濟原則。

S5 這一形式在上古期間有怎樣的變化呢？「問＋內容＋於＋對象」（即「問 N 於 G」）中，如果問的內容 N 是名詞，這種結構形式一直延續到中古甚至更晚；如果問的內容是代詞「之」，「問 N 於 G」就變成了「問之 G」。按照道理推斷 S5 這種結構可以變成「問 GN」，但是我們根據測查的語料，發現上古漢語中這種由兩個短語構成的雙賓語並不多見，其原因可能是古人認爲那樣可能會造成交際的混淆。

最後我們要探討的是與本文開始所說的結構的相關情況。其中 V 是本文僅探討言說類動詞。如前所述，「問＋內容＋於＋對象」演變的一種情況是，當內容爲代詞「之」，這種結構就成了「問＋之＋於＋對象」（問＋諸＋對象），漸漸演變爲「問＋之＋對象」。這種用例也就是殷先生所說的「V〔轉移〕＋N2＋N1」結構類型：如：

例 3）吳子使來好聘，且問之仲尼曰。《國語・魯語下》

例 4）子貢以爲重，問之仲尼。仲尼曰。《韓非子・內儲說上七術》

例 5）客從外來，與坐談，問之客曰：「吾與徐公孰美？《戰國策・齊一》

例 6）昭王之出不復，君其問之水濱。《史記・卷 32》

〔註 9〕Lyons, John 1997 Semantics, Cambridge: Cambridge University Press. P613.

〔註10〕參考周紹衍《馬丁內的語言功能和語言經濟原則》，國外語言學，1980 年第 4 期。

另外《史記》、《孫臏兵法》中還有三例從結構上跟上述句子是同樣的類型，但是這三例形成的原因完全不同：

例 7）景公問政孔子，孔子曰：「君君，臣臣，父父，子子。」……他日又復問政於孔子。《史記·卷 47》

例 8）大將軍問其罪正閎、長史安、議郎周霸等：「建當云何？」《史記·卷 111》

例 9）齊威王問用兵孫子曰：「兩軍相當……爲之奈何？」《孫臏兵法·威王問》

例 7「景公問政孔子」是承後省略，因爲後文中出現了「他日又復問政於孔子」。例 8 是因爲關係對象「正閎、長史安、議郎周霸等」太長，如果放在「問」之後，「內容」之前，對於確認哪個是內容，可能會產生一定的困難。所以才臨時把較長的關係對象置後。例 9 是一種大語境下的省略。我們進一步測查《孫臏兵法》發現，「問孫子」這一用法在這部不到萬字的著作中共出現了七次。所以我們推斷，在「齊威王問用兵孫子曰」中，可能是「問用兵於孫子」省略了「於」而成，這種省略在這種特殊的語言環境中是不會造成交際混淆的。

有些方言如粵語中就存在這種「倒置」雙賓語的現象，如：「我畀〔一本書〕〔你〕。」〔註11〕一些研究漢語方言語法的學者注意到這個問題並加以研究，他們基本上認爲粵語這種語法結構是由於「倒置」而形成的，並把這個特徵視作方言語法的重要標誌。〔註12〕但是也有人認爲這種結構是由於介詞省略所致，「我們認爲這種結構並不是由『倒置』所形成，而是屬於與格結構的一種，是從與格結構經過介詞省略推導出來的。普通話和粵語就『倒置』雙賓語的差異只不過是由於粵語與格結構的介詞有選擇語音特徵〔可省略〕的可能性，因此與格結構裏的介詞能夠被省略……普粵就倒置雙賓語的問題根本不是句法的問題，而是屬於音韻的問題，跟介詞的音韻省略有關。」〔註13〕上古漢語中這種與格結構中的介詞如前所述，有這種省略的可能性，不會造成理解的混淆。如

〔註11〕轉引自 62 頁，鄧思穎《漢語方言語法的參數理論》，北京大學出版社，2003 年。

〔註12〕參看同上 62 頁，同上。

〔註13〕第 22 頁，同上。

上所舉的例 17 和 19 是就是這種原因形成的。

所以如果說「介詞的省略」，從這個角度談是完全可以的〔註14〕。但是如果把這種現象看作是由先秦到漢發展變化的一種規律就不符合漢語史的情況了，那種認爲漢代「問＋關係對象」也是省略了介詞的看法，我們就不敢苟同了，因爲這種省略是一種語用現象，並非一種語法規則，是在特殊的語言環境下生存的。凡是語法上所說的省略式，應該是以不省略爲常見的，但是漢代，這類動詞的關係對象一般是不需要介引的，即「問＋關係對象」和「問＋之＋關係對象」佔據主導地位。除了「問＋名詞（非代詞）＋於＋內容」這種句式之外，介引基本不再需要了，雖然這種介引方式（「問＋名詞（非代詞）＋於＋內容」）與不介引的方式並存，但是無需介引並非是臨時省略介詞而致，如前所述是歷時演變所致。所以我們認爲孫良明先生的結論，即「取消『介詞省略說』」是正確的。

我們再來談談殷先生所說的「V〔轉移〕＋N2＋N1」結構的歸類問題。「不是省略式」，我們完全同意殷先生的結論，但是他認爲不是雙賓語，這一點上我們和殷先生的看法是不一致的。

實際上，上古「V〔轉移〕＋N2＋N1」這種結構，應該分爲兩種類型：

一類是 N2 是代詞（如「之」）充當，實際上就是「V＋之＋N1」的結構，這一類在古漢語中常見。事實上很多人探討「V〔轉移〕＋N2＋N1」結構類型都是針對「V＋之＋N」這種結構而言的，殷先生所舉的 4 個用例都是「動詞＋代詞＋名詞」的類型；

另一類，「V＋N2＋N1」之中的兩個名詞是非代詞充當的，實際上這種結構是很少的〔註15〕，如：「葉公子高問政於仲尼，仲尼曰：『政在悅近而來遠。』哀公問政於仲尼，仲尼曰：『政在選賢。』齊景公問政於仲尼，仲尼曰：『政在節財。』三公出，子貢問曰：『三公問夫子政一也，夫子對之不同，何也？』」（《韓非子・難三》）

〔註14〕 方平權在《關於介詞『於』由先秦到漢發展變化的兩種結論》（載《古漢語研究》2000 年第 2 期）中結尾處所舉的兩個例子「於是周公乃還政於成王」和「七年後還政成王」正是這種情況，後者是前者的省略，但是是語用現象，非語法現象。

〔註15〕 此處不包括「二世問左右：『此乃鹿也？』」（《史記・卷 87》）這種結構類型。

第二類「V＋N2＋N1」結構，動詞後面跟上兩個名詞，容易造成混淆，所以這種結構的存在是有一些條件的，N1、N2 多為單音節結構或音節整齊的雙音節結構，或其中一個是者字結構，總之，古人是考慮到是否會造成交際的混淆的。另外這種結構是不包括前文所說的省略現象的，因為前文所說的省略是一種語用現象，不是語法規則。一般說來，上古時當動詞後面出現兩個名詞時，一般就用「問＋內容＋於＋對象」這種類型了。漢代，問類詞關係對象需要介引就是這種情況。

我們仍以殷先生文中例「謁之吏」為例探討這類結構是否是雙賓。我們推斷，是否是因為在文獻中沒有「謁吏」（或謁＋名詞）的用例，殷先生就認為不是雙賓語了呢？事實上沒有這方面用例的主要原因是因為「謁」的詞義發生了變化，由「告」轉義為「拜謁」。如果以「問」為例，那「問＋名詞」的用例不勝枚舉。所以我們認為，這類結構屬於雙賓語結構（動詞為言說類），跟楊伯峻先生觀點同。

二、「告」

甲骨文的「告」主要表「告訴」義，也涉及到施事、關係對象（G）、內容（N）這三個方面的內容。這三個項在句中或隱或現，有時省略一個，有時省略兩個，但是都是在一定的語言環境的基礎上的，所以不會造成交際的語義的混淆。

我們以《殷墟甲骨刻辭類纂》[註16]中的例子（從 247～251 頁的全部用例，基本上告先王的）進行分析，總計有 354 個用例（重複出現的不計）。我們初步發現，「告」字句的結構形式主要有：〔（＋N）：表示內容 N 出現和不出現的情況都包括，下同〕

S1：告（＋N）＋介詞（於或自）＋G ——共 191 見

介詞主要是介詞「於」（185 見），其次是介詞「自」（6 見）。

S2：於＋G＋告（＋N）——共 57 見（其中「於＋G＋告＋N」16 見）

這可能是語義的需要，為了強調關係對象而將「告」的關係對

〔註16〕姚孝遂、肖丁主編，中華書局，1898 年。

象提前。

S3：告＋G ——27 見

跟現代用法相同，不需要介詞引導關係對象。

S4：告＋N ——56 見

此處爲僅出現內容的，同時出現關係對象的沒計算在內。

另外，還有兩個特例「其告秋上甲二牛，大吉」（二八二〇六）、「其告秋上甲」（二八二〇七）。這種形式是「告＋N＋於＋G」形式省略介詞「於」而成。即「告秋上甲」是「告秋於上甲」的形式省略而成，「告秋於上甲」這種結構甲骨文常見，「告＋N＋於＋G」這一形式共出現 51 例。這種省略介詞的現象典籍中也可見到，《史記》中出現了類似現象，如「告急晉」。這個現象與「問」的介詞省略是一樣的性質。

根據王士元先生的觀點〔註 17〕，漢語大約在公元前 4000 年就從藏緬語系中分離出來了，就與 Austric 語言（SVO 型）全面接觸，導致遠古漢語的語法格局發生了重大變化，由 SOV 型轉變爲 SVO 型。上述的 S2 型可能正是轉換前的結構形式，「在遠古漢語裏，受事補足語可能帶有格助詞，尤其當施事和受事均是有生命的名詞而易產生混淆時，受事補足語則必須帶有格助詞以示區別。」〔註 18〕

通過以上的數位，可以看出甲骨文時代「告＋關係對象」的方式已經產生，而且「關係對象」爲非代詞充當，但是遠沒有佔據主導地位。這種結構類型的產生要遠遠早於「問」字的相關類型。

甲骨文之後，「介詞＋G」倒置於動詞前的情況基本不見了。其他方面，總的來說最大的變化是介引關係對象 G 的比例漸減。實際上，這種**趨勢**從甲骨文就萌芽了。詳見下表：

	甲文	周易	尚書	詩經	左傳	論語	國語	孟子	墨子
告 N 於 G	67	0	2	1	12	0	3	0	0
告於 G	181	3	2	1	58	2	13	2	2

〔註 17〕 轉引自馮勝利《漢語韻律句法學》，上海教育出版社，2000 年。

〔註 18〕 時兵《也談介詞「於」的起源和發展》，第 344 頁，載《中國語文》2003 年第 4 期。

| 告＋G（名） | 27 | 3 | 21 | 3 | 166 | 2 | 39 | 19 | 21 |
| 告＋G（代） | 0 | 1 | 12 | 3 | 39 | 5 | 10 | 7 | 10 |

（續上表）

	莊子	荀子	韓非子	呂氏春秋	包山簡	銀雀山	馬三	張家山	武威漢簡	史記
告A於B	0	0	0	2	0	0	0	0	2	24
告於B	0	0	0	1	4	0	0	0	18	5
告＋G（名）	15	2	1	45	19	2	11	15	1	190
告＋G（代）	20	7	4	15		3	1	2		39

圖表說明：1、甲骨文介詞「於」包含「自」：《周易》「告於」作「告自」，共3次，其中一次爲倒裝。2、甲骨文中「告秋上甲」2例，我們認爲是臨時省略「於」而成，所以沒計在「告＋G」之列，典籍也同樣處理（《史記》中19處，如「告急秦」。）

　　春秋晚到戰國初期，「告於」比例大幅度下降。通過對《左傳》58例、《論語》2例、《國語》13例、《孟子》2例的分析發現，「告於＋G」和「告＋G」出現的情況從語義上是有差異的。《左傳》58例中就有28處是「使（某人）告於＋國名（或天子等）」的情況，表達的意思是，向……通報某一情況（常常是被攻擊等災難性的事）。如：「宋人取邾田。邾人告於鄭曰」（《春秋左傳·隱公5年》）

　　甲骨文可能還較爲隨意，但是後來（尤其是春秋到戰國初中期）「告＋於＋G」和「告＋G」的含義和使用情況往往是有差異的。前者「告」的主體和客體有空間距離，一般都距離較遠，所以「於」這時有了新的作用，表示到達某地，即告訴的內容要到達「於」引出的對象那裡。如「西伯既戡黎，祖伊恐，奔告於王。」（《尚書·商書·西伯戡黎》）所以《左傳》中，「告於」後多出現諸侯國名，這是因爲需要到那裡才能告訴別人所要說的話。

　　「告於」的趨勢是（不包括告A於B的類型）：

　　從春秋到戰國初期，這個時段「告於＋G」和「告＋G」並現，一方面是歷史的因素所致，另一方面二者大多情況下是出現在不同的語境中的，「告於」的存在使語意表達更清晰。

　　戰國中期以後到兩漢，「告於」的存在基本上是前代文獻的延用。一般地說，「告」的關係對象不再需要介詞引出。從上表看，《武威漢簡》「告於」的比率很高，因爲其內容是比較完整的《儀禮》篇，時代較早的緣故。當然裏面有「告於 G」的格式。

　　針對「告」的情況，「並存說」是比較恰當的，即「告＋介＋G」和「告＋G」在先秦並存，儘管也存在此消彼長的情況。但是在某一時期內並存的兩種句式往往是有語義區別的，到漢代隨著語義區別的消失，更主要的是介詞「於」演變大趨勢的影響，「告＋介＋G」基本不存在了。

　　關於學界爭論的「V〔轉移〕＋N2＋N1」結構類型也跟「問」一樣分兩種情況。眞正的「告」後出現兩個名詞賓語的用例也極少見。多數也作「告＋代詞＋N」。另外，跟「問」一樣的是，這類結構也不包括那些臨時的省略現象，如《史記》中出現了 19 處的「告＋急＋國名」這樣的結構〔註19〕，如「告急秦」是「告急於秦」的省略，都是一種語用現象。

三、「謂」

　　「謂」帶雙賓語在西周時期就很常見。由「謂」的詞源義「報」（對當）引申出「叫做或稱爲」、「意指」，因爲訓釋詞和被訓釋詞、稱呼詞和被稱呼詞兩兩對當。「謂」常常出現在「所謂」、「何謂也」、「此之謂也」、「其是之謂乎」等，可以理解爲「意思是什麼」或「說的是什麼」，常常用來解釋某個詞語。整個上古時期「謂」用於此義位的結構形式主要有以下幾種：（B 是被釋詞）

> ＊ A 之謂 B。A 是賓語前置，如「一陰一陽之謂道。」（《周易·繫辭上》）。這種形式也作「A 之謂」或「A 是謂」，如：「對曰：『主是謂矣！』」（《左傳·昭公元年》）

> ＊ A 謂之 B。在「之」是回指前面的話題 A，「之」和「B」是雙賓語。如「化而裁之謂之變，推而行之謂之通，舉而錯之天下之民謂之事業。」（《周易·繫辭上》）

> ＊ 謂 AB。AB 是雙賓語。如「楚人謂乳穀，謂虎於菟，故命之曰

〔註19〕 這 19 例中，除了「告急天子」和「告敗太子」兩例外，其餘均作「告急＋國名」的情況。

鬥穀於莬。」《左傳‧宣公 4 年》又「謂弟之妻婦者，是嫂亦可謂之母乎？」（《禮記‧大傳》）；「曰：『何以謂仁內義外也？』」《孟子‧告子上》；夫謂非其有而取之者盜也。（《孟子‧萬章下》）

* 謂 A 曰（爲）B。如「謂女子，先生爲姊，後生爲妹。」（《爾雅‧釋親》）又如「女子謂兄之妻爲嫂，弟之妻爲婦。（《爾雅‧釋親》）、「敢問何謂爲政？」（《禮記‧哀公問》）

上述幾種方式中，第 1、第 2 和第 4 是第 3 的變化形式，但是以第 1、第 2 爲最爲常見。按道理來說，正常的語序是「謂 AB」的結構（即「V〔轉移〕＋N2＋N1」），實際上這種形式數量很少，除了上文第 3 中的例子外，還有「曰：『何以謂仁內義外也？』……孟季子問公都子曰：『何以謂義內也？』」（《孟子‧告子上》）這種結構的特點一般是，雙賓語都是單音節或雙音節，有時解釋部份爲一個整體結構（如者字結構），這樣不至於導致理解的混亂。

四、結　論

我們通過對動詞「問」、「告」、「謂」的分析，發現「V〔轉移〕＋N2＋N1」這種結構要區分 N2 是否是代詞。通過對上古典籍的測查我們發現，這種結構的絕大多數用例就是 N2 爲代詞。真正的 N2 爲名詞的用例很少。從語法結構來說，我們認爲這種類型是雙賓語結構。

分析介詞的變化，不能孤立地進行。首先，與介詞相關的動詞的類別是值得注意的，因爲動詞的語義特徵直接影響到介詞及其發展變化。殷先生就把動詞限定爲轉移類動詞對我們是很有啓發的。本文探討的只是其中更小的一類——言說類動詞。具體動詞意義的不同也影響到介詞，如本文「謂」就從不需要介引，這是因爲其語義特徵的需要所決定的。「謂，報也。」（《說文》），段注：「報，當罪人也。蓋刑與罪相當謂之報。引申凡論人論事得其實謂之報。謂者論人論事得其實也。」報、當、謂三詞音近義通。從聲音上看，報是幽韻幫母〔註20〕、謂是物韻匣母、當是陽韻端母。從意義上看，報與當同義，都有兩兩相當的意思。謂的詞源義也有兩兩相當的意思，它的所有義位都與之有關。所

〔註20〕報，此處是根據唐作藩的《上古音手冊》。根據郭錫良的《漢字古音手冊》，報是並母。

以它的關係對象是不需要介引的，因為「謂」詞義本身不但要涉及到內容，也要涉及到關係對象。其次，分析介詞的變化還要注意介引的名詞是代詞與否，因為這直接影響介詞「於」的是否存在。

分析介詞的變化還必須注意是共時還是歷時的現象，這樣才能對發生的現象予以正確的理解。

總的來說，對於介詞「於」從先秦到漢發展變化，我們完全贊同孫良明先生的「取消『介詞省略說』」。對「V〔轉移〕＋N2＋N1」這類結構，我們的發言權只局限於言說類動詞，我們認為殷先生的「與其說 V〔轉移〕＋N2＋N1 是省略式，不如說是與 A 式〔註21〕及 V〔轉移〕＋N2＋介＋N1 並存的一種。」看法是完全正確的，但是我們認為就言說類動詞而言，是雙賓語結構，這一點我們與殷先生的意見不同。

〔說明〕本文所測查典籍：《易經》《尚書》《詩經》《左傳》《儀禮》《周禮》《論語》《楚辭》《國語》《老子》《禮記》《墨子》《孟子》《莊子》《荀子》《韓非子》《戰國策》《晏子春秋》《呂氏春秋》《公羊傳》《穀梁傳》《淮南子》《史記》《論衡》。

參考文獻

1. 張永言、汪維輝，《關於漢語詞彙史研究的一點思考》〔J〕，《中國語文》，1995 年第 6 期。

2. 汪維輝，《漢語「言說類動詞」的歷時演變與共時分佈》〔J〕，《中國語文》，2003 年第 4 期。

3. 賈彥德，《漢語語義學》〔M〕，北京：北京大學出版社，1999 年。

4. 于省吾，《甲骨文字詁林》，北京：中華書局，1996 年。

5. 徐中舒，《甲骨文字字典》，四川：四川辭書出版社，1998 年。

6. 趙誠，《甲骨文簡明詞典》，北京中華書局，1988 年。

7. 中國社會科學院考古研究所，《殷周金文集成》，北京：中華書局，1983 年。

8. 王寧，《訓詁學原理》〔M〕，北京：中國國際廣播出版社，1996 年。

9. 王寧，《古漢語詞義系統研究・序》，載宋永培《古漢語詞義系統研究》，內蒙古教育出版社，2000 年。

10. 王寧，《漢語詞彙語義學的重建與完善》〔J〕，載《寧夏大學學報》，2004 年第 4 期。

〔註21〕作者注：殷先生指的是雙賓語式，如「告之悔」。

11. 蔣紹愚，《關於漢語詞彙系統及其發展變化的幾點想法》〔J〕，《中國語文》，1989 年第 1 期。

12. 蔣紹愚，《古漢語詞彙綱要》〔M〕，北京：北京大學出版社，1989 年。

13. 蔣紹愚，《漢語詞彙語法史論文集》〔M〕，北京：商務印書館，2000 年。

14. 張慶雲、張志毅，《義位的系統性》〔J〕，載《詞彙學新研究》，北京：語文出版社，1995 年第 7 期。

15. 王鳳陽，《古辭辨》〔M〕，長春：吉林文史出版社，1993 年。

16. 張永言，《詞彙學簡論》〔M〕，華中工學院出版社，1982 年。

17. 李運富，《古漢語詞彙學說略》〔J〕，載《衡陽師專學報》，1988 年第 4 期。

18. 李運富，《古漢語詞彙研究中的幾個問題》〔J〕，《湖湘論壇》，1989 年第 3 期。

19. 李運富，《古漢語詞彙學與訓詁學關係談》〔J〕，載《中國語言學發展方向》論文集，光明社，1989 年。

20. 劉叔新，《論詞彙體系問題》〔J〕，載《中國語文》，1964 年第 3 期，又載《詞彙和詞典學問題研究》，天津人民出版社，1984 年。

21. 高慶賜，《漢語單音詞義系統簡論》〔J〕，載《華中師院學報》，1978 年第 1 期。

「言說類」動詞語義場的演變規律之探析

　　摘要：本文選取上古時期漢語言說類動詞作爲研究對象，考察這些成員在上古文獻的使用情況。通過對言說類動詞詞義進行共時詞義系統的分析和歷時詞義演變、詞彙興替的考察，試圖對義場詞項的增減和詞義的演變作出解釋，從而揭示言說類動詞演變的規律。

關鍵詞：言說類動詞；義位；聚合關係；組合關係

一、前　言

　　科學的詞義研究應該是對客觀存在的詞義系統進行全面的、整體的研究，這種研究要求既要看到處於同一系統的不同詞義的區別，又要看到它們的內在聯繫。我國有著悠久的詞義研究的傳統，但是千百年來，由於傳統訓詁學的影響，此研究往往局限於疑難詞語的訓釋和考證，而對於包括大量的非疑難詞語在內的整個詞義體系（這是詞義及詞義演變規律最主要的載體），歷來缺乏全面系統的考察和研究。近年來，加強對常用詞以及對某一歷史時期詞彙系統的研

究，改變過去詞義研究中倚輕倚重的局面，已成爲學界的共識。〔註1〕

　　一個詞項之所以存在於某一義場中，取決於它的存在價值。這種價值主要體現在它跟義場其他詞項之間的區別性的語義特徵中。正如索緒爾所言，「語言既是一個系統，它的各項要素都有連帶關係，而且其中每項要素的價值都只是因爲其他各項要素同時存在的結果。」「詞既是系統的一部份，就不僅具有一個意義，而且特別是具有一個價值。」「在同一種語言內部，所有表達相臨近的觀念的詞都是互相制約著的。」〔註2〕所以研究漢語詞彙史，只對單個詞作孤立的研究是不夠的，還必須從系統出發，從義位與義位之間的關係進行研究。這種研究是把單個詞的發展演變的考察放在一群相關詞（本文指同義詞群）中進行研究，這樣不僅可以考察到詞義演變的情況，而且還便於分析解釋這種演變發生的原因。

　　在我們還無法描寫一個時期的詞彙系統的時候，只能從局部做起，即除了對單個的詞語進行考釋之外，還要把某一時期的某些相關的詞語（包括不常用的和常用的）放在一起，作綜合的或比較的研究。〔註3〕蔣紹愚先生的這種近代漢語詞彙的研究方法，同樣也適合於上古漢語詞彙的研究。所以，研究漢語詞彙史，只對單個詞作孤立的研究是不夠的，還必須從系統出發，從系統中的詞與詞之間的關係中進行研究。跟語音、語法一樣，同一語言的詞彙在不同時期具有不同的系統。這種系統性體現在組成成員之間的相互關係中，這種關係又體現爲各成員在義場中所佔有的不同位置。所以系統性的變化不僅體現在各成員之間的增減、去留，還體現在成員間的關係以及各自所佔有的位置的變化等。在詞彙系統中，每個具體的詞（義位）都處於各種關係中，其中最重要的是兩種關係：聚合關係和組合關係。而同義關係是聚合關係中非常重要的一種。我們就是從上古詞彙的局部研究入手，探求漢語詞彙發展的一些規律及其發展變化過程中的一些顯著特徵。

〔註1〕參考江藍生《東漢——隋常用詞研究·序》；張永言、汪維輝《關於漢語詞彙史研究的一點思考》；汪維輝《東漢——隋常用詞研究》。

〔註2〕分別出自索緒爾《普通語言學教程》，高名凱譯，商務印書館，2003年版，第160、161、161～162頁。

〔註3〕參考蔣紹愚《古漢語詞彙綱要》（第255頁）「近代漢語詞彙研究的方法」。

本文所謂的言說類動詞指「用言語表達意思」的動詞，無論是從歷時的角度，還是從共時的平面看，言說類動詞都具有廣泛性和典型性。這種研究是把單個詞的發展演變的考察放在一群相關詞中進行研究，這樣不僅可以考察到詞義演變的情況，而且還便於分析解釋這種演變發生的原因。

二、義場成員的變化

上古言說類語義場中，不同時期活躍在義場的詞項數量有所不同。總體而言，上古前期到上古後期詞項數量趨減。一般來說，同義聚合的詞項尤其是主要語義特徵相同的詞項語義逐漸靠攏，甚至互相代替，一般來說常用詞項代替非常用詞項（或逐漸凝固成復合結構）比如詢問類義場出現的詞項主要有：問、諮、詢、訊 [1]、訊 [2]、詰、訪、謀。上古前期義場詞項豐富，但是後期少多了。「諮」、「詢」、「訪」、「訊 [1]」與「問」主要語義特徵相同；非主要語義特徵不同，主要表現在關係對象的地位的差異上。上古後期「諮」、「詢」、「訪」、「訊 [1]」不再單獨出現於該義場，一方面「問」可以表示代替這些詞項，這樣可以避免人們繁重的記憶負擔；另一方面，這些詞項並非消失得無影無蹤了，主要以構詞語素形式保留下來，後世即以復合結構「諮詢」、「問訊」、「詢問」等表示此義。

義場動詞項數量的減少，是由於舊詞項的消失；而舊詞項的消失並不是孤立發生的，常常伴隨著新詞項的產生。而新詞項的產生又使義場詞項數量增加。

義場詞項的變化是由詞義演變的因素所決定的。詞義的演變不但包括新義位的產生、變化以及用法的擴大，還包括舊義的消亡〔註4〕。詞義的變化不僅僅是其自身發展的結果，還常常是由於處在聚合關係或組合關係中受到其他詞語的變化影響所致。即一個詞項的產生、變化或消亡是多種因素作用的結果。

2.1 舊詞項的消退

1）詞項自身的原因即為了交際清楚的需要而導致該詞項的消失

我們以「語」為例加以簡單地說明。「語」跟「謂」的情況有所不同，「謂」

〔註4〕 本文「舊義的消亡」指的是某一時期不再獨用表示某義，在義場中消失。但是並不否認作為構成語素的留存，或特殊原因的使用。

的常見義位「告訴」和「說的是、意思是」，在具體使用過程中一般不會造成交際的混淆，因爲這些意義各自出現在不同的結構類型中，而「語」則不然，戰國晚期到漢代，一方面，「語」的其他義位「談論」和名詞用法很常見，尤其名詞的用法越來越廣泛，如果「語」的「告訴」義也成爲常見義，那麼就可能會導致交際的混淆；另一方面，「語」的各義位出現的結構類型沒有明顯的區別，有的甚至沒有區別，要完全依靠文意去分辨詞義，這樣可能會給交際造成障礙，這種情況導致的結果常常就是，非主要義位一般要漸漸讓位給主要義位，這樣「語」的告訴義位就漸漸少用了，除非是由於修辭手段的需要，或者出現在不會造成混淆的結構中。

2）詞義系統中，詞義的變化相互影響，一個詞義（詞項）的演變往往會波及義場其他詞項的變化

一個義項的變化導致其他詞項的變化情況非常複雜，如果把變化了的詞項稱爲 A，被影響變化的詞項稱爲 B，二者之間的關係一種情況可能是 A 使 B 亡。然而有時 B 存活的時間長，有時存活時間短，這可能取決於 B 的使用頻率。一般來說，如果 B 的頻率高些，其生命力就長一些，反之短些（二者關係的另一種情況可能就是 A 使 B 變）例如：

「讒」與「譖」：二者意義相近但是上古前期一直共存於一義場，主要是因爲它們居於義場中各自不同的位置，處於一種互補的地位，互相不可以替代。「譖」主要作謂語；「讒」主要作定語或賓語。戰國末期是語言劇烈變化時期，也影響到二者地位的變化，這時「讒」產生了作「謂語」的用法，如「初燕將攻下聊城，人或讒之。」（《戰國策・齊策六》）到了漢代「讒」作謂語的用法大大增多，大有代替「譖」的趨勢，如「獻公二十一年，獻公殺太子申生，驪姬讒之。」（《史記・晉世家》），而「讒」這種用法在《左傳》中用「譖」，如「二五卒與驪姬譖群公子而立奚齊，晉人謂之二耦。」（《左傳・莊公二十八年》）；「姬遂譖二公子曰：『皆知之。』」（《左傳・僖公四年》）由於「讒」用法的擴大，侵佔了「譖」的領地，從而導致了「譖」逐漸消失於該義場。

又如，「責」與「讓」：二者春秋時期到戰國初中期共時共域地存在著，「責」的內容往往是對某件事的追究或對某責任未盡者的指責；「讓」是用嚴厲的話指謫別人的錯誤或罪行。戰國晚期尤其到漢代，隨著「責」的義域擴大，包括道

義上的責難都可以用「責」（該義原來主要用「讓」表示），二者的語義特徵和使用範圍逐漸接近，漢代已經產生了「責」代替「讓」的趨勢，但是這種替換過程很緩慢，其中的原因很複雜，一方面，「責」還負擔著非言說的義項如「求」；另一方面，「讓」在上古前期是一個跟「責」匹敵的詞項，所以不會輕易地退出該義場的舞臺，或是陳述舊事、或是仿古、或是人們習慣因素等，加之語言的延續性使得「讓」單獨表示責備的情況依然存在，到了中古還可見到「讓」出現於該義場。

以上兩例，「譖」的消亡時間比較短暫，而「讓」的消亡時間比較緩慢，其原因主要是因為二詞項不同的使用頻率，還有變化詞項的承載體的負擔輕重的因素。「譖」這個詞義項單一；而「責」卻義項比較多，負擔較重。

這種變化了的詞項和被影響變化的詞項有時是相輔相成的。再以上面的變化詞項 A 和被變化詞項 B 為例，從一個角度看是 A 使 B 亡，如上述兩例；但是從另一個角度看也可看成是 B 影響 A，因為有時二者是相互作用的，這時就可以看作 A 使 B 變。如「誨」與「教」，春秋晚期、戰國初中期（如《論語》）「誨」與「教」的語義特徵是不同的，但是戰國晚期、漢代，「誨」出現次數漸少，不再獨用，表示「誨」的詞義大都可以用「教」來表示了。這是可以看作由於「誨」的變化而導致「教」義域的擴大。

2.2 新詞項的出現

1）語義明晰性的要求所致

新詞項的產生主要是社會的進步、語言的發展、詞義精確化的需要。如「諭（喻）」的「告曉、告訴」義位（把事情、道理或意願等向人陳述或解說，讓對方明白、理解。）產生前，用「語」或「告」等詞表此義。但是只有「諭（喻）」才能準確表達「告訴別人並使人明白」的意義。如「若夫工匠……父不能以教子。瞽師之放意相物，寫神愈舞，而形乎弦者，兄不能以喻弟。」（《淮南子・齊俗訓》）此句意為：這種奇技，父親不能夠教給自己的兒子……這種奇技，兄弟不能曉喻他的弟弟。其中的「喻」不是一般的「告訴」義，而是「把其中的道理講清楚並使對方明白」。

又比如，原來「拜見、晉見」是用「見」表示，如「陽貨欲見孔子」（《論語・陽貨》），跟一般意義上的「見」共用一詞，所表達之義不夠精確，人們在

語言中越來越多地需要準確表達這種非普通的「見」，即帶有尊敬之義的「拜見」，這是「謁」產生「拜見」義的根本原因。

2）詞義的演變原因分析

一個新義位的產生是由於該詞具有演變的可能性，再加上表達的需要，往往會導致一個新義位的產生。比如，在告訴語義場，「告」使用範圍極寬，使用「謁告」的地方也可使用「告」，所以漢代「謁」表「告訴」少了。同時，語言的發展迫切需要用一個詞來表達「拜見」之義，而「謁」正好具有這種演變的機制，因爲「謁」的「告訴」義位含有「對受事對象的崇敬之情」和「到某處去」的義素特徵，這些正是「拜見」義位的語義特徵之一部份。

3）文化的原因

政治經濟文化等原因勢必導致人們交往的增多，一般會使強勢方的語言影響到弱勢方的語言，這樣有些方言詞可能會進入到通語中。口語成分滲入到書面語中，有時會取代書面語用詞，如「罵」就是這樣從口語進入到書面語中從而取代了「詈」。

語言與社會關係密切，文化因素勢必會影響詞義的發展變化。詔的「告知」義主要是告訴客體怎樣做，而且主體往往都是具有某方面知識的人，他的話一般來說是必須聽從的。之所以被皇帝專用正是由於這個語義特徵。封建時代把皇帝看成非普通人，而是眞龍天子，他的命令臣民必從。戰國晚期「詔」產生了新的義位「上級（主要指君王）發布命令」，已經不是一般意義上的「告訴」義。到漢代，完全爲皇帝所專用，專指「君王發布詔命」。新義位的產生導致「告訴」義位的消失，這主要是文化的原因所致，「詔」成爲帝王專用詞，自然不能作一般意義的告訴了。

總的來說，在某一共時平面上、某一歷史時期，出現在這個義場中的各詞項主要語義特徵大體相同，才使這些詞項得以共存於該義場；但是這些詞項或非主要語義特徵有別，或語法意義或語體特徵或感情色彩等有各自的區別特徵，否則就會逐漸被語義場淘汰。某個具體詞項在語義場的去留命運取決於多方面的因素，既有自身因素的影響，也有義場其他詞項的影響，是內因外因綜合作用的結果。進一步來說，一個詞項的產生、變化或消失是多種因素作用的結果。比如，「訴」的控告義位，春秋晚期戰國初期產生，一直到漢代都在使

用。作爲「控告」義，除了用「訴」外，更常用「告」來表示，尤其在口語中〔註5〕。到了後代，「訴」的「控告」義基本不用了，該義逐漸被「告」取而代之。「訴」的控告義消失的重要原因是因爲這個義位和訴說義位易造成交際的混淆，因爲「訴」的關係對象不需介引，作「訴＋關係對象」。假如「控告」義位繼續得以存在的話，那麼「訴」後的人稱名詞是傾訴對象（關係對象）還是控告對象（內容賓語）極易混淆。而「控告」是其非主要義位，又有代替者，所以必然導致「訴」的「控告」義消亡。但是「訴」的「控告」義並不是消失得無影無蹤，作爲構詞語素保留在復合詞中，如現代漢語中的「上訴」、「申訴」等。再如，前文所述「語」的告訴義從戰國晚期尤其是到了漢代漸漸少用了，就是因爲「語」既有名詞用法又有動詞用法，而且都很常用，這是導致它最後從「告訴」義場消失的主要原因，但是同時也是因爲「語」的告訴義可以用義場其他詞項表示，除了「告」之外，還有「語」的分化詞「諭（喻）」，代替了「語」的動詞的部份用法。「諭（喻）」帶對象賓語，作「諭（喻）＋G」型，這種類型戰國末期尤其是漢代甚至中古用例比以前有所增加，原來用動詞「語」的地方，可以用「諭（喻）」來表示。如「故諭人曰：『孰知其極？』」（《韓非子・解老》）；「會項伯欲活張良，夜往見良，因以文諭項羽，項羽乃止。」（《史記・卷八》）；「敦謂鯤曰：『余不得復爲盛德之事矣！』……鯤諭敦曰。」（《世說新語・規箴》）

三、詞義特徵更清晰

　　古漢語詞彙有很多綜合性較強的詞，隨著詞義的精密化，這種綜也合性特徵很強的詞很多演變成分析性很強的詞。這裡所說的綜合性指的是一個詞的語義特徵包含有兩個以上的不同動作特徵或者一個詞除了動作特徵外還包含對象或方式等語義特徵。詞的分析性是指不同的動作或不同的動作方式或不同的動作對象不再含混地包含在一個詞義之中。

　　比如「教」最初是包含對象在語義特徵之中的，「其卿讓於善，其大夫不失守，其士競於教，其庶人力於農穡。商工皁隸，不知遷業。」（《左傳・襄公九年》）很明顯，「競於教」是「士努力於教誨百姓」之義。「教」是一個自足性動

詞。所謂的「對象自足」動詞，就是一個動詞在詞義結構中包含著動詞施及的對象。如「教」的詞義結構可以簡單的描寫爲「【＋教導】（動作）、【＋民眾】（對象）」。既然動詞的詞義結構中已經包含受事賓語，爲什麼又有大量的用例「教」在句法結構中還要帶關係對象？我們認爲這是動詞「教」詞義演變的結果。「先秦有一批『對象自足』動詞，這些動詞具有綜合性特點，後來都向分析性發展。所謂綜合性，是從後代的語言看，由兩個成分構成的句法結構表示的內容，古代用一個詞（一個概念）表示；所以分析性，是古代一個詞（一個概念）表示的意義，後代用兩個詞（兩個概念）構成一個句法結構來表示。簡單的說，綜合性向分析性發展，就是將由一個詞（一個概念）表示的意義分析爲用一個句法表示。」〔註6〕

又如「訴」是一個綜合性很強的詞，是一個包含特定語義特徵的自足性動詞，但是這種心理的東西往往不顯現，不管是帶了具體的內容賓語還是沒有帶內容賓語都是如此。如：

 a、鮑牧又謂群公子曰：「……」公子愬之。公謂鮑子：「或譖子，子 姑居於潞以察之。若有之，則分室以行。若無之，則反子之所。」 《左傳‧哀公八年》

 b、他日，董祁愬於范獻子曰：「不吾敬也。」《國語‧晉語九》

例 a「公子愬之」是公子們告訴（悼公）這件事並對他訴說了對鮑子的不滿；例 b 不但從詞義中，從話語之中也可以體會說者的心情。

表訴說義的「訴」在戰國末、漢代就常常與「告」組成同義連用結構，表示訴說，而這時期的「訴」仍然訴說一種情緒，訴說自己冤屈和內心的痛苦等。如：

 c、黔首無所告訴。《呂氏春秋‧孟秋紀》

 d、賤人以服約卑敬悲色告訴其主，主因離法而聽之，所謂賤而事之 也。《管子‧任法》

 e、身在患中，莫可告語。王有德義，故來告訴。」《史記‧卷一百 二十八》

〔註 6〕 楊榮祥《「太叔完聚」考釋》載《語言學論從》第 28 輯，第 134 頁。

f、 思怫鬱兮肝切剝，怨悁悒兮孰訴告。《楚辭・九思・憫上》

最後 1 例「訴告」而沒有作「告訴」可能是爲了押韻。後來「告訴」泛化爲一般意義的傳遞消息，同「告」義。「訴」語義特徵中不再包含說者的主觀感受，後世書面語中獨用「訴」主要表示傳遞一種信息，只不過這種信息多爲一種感受，但是這種感受在句中是外化的，如現代漢語的「訴衷腸」、「訴苦」等中的「訴」完全是一種分析性的詞。

不管哪一種情況的綜合性的詞變成分析性的詞都是語義表達的需要，一般來說這種變化是和組合關係的變化同時發生的。

四、言說語義場出現認知域子場

一些言說義動詞引申出認知義，因爲根據言語行爲的理論，奧斯丁把言語行爲劃分爲三個類型〔註7〕：以言指事（locutionary act）；以言行事（illocutionary act）；以言取效（perlocutionary act）「以言行事」指表達者在說出話語時體現或實施了超出話語本身的意圖或行爲。所以，說者說出某話語當然也就是相當於說者闡述自己的觀點。部份言說類動詞由「說」義引申出「認爲」義。我們以「謂」爲例加以說明：

幾乎所有的古漢語字典、詞典都把「評論、評價」作爲「謂」的一個義項。我們認爲此義項的確立不是很準確，「謂」實際上就是「認爲、以爲」之義，即使譯爲「說」亦表此義。《王力古漢語字典》把「認爲、以爲」作爲「評論」義的引申，實際上這種「評論、談論」和「以爲、認爲」義沒有分立義項的必要。如「子謂：『公冶長可妻也，雖在縲絏之中，非其罪也！』」（《論語・公冶長》），其中「謂」就是「以爲、認爲」義或「說」義。

我們發現「謂」表「評論」義的句子中，「謂」的主體既有「君子」、「孔子」、「楚子」、「君王」之類的重要人物，甚至也有「據與款」這類普通人，因爲任何人都有發表議論、闡述看法的可能，當然有時候作者是借「君子」、「孔子」、「子」、「仲尼」之口來發表議論。這種只帶小句賓語的情況同「謂」帶雙賓語的情況完全不同。詞義上，這種情況下的「謂」雖然也可解爲「說」，但是其意義顯然已經不是一般意義上的「說」，而是反映「謂」的主體的主觀認識，是

〔註 7〕此處參看楊玉成《奧斯汀：語言現象學與哲學》，商務印書館，2002 年。

就某人某事進行的議論。一般譯作「以爲、認爲」，或直接譯爲「說」也可以。這時「謂」已經由言說意義發展爲心理動詞。首先，言爲心聲，說什麼往往就是認爲什麼；另外，認知域與言語行爲域的區分，可以運用於動詞、情態、複句等各項研究領域。〔註8〕。「這兩個域的區分，也體現在詞義的演變之中。」〔註9〕根據我們對言說類動詞的全面研究，我們發現很多言說類動詞的意義引申出認知類動詞的意義（如「諭」由「告曉」引申出「明白、理解」義）後來「言」也產生了「以爲、認爲」義，是詞義引申的結果。〔註10〕

五、言說類語義場成員組合關係之演變

有些言說動詞從古至今詞義變化不大，但是組合關係發生了很大變化。如「問」、「告」之類詞項，詞義古今基本無變，但是動詞所帶關係對象（G）由「動＋介＋G」演變爲「動詞＋G」。〔註11〕

「問」在上古前期，以介詞引出 G 爲主，如「季康子患盜，問於孔子。」（《論語・顏淵》）；上古後期變成了「問」直接帶 G 爲主，如「妾怪之，問孔成子。」（《史記・卷三十七》）

「告」的組合關係變化也比較大。春秋中晚期到漢代「介詞＋G」倒置於動詞「告」前的情況完全不見了。總的來說最大的變化是介引 G 的比例漸減。實際上，這種趨勢從甲骨文就萌芽了。戰國中期以後到兩漢，「告於」的存在基本上是前代文獻的延用，一般來說「告」的關係對象不再需要介詞引出了。

另外，有些引出直接引語的言說動詞的組合關係也發生了變化：「動詞＋曰＋直接引語」爲主發展爲以「動詞＋直接引語」類型爲主。如「問」、「告」、「謂」、「語」等皆如此。一般來說，上古前期要在動詞後用「曰」才能出現直接引語；而上古後期言說動詞多數情況下可以直接引出直接引語。例如「問」的組合關係就發生了這樣的變化。「問＋直接引語」的方式在上古前期雖已應用

〔註8〕 沈家煊《複句三域「行」、「知」、「言」》，《中國語文》2003 年第 3 期。

〔註9〕 李明《從言語到言語行爲》，《語言文字學》2004 年第 11 期，第 73 頁。

〔註10〕 蔣紹愚先生認爲「言」的「認爲」義是受到同義詞「謂」的影響類推出來的，是詞「相因生義」的結果。（詳見《蔣紹愚自選集》，第 3～5 頁）但是我們認爲這是詞義引申的作用，而非詞義類推或詞義滲透的結果，因爲二者具有引申的機制。

〔註11〕 參見拙文《古漢語「問」之演變》，載《古漢語研究》2009 年第 4 期。

（尤其口語中應用較爲廣泛），但是書面語中用之寥寥。到戰國晚期甚至到漢代這種用法才有所增加。因此我們認爲，「問＋直接引語」的類型是口語影響書面語的結果。中古以後直接用「問」引出的比例大增。儘管漢代口語中已經少用「曰」而直接用「問」引出了，但是在書面語中，直到近代漢語「問＋引語」才成爲引出直接引語的主要方式。

六、言說語義場中「配價」項而致詞義引申

化學概念「價」被法國語言學家 Lucien Tesnière 引進語法學研究中，是爲了說明一個動詞能支配多少種不同性質的名詞和名詞性短語。他提出動詞是句子的中心，它支配著句子中別的成分，直接受動詞支配的有「名詞片語」或「副詞片語」，其中名詞片語形成「行動元（actant）」，一個動詞行動元不得超過三個，即主語、賓語1、賓語2。動詞的「價」就是由它所支配的「行動元」即名詞性詞語的數目所決定，能支配幾種性質的名詞性詞語就是幾價動詞。言說類動詞一般能支配兩個或三個行動元，即二價動詞或三價動詞。這實際上就是動詞與其對象間的關係，利用動詞和不同性質的名詞之間的配價關係來研究解釋某些語法現象，已經成爲語法學界的共識。

然而，這種配價理論只行於語法研究中，而沒有在語義研究中引起重視。配價思想引入語義研究中，我們發現動詞與其所支配對象有密切的聯繫，二者是相互作用的，動詞決定了它所支配的名詞；反之，動詞所支配的名詞有時也決定了動詞的詞義、影響了動詞詞義的發展。

言說類動詞或是二價或是三價動詞，其組合對象主要有：施事、關係對象（跟誰說 G）、受事內容（說什麼 N）所以從組合關係來說，從動詞所支配對象的視角有時會產生不同的語義特徵或演變爲一個獨立義位，這是言說類動詞的一個重要特徵，尤其是從受事項角度而產生的意義。當動詞受事內容（N）是由人來充當的時候，這時候從受事者（N）的角度來觀察詞義可能就會有不同的心裏側重或產生不同的心裏感受。比如「指責、批評」類動詞最容易引起被動者的反感情緒。

不管是從受事項的角度，還是從施事項的角度，由於長期處於一種特定組合關係中而產生的語義特徵可能固化爲一個新的獨立義位。

6.1 受事項導致引申

言說類動詞很多有兩個受事，一個是受事內容 N，一個是關係對象 G。當受事內容由人充當的時候，動詞也要影響到作爲受事內容的人，所以一個三價言說動詞可以從更多不同角度來認識詞義，從受事項角度產生的意義即是該義位的義位變體。但是如果這個義位變體的使用頻率增大，就可能會導致一個新義位的產生，如「誹謗」由「指責」義演變「譭謗」義、「喻」由「告曉」義演變爲「明白」義、「說」由「勸說」義發展出「喜悅」義、「訓」由「教導」發展出「順從」義等，都是從受事項角度產生的義位。

「誹2」、「謗2」或者「誹謗」（譭謗義）的產生，就是從受事項的角度，反映受事者的感受而產生的新義位。誹1、謗1表指責義帶著施事者強烈的主觀感情色彩（尤其是「謗」），所以客觀上這種指責常常會引起受事者強烈反應。而且封建統治者把這種「誹」、「謗」（對上位者的指責）當成一種罪名，對誹謗者予以治罪，這樣「誹」、「謗」就被當權者強行賦予了詆毀當權者名譽、惡意破壞朝廷的意義。退一步說，即使被誹謗者不是統治者，這種批評指責也很有可能不爲受事者所理解，那麼這種指責就可能被認爲是故意毀壞名譽，無中生有。世間之事，大多如此。況且，有時這種背後的公開攻擊，從客觀角度來說，也可能會起到毀壞被批評者名譽的作用。所以從指責到譭謗，不是由於詞義加重而產生的意義，而是從受事項的角度而產生的。

「諭（喻）」表「告之使曉」義即指把事情、道理或意願等向人陳述或解說，讓對方明白、理解。它包含兩種主要的語義特徵：一是傳遞信息的動作；一是使客體明白。即使帶人稱賓語，也是表示「向這些人說明情況或闡明道理，使之懂得」之義。如「告諭秦父兄。」（《史記·卷八》）意思是向秦的父兄講明道理。這是從說者角度（施事項）而言，是「講明道理或情況」。當客體作爲話題的時候，「諭」表「懂得、理解」之義，段注：「曉之曰諭，其人因言而曉亦曰諭。」此義初見於《論語》，「君子喻於義，小人喻於利。」（《論語·里仁》）當這一意義使用頻率的增多，就產生了一獨立義位「諭2」（「知道、明白」義），如「諸侯皆諭乎桓公之志。」（《穀梁傳·僖公三年》）意思是諸侯都懂得桓公的心意。所以「諭（喻）」之「懂得、理解」義也是從受事項角度而引申出的義位。

　　「說」表示「向別人陳述己見，用事實和道理使人相信自己的說法，聽從自己的意見」之義。從受事者來說，因為被勸說而信服，從而內心產生喜悅之情。而且後來還專門為此義造了一個分化字「悅」。悅從「心」，強調受事者的心裏感受。

　　「訓」是講述過去的事例、法規、道德、習俗等，目的是讓人聽從。從它的主客體來看，一般來說上級對下級或有知者對無知者，被訓對象往往是民眾或四方之人。施事者或是先輩或是上級或是專門從事說教的人。「訓」之目的往往是，要求被說教者聽從說教者的話。所以「訓」的語義特徵不但強調主體的教導義，也包含客體的服從義，當客體充當主語時「訓」就表示「服從、順從」之義，如「無競維人，四方其訓之。有覺德行，四國順之。」（《詩經・大雅・仰》）毛傳：「訓，教也」鄭箋：「有大德行，則天下順從其政。」這裡，毛亨和鄭玄的解釋分別是從「訓」的主客體角度加以訓釋的，都是可以的，只是由於主語是「四方」，「順從」更切近文意。

　　但是很多情況下，這個義位變體只是臨時的語境義，並沒有獨立為一個新義位，下面以「譖」和「訴」為例加以說明。

　　「鞫人忮忒。譖始竟背。」（《詩經・大雅・瞻卬》）鄭箋：「譖，不信也。……其言無常，始於不信，終將違背人。」一說：進讒言。嚴粲《詩輯》：「始則譖毀之，終則背棄之。」陳奐《傳疏》：「譖，讒言之。」屈萬里《詮釋》：「言以譖人為始，及其終又自背其言也。」又一說：通「僭」，虛妄〔註12〕。

　　此例「譖」目前學界主要有兩種看法〔註13〕：**譖毀**（在別人面前說某人的壞話）；不信任，通「僭」。但是我們認為二者是同一義位的不同變體，「不信任」或「虛妄」都是從「譖」的受事者角度而言的，一個被誣陷的人對於誣陷者是不會再信任的，當然也認為他的話是虛妄的。所以從受事項角度來看，「譖」就是「不信任」之義；從施事項角度來看仍是「誣陷別人」，這是從不同的角度認識詞義的結果。學界的這兩種看法實質上是相同的，即「不信任、虛

〔註12〕　見《詩經字典》，第 873～874 頁。

〔註13〕　此處參看《詩經詞典》，第 874 頁。目前，常見的工具書都把此二句之「譖」釋為「不信任」，讀為「僭」。一般字典「譖」都兩讀，讀為「僭」的所舉例就是上面兩例。

妄」，是文中意、語境意；而「譖毀」說，是詞義訓釋，所以他們的看法實際上是不矛盾的。

「朋友已譖，不胥以穀。人亦有言：進退維谷。」（《詩經・大雅・桑柔》）鄭箋：「譖，不信也。」此例「朋友已譖」中「譖」之所以會產生「不信任」義，就是從受事項角度而言的，作為被誣陷的他不會再信任「朋友」的，因為他的「朋友」（施事者）已經陷害了他。

又如「訴」，是「向某一值得信賴的人述說因某人或某事引起自己的不良情緒或苦處」。如「他日，董祁愬於范獻子曰：『不吾敬也。』」（《國語・晉語九》）

但是當「訴」內容由人充當受事對象的時候，如果從受事項的角度，就會產生不同的詞義理解，如「取貨於宣伯而訴公於晉侯，晉侯不見公。」（《左傳・成公十六》）杜注：「訴，譖也。」此例為《漢語大字典》（6552 頁）「訴」的「讒害、譭謗」義項下所列例句之一。其意是，（他）從宣伯那裡取得財物，在晉屬公面前譭謗成公（因為受人財物而替人辦事）我們認為此句中的「訴」是「誣陷」意，但是它是「訴」的文中意，這是從受事項「公」的角度認識詞義的結果，而非詞義訓釋。杜預所注的「訴，毀也」，也是文中意，是從受事項或從讀者角度而產生的臨時語用意義，真正的「訴」本身的詞義特徵並非如此。

6.2 施事項導致引申

如果施事項固定為某一類人（如封建帝王），這種語義特徵常常固化為詞義特徵，如「詔」。

「詔」之「告訴」義主要存在於春秋晚期到戰國初中期，既有上告下，也有下告上，也有平等地位的相告。「詔」的主體一般來說掌握一定知識的人或具有某專門知識的人，所以客體一般聽從主體所說。而主體並非只是上位者，主體和客體的地位存在著各種各樣的關係，不分地位高低。「詔」主要的意義，就是告訴別人做什麼或不做什麼，所以常常翻譯作「告戒」或「教導」，如「詔後治內政。」（《周禮・天官冢宰》）；「夫為人父者，必能詔其子；為人兄者，必能教其弟。若父不能詔其子，兄不能教其弟，則無貴父子兄弟之親矣。」（《莊子・盜跖》）

戰國晚期由於施事者常常是「上級（也包括君王）」，已經不是普通人的行為，尤其是漢代，「詔」的主體專爲君王，所以漢代「詔」產生了新義位「皇帝發布命令或文告」，「詔」成爲皇家專用詞。

七、類推導致新義位的產生

作爲詞義引申的規律，諸多學者談過相關的問題。雖然說法各異，實質內容相近。我們在探討言說類動詞詞義引申的時候，採取一種較爲保守的態度，如果義位之間具有引申的機制，我們不認爲是「類推」所致。但是「類推」作爲詞義演變的規律在「言說」類語義場是有所體現的。比如說「謂」帶單賓語用法的產生就是「類推」規律作用的結果。

上古漢語中「謂」帶單賓語的情況罕見，因爲「謂」的詞源意義是兩兩相當，所以一般都出現雙賓語。先秦「謂」帶單賓例子僅見兩例，即：

> g、鮑牽見之，以告國武子，武子召慶克而謂之。慶克久不出，而告
> 夫人曰：「國子謫我！」《左傳·成公十七年》
>
> h、子盍謂之《左傳·昭公八年》

此兩例是「謂」罕見的單賓用例（而且帶「非句子」賓語），這種情況下跟「告」的用法相同。例 g 可能是爲了避免與「告」重複（本句的前後都出現了「告」），才類推出「謂」跟「告」相同的用法。例 h 帶單賓語也可能是同義詞「類推」的結果。「謂」、「告」、「語」在「對……說」的用法（「動詞＋G＋引直接語」）上相同，所以由「『告或語』＋G（單賓）」的結構類型類推出「謂＋G（單賓）」的類型。漢代「謂」帶單賓語的情況雖然有所增加，但是用例仍不多。如「代王乃謂太尉。」（《史記·卷九》）、「請往謂項伯，言沛公不敢背項王也。」（《史記·卷七》）、「臣常欲謂太尉絳侯。」顏師古注：「謂者，與之言。」（《漢書·陸賈傳》）

我們通過對言說類語義場動詞研究的分析研究，也更進一步認識到這種從某一類詞出發進行觀察研究詞義演變的重要意義。我們希望把視野擴展到不同階段不同領域的語義場的研究，可以預見的是，這些不同類別的研究將對漢語詞彙學史甚至漢語語法學史的研究有重要的意義。

參考文獻

1. 奧斯丁，《語言現象學與哲學》〔M〕，北京：商務印書館，2002 年。

2. 賈彥德，《漢語語義學》〔M〕，北京：北京大學出版社，1999 年。

3. 蔣紹愚，《古漢語詞彙綱要》〔M〕，北京：北京大學出版社，1989 年。

4. 蔣紹愚，《漢語詞彙語法史論文集》〔C〕，北京：商務印書館，2000 年。

5. 李宗江，《漢語常用詞演變研究》〔M〕，上海：漢語大詞典出版社，1999 年。

6. 李佐豐，《《左傳》的「語」「言」和「謂」「曰」「云」》〔J〕，載《語言學論叢》第 16 輯，北京：商務印書館，1991 年。

7. 陸宗達、王寧，《訓詁與訓詁學》〔M〕，太原：山西教育出版社，1994 年。

8. 陸宗達、王寧，《古漢語詞義研究》〔J〕，載《辭書研究》，1981 年第 2 期。

9. 汪維輝，《東漢──隋常用詞研究》〔M〕，南京：南京大學出版社，2000 年。

10. 汪維輝，《漢語「説類詞」的歷時演變與共時分佈》〔J〕，載《中國語文》，2003 年第 4 期。

11. 王楓，《「言説」類動詞語義場的歷時演變》〔D〕，北大碩士論文，2004 年。

12. 王鳳陽，《古辭辨》〔M〕，長春：吉林文史出版社，1993 年。

13. 楊榮祥，《從《世説新語》看同義詞聚合的歷時演變》〔J〕，載《國學研究》，北京：北大出版社，第九卷，2002 年。

14. 張永言、汪維輝，《關於漢語詞彙史研究的一點思考》〔J〕，載《中國語文》，1990 年。

「人曰肌，鳥獸曰肉」疑義——
兼談基本詞「肉」的義項處理

摘要：基本詞，漢語「肉」這個詞從古至今一直存在著，它的基本意義沒有大的變化，但是上古「肉」義場確有一定的變化，「肌」加入而專指人的肉，但是「肉」依然還可以用於指「人的肉」，詞義並非縮小為專指動物的肉。

關鍵詞：文意訓釋；詞義訓釋；義項；義場

　　「肉」是斯瓦迪士（M.Swadesh）100 核心詞中的一個（斯瓦迪士五十年代從印歐語言中挑選出人類語言中最穩定的 100 個核心詞）。不同的語言對「肉」義場的分佈是不一樣的。英語中 flesh 主要指長在人和動物身上的肉；meat 主要指作為食物用的動物和鳥的肉，但 beef（牛肉）和 mutton（羊肉），fish（魚肉）和 chicken（雞肉）則不包括在 meat 之中。古漢語中「肉」則是泛稱動物和人的肉，不管是食用的還是長在身上的（在具體語言環境中常常指動物的肉），「肌」指人身上的肉。現代漢語中統稱為肉，「肌」只是作為一個詞素保留

在現代漢語中。

肉，古漢語中泛指動物或人的肉。《說文·肉部》「肉，胾肉，象形。」後來人們爲了與動物區別開來，往往用「肌」專門表示人的肉。「肌，肉也」（《說文》），「人身四支（肢）附骨者皆曰肌」（《正字通》）。《說文》的訓釋「肌，肉也」是以大概念釋小概念，即是上下位的類屬關係。在這種關係中，訓釋詞一般應是上位概念，其外延可以包括被訓詞，這是「對文則異，散文則通」的規律在起作用。而《正字通》所釋過於狹窄，「肌」就是人的肉。

雖然「肉」的義場中，「肌」專門表示人的肉。但是用「肉」表人的肉的情況仍大有存在。當然某些搭配是固定的，即某語境下只能用「肌」表人的肉。由於「膚」是專表人皮，所以表示人的皮肉時，只有「肌膚」連用，從無「肉膚」連用的情況。用於「肌膚」常常連用，僅《呂氏春秋》七見的「肌」，只有兩處獨用，其餘五處都是「肌膚」連用。可能是「肌膚」的經常連用，所以「肌」受「膚」的影響而發生語義同化從而產生了「皮膚」之義。如：「使人肌澤且有力」（《呂氏春秋·士容論》）。又如「人面色部七十有餘，頰肌明潔……」（《論衡·自紀篇》）

「肌」早在春秋戰國已經出現。《莊子》兩見：「有神人居焉，肌膚若冰雪，淖約若處子。」（《莊子·內篇·逍遙遊》）「吾使司命復生子形，爲子骨肉肌膚，反子父母、妻子、閭里、知識，子欲之乎？」（《莊子·外篇·至樂》），這兩例都是肌膚連用，二者連用的時候絕對不可用「肉」代替「肌」的。獨用的例子卻不一定。如「昔者介子推無爵祿而義隨文公，不忍口腹而仁割其肌」（《韓非子·用人》），同樣的內容又見於：「重耳無糧，餒不能行，子推割股肉以食重耳，然後能行。」（《韓詩外傳》）一處作「肌」，另一處作「肉」。

「當『肉』和『膚』相對舉時，是必須用『肌』的，因爲兩者都專特指人身上的皮和肉；當『肉』和『骨』相對稱時，一般用『肉』。因爲『骨』爲人畜無別的泛稱，所以對舉時也用泛稱的『肉』，即使人肉也如此。」我們認爲，《古辭辨》這段論述中前半部份所言極是，正如我們前文所說，「肌」「膚」都是形容人的，是屬於同一語體，所以只能是「肌膚」對應、「皮肉」對應，而絕沒有出現過「肌皮」和「肉膚」的組合；但是其後半部份的說法就欠妥當。下面的例句恐怕與王鳳陽先生所說的有不符之處，如：「孝子之重其親也，慈親之

愛其子也，痛於肌骨，性也。」（《呂氏春秋‧孟冬紀》）「骨」是個泛稱，對舉時既可以用動物的肉，也可以用人的肉，因爲泛稱在具體語言環境中可以變成特稱，本例中的「骨」指「人骨」，所以與「肌」相對應。但是「肉「和「骨」對舉的情況更爲常見，如「吾見申叔，夫子所謂生死而肉骨也。」（《左傳‧襄公》22 年）。所以，作爲人畜不別的泛稱「骨」，與之對舉的不一定僅用泛稱「肉」。

在「肉」這個義場，即使是「肌」（表示人肉）加入以後，「肉」表示人的肉的情況仍然非常多，而並沒有縮小爲專指動物的肉。如：

鄭伯肉袒，左執茅旌，右執鸞刀。《春秋公羊傳‧宣公 12 年》

爭城以戰，殺人盈城，此所謂率土地而食人肉，罪不容於死。《孟子‧離婁上》

然二子者，譬於禽獸，臣食其肉而寢處其皮矣。《春秋左傳‧襄公 21 年》

凡藥，以酸養骨，以辛養筋，以鹹養脈，以苦養氣，以甘養肉，以滑養竅。凡有瘍者，受其藥焉。《周禮‧天官冢宰》

素服居外，不聽樂，私喪之也，骨肉之親無絕也。《禮記‧文王世子》

乃右肉袒於廟門之東。《儀禮‧覲禮》

所以「肉」仍然是個泛稱，有時指動物的肉，有時指人肉，具體所指是臨時的，都是具體文中意的顯示。即使人的肉產生了專用詞「肌」之後，「肉」依然還可以指人的肉。段玉裁的「人曰肌，鳥獸曰肉」被徐灝評爲「此亦強爲分別」，我們認爲徐說是非常正確的。但是段玉裁的說法，在某種情況下是對的：「人曰肌」是無疑義的，只有在「肉」特指情況下說「在物曰肉」，才是正確的。但是我們認爲這種特指是文中臨時意（即文意訓釋），並非詞義。王力先生說得比較委婉：「可見『肌』雖然絕對不能用於鳥獸，『肉』卻不是絕對不能用於人，只是這種應用是有條件而已」。「肌」產生「人的肉」之意義以後，「肉」的詞義並未縮小而專指非人肉。所以我們認爲「肉」和「肌」，是上位概念和下位概念的關係，有時變成同位概念是因爲把「肉」的臨時意——動物肉當成了固定意

義而致。如「所謂『衣帛食肉』（《孟子‧梁惠王上》）當然是指雞豚的肉。」不知道王力先生這裡所指的雞豚的肉，是「肉」的詞義還是「肉」的文中意呢？我們認為此處「肉」所指的雞豚的肉為文意訓釋，是依賴具體語境而產生的，該句中為「食」的賓語；同樣的道理，「衣帛」的「帛」也一樣，文中意是帛做成的衣服，而「帛」是不具有「帛做成的衣服」這一義項的。

　　「肌，肉也」（《說文》），這裡訓釋詞「肉」是上位概念，被訓釋詞「肌」是下位概念。「只有在個別情況下，二者才可以發生易位現象，即，訓釋詞成了下位概念。例如『羊，羔也』、『木，梅也』。前者是『對文則異，散文則通』的規律下在起作用；後者則是為了把類名具體化而出現的文意訓釋，不在詞義訓釋之列。」而「肉」指雞豚的肉，正是屬於這後一類情況，以下位概念釋上位概念，是文意訓釋，不屬於詞義訓釋。

　　各種漢語字典詞典對「肉」的義項處理有些分歧，有些疑為失當。《詞源》（商務印書館，1988 年）的處理比較好：「人體及動物的肌肉」。或者像《王力古漢語字典》（中華書局，2000 年）「動物的肉，也指人的肌肉」，也未嘗不可。但是《漢語大詞典》（漢語大詞典出版社，1997 年）和《古代漢語詞典》（商務印書館，1998 年）都分列「動物的肉」和「人體的肉」兩義項，我們認為值得商議，而且《漢語大詞典》把「指人體的皮膚、肌肉和脂肪層」列為第一個義項，是否更值得商榷？所以那種「先秦時『肉』和『肌』分為兩類。『肉』指獸肉，『肌』指人身上的肉，一般不混」的說法，是不恰當，整個十三經，「肌」只有一見，「肌」的產生較晚些，「肌」的意義最初是由「肉」字來代管著。

　　作為一個基本詞，漢語「肉」這個詞從古至今一直存在著，它的基本意義沒有大的變化，但是先秦「肉」義場確有一定的變化，「肌」加入並專指人的肉，但是「肉」依然還可以用於指「人的肉」，詞義並非是「肉」縮小為專指動物的肉了。

參考文獻

1. 蔣紹愚，《古漢語詞彙綱要》，北京：北京大學出版社，1989 年。
2. 蔣紹愚，《漢語詞彙語法史論文集》，北京：商務印書館，2000 年。
3. 李運富，《古漢語詞彙學與訓詁學關係談》，載《中國語言學發展方向》論文集，光明日報出版社，1989 年。

4. 陸宗達、王寧，《古漢語詞義研究》，載《辭書研究》第 2 期，1981 年。

5. 任學良，《《古代漢語‧常用詞》訂正》，杭州：浙江大學出版社，1987 年。

6. 汪維輝，《東漢——隋常用詞研究》，南京：南京大學出版社，2000 年。

7. 王鳳陽，《古辭辨》，長春：吉林文史出版社，1993 年。

8. 王寧，《訓詁學原理》，北京：中國國際廣播出版社，1996 年。

9. 王寧，《古漢語詞義系統研究‧序》，載宋永培《古漢語詞義系統研究》，內蒙古教育出版社，2000 年。

10. 王力，《漢語史稿》（上、下），北京：中華書局，1980 年。

11. 周光慶，《古漢語詞彙學簡論》，華中師範大學出版社，1989 年。

12. 張慶雲、張志毅，《義位的系統性》，載《詞彙學新研究》，北京：語文出版社，1995 年。

附　錄

「欺騙」語義場語義系統研究

周顏麗

　　摘要：漢語史研究中最薄弱的部份是詞彙史的研究，尤其對常用詞，對沒有歷史時期詞彙系統的研究長期以來著力甚少。本文主要選取「誹謗」概念類義場詞語作爲研究對象，全面考察語義場中這些成員的歷時演變情況，本文主要先考察上古階段語義場的使用情況，一個個進行義位的歸納，並進行義素分析，對該語義場內所有成員進行比較分析，考察其共時的詞義特徵和歷時的詞義的演變和更替，同時也考察這些成員的個案研究，研究這些個體特徵的詞義演變情況。通過該語義場研究發現，詞義系統裏詞義的變化相互影響，一個義項的變化會影響語義場中其他義項的變化。而語義場中一個詞項的產生、變化或消亡是多種因素變化的結果。我們還發現義項的產生還受到組合關係的影響。

關鍵詞：關係對象；組合關係；演變；語義場；常用詞

一、緒　論

1.1　研究的目的、任務與意義

1）研究目的

上古〔註1〕「欺騙」類動詞〔註2〕研究屬於漢語史的斷代詞彙系統研究課題。本文以「欺騙」類動詞在上古27部典籍中的語言材料爲依據，參考相關的校釋和注疏，辨析它們之間的異同，並描述它們在上古各個時期的演變情況，理清它們的發展脈絡，進而爲斷代詞彙系統的研究、爲完備的上古漢語詞彙史研究提供一點有價值的結論。

2）研究任務

分析「欺騙」類動詞各詞項之間的差別，探討它們在上古時期的變化，把握「欺騙」類動詞的整體特徵，進而總結上古「欺騙」類動詞的特點及其體現的漢語詞彙系統的內在規律。

3）研究意義

晁繼周在《二十世紀的現代漢語詞彙學》〔註3〕中指出，「世紀之交，有待於漢語詞彙學研究的幾個重要課題有：一是加強現代漢語詞彙體系的考察研究。二是把漢語詞彙研究與現代語義學理論研究結合起來。加強漢語語義場研究和漢語義素系統研究。用語義場理論和義素分析方法全面系統地研究漢語詞義系統和義素系統，使研究成果能爲中文信息處理服務，並爲詞典釋義提供一定程度的形式化的幫助。」本文試著運用語義場等理論對上古「欺騙」類動詞進行梳理，試圖爲詞彙系統以及詞彙史的研究做出貢獻。因此本文的研究價值主要體現於詞彙系統研究的價值，主要有以下三個方面：

第一　對上古「欺騙」類動詞的研究可以推動漢語詞彙史的發展。漢語詞彙史與漢語語法史、語音史相比，發展最爲薄弱。那麼如何推動漢語詞彙史的研究呢？「五四以來，國外的詞彙理論也不乏引進，特別是早期蘇聯的詞彙理

〔註1〕　本文中的上古採用王力在《漢語史稿》中的界定：公元三世紀以前（五胡亂華以前），即漢以前。

〔註2〕　本文中「欺騙」類動詞，指用虛假的言語或行動掩蓋事實眞相以使對方上當的單音節動詞。

〔註3〕　劉堅《二十世紀的中國語言學》，第446頁。

論，介紹得比較多。但是，詞彙，特別是它的意義是一種直接與民族生活、民族心理、民族文化密切相關的語言要素，如果不通過對本民族語言的研究總結出規律和產生出理論來，只靠引進很難解決問題。」〔註4〕因此我們必須對漢語詞彙有個系統的梳理，之後才能言其規律，不然構建起來的也只能是空架子或不切實際的理論。漢語詞彙系統雖然表面上紛繁複雜，但是也有對其進行梳理的可能。「詞彙與詞義的總體是有系統性的，而詞彙系統與詞義系統──起碼是它的局位系統──是可以通過描寫顯示出來的。」〔註5〕因此本文準備從義類出發，對上古「欺騙」類動詞進行研究，即以對一個義場的研究爲出發點，分析這一類詞語在上古時期的整體面貌，進而爲推動漢語詞彙史的發展作出一點貢獻。

第二 上古「欺騙」類動詞的研究對編寫字典大有裨益。互訓是古代字書中常見的訓釋方法，它的使用存在一定的弊端，即訓釋得不是很清楚。但現代編寫的字典中依然可以見到這種訓釋。即用 A 訓 B，B 訓 C，再用 C 來訓 A。如《現代漢語詞典》中有「〔詭詐〕狡詐」、「〔狡詐〕狡猾奸詐」、「〔奸詐〕虛僞詭詐」三個詞條。可見，詭詐、狡詐、奸詐之間用的是迴圈互訓，我們很難從以上解釋中準確地把握三個詞的具體涵義。通過對上古「欺騙」類動詞的研究，我們發現它們的差別是：詭詐側重其善變，狡詐側重狡猾，奸詐側重虛僞。所以這種對詞彙系統的研究可以爲編寫者提供更多的參考依據，提高字典編寫的品質。另外，一些字典詞典始見書證很值得推敲，我們加強詞彙系統的斷代研究，探索詞義發展的源頭，也必然會使字典詞典的始見書證更可靠些。

第三 對上古「欺騙」類動詞的研究可以幫助準確、豐富地表情達意。「我們使用語言，首先要求準確、恰當。同義詞就是人們爲了精密地表達事物、概念間的細微差別，爲了確切地反映對客觀事物的認識活動而創造出來的，歷代的優秀作品遣詞造句都能注意某一義位的同義詞群諸詞的同中之異，而造成精當的搭配關係。」〔註6〕「欺騙」類動詞本身即是一個義場，對義場中各個詞項

〔註 4〕 陸宗達、王寧《訓詁與訓詁學》，第 9～10 頁。

〔註 5〕 王寧《訓詁學原理・自序》，第 6 頁。

〔註 6〕 黃金貴《古漢語同義詞辨釋論》，第 47 頁。

分析可以理清「同中之異」，以便在表達時準確地選擇和使用詞語，做到表達的精準。「自欺欺人」與「爾虞我詐」中的「欺」和「詐」在程度上有所不同也反映了古漢語中二者詞義的差別。

1.2 研究綜述

對漢語詞義的研究我們可以追溯到《爾雅》、《說文解字》、《說文解字注》等。綜而觀之，清以前的學者對詞義的研究主要集中在對同義詞的研究、對詞義引申的研究、以及對詞語的訓釋考證這三種。在同義詞研究方面，孔穎達用「對文」、「散文」來辨析同義詞，段玉裁則創立了「渾言（統言）」、「析言」的術語對大量同義詞進行辨析，但他們對為什麼會「渾言則同，析言則異」卻未深入研究。關於詞義的引申，我國古代很早就注意到了。清代，對詞義引申的研究更加深入、科學。段玉裁在對《說文解字》具體字詞的詮釋中展示了詞義系統、假借脈絡，並從歷時發展的角度特別注意闡發詞義的引申過程。朱駿聲的《說文通訓定聲》是一部全面研究詞義的專著，該書「在《說文》解釋本義的基礎上，補充了字的轉注（即引申）和假借義。王力在《中國語言學史》中說：『朱書最大的貢獻在於全面地解釋詞義。朱氏突破了許書專講本義的舊框子，進入了一個廣闊的天地。』」〔註7〕對於詞語的訓釋、考證，在古代主要是對疑難詞語的考釋，其方式主要是直訓和義界兩種，方法上有形訓和聲訓。漢代經師主要是以形索義，到了清代，清儒將聲訓發展至極至——因聲求義。縱觀清以前學者對漢語詞義的研究，為我們從詞彙史的角度來探討詞義、詞彙規律提供了寶貴的資料，但這些研究還基本上是微觀的、原子式的，沒注意到詞義的系統性。

從十九世紀末到二十世紀四十年代末，西方現代學術、文化湧入中國，自然科學崛起，經世致用的傳統語言文字學的發展受到冷落，只有少數國學大師為之搖旗吶喊。這一期間在詞義研究方面比較有成就的是章炳麟的《文史》，它從音義關係上將看似一盤散沙的漢語詞彙系聯為一個彼此聯繫的詞族，試圖從理論上證明音義間的聯繫和同源詞的歷史發展。這是漢語詞彙研究上的重要收穫，它也是漢語詞彙詞義研究開始系統化的萌芽。繼章太炎之後，楊樹達從語源方面研究詞義，成績卓著。但楊樹達先生「著眼於解決具體字例的問題，對

〔註7〕蔣紹愚《古漢語詞彙綱要》，第5頁。

漢語語源的**整體研究**不夠，尤其是語音系統的問題觸及較少，因爲他基本上還是從文字的角度研究語源，而不完全是從語言的角度來研究語源。」〔註8〕

二十世紀五十年代到七十年代，由於政治原因語言文字學的發展再次受礙。期間只有少數著作發表，詞彙方面的有孫常敘的《漢語詞彙》、《古漢語文學語言詞彙》（內部講稿）和周祖謨的《漢語詞彙講話》，其研究內容主要是：「詞義與概念」、「同義詞和反義詞」、「詞義的發展演變」等問題，探討領域有所拓寬，但對詞彙系統性問題仍缺乏全面的考察和研究。

二十世紀八十年代以來，伴隨學術的復蘇和中興，我國學者開始借鑒西方語義學理論和分析方法對漢語詞彙、詞義進行新的研究。劉叔新運用義素分析法分析了幾組同義、近義詞，如「行爲、行徑、行動」，「英勇、神勇、大膽」等；石安石運用義素分析法分析了漢語和幾種少數民族語言的親屬詞系統；賈彥德結合漢語實例，詳細介紹和分析了語義場理論和義素分析法，在此基礎上又分析了「句義」、「附加義」、「語義演變」、「語義普遍因素」等問題；蔣紹愚運用語義場理論和義素分析法對古漢語詞彙、詞義總是進行了全新的研究；符淮青借鑒西方語義學理論和方法，提出了「詞義成分－模式」分析方法，對現代漢語詞彙、詞義進行了大規模的分析和描寫。還有不少學者也運用「義素分析法」對漢語詞義進行了嘗試性的分析。〔註9〕

在借鑒國外理論的同時，我國學者也開始從詞彙學理論著手，對漢語詞彙系統進行分析和研究。如洪成玉的《古漢語詞義分析》、趙克勤的《古漢語詞彙綱要》等，這些專著爲詞彙語義系統的研究奠定了堅實的理論基礎。另外，關於漢語詞義研究成果還表現在對詞彙的分類研究上，即從詞語的義類著手，對漢語詞彙進行分類，對比分析其異同，探尋詞義的源頭。這方面的成果以王鳳陽的《古辭辨》爲代表。此外類似的成果還有：蔡鏡浩的《魏晉南北朝詞語例釋》；黃金貴的《古代文化詞義集類辨考》；王政白的《古漢語同義詞辨析》；任學良的《〈古代漢語‧常用詞〉訂正》；林杏光的《簡明漢語類義詞典》；劉叔新的《現代漢語同義詞詞典》；段德森的《簡明古漢語同義詞詞典》等等。這些

〔註8〕 劉堅《二十世紀的中國語言學》，第70頁。

〔註9〕 李紅印《現代漢語顏色詞詞彙——語義系統研究》，北京大學博士學位論文，第22頁。

著述的普遍特點是，致力於辨析詞義的異同，而對詞義歷時發展的討論則過爲粗疏。

　　此外，根植於語義場理論，著眼於常用詞歷時演變的研究也是當前詞義研究的一個熱點。從張永言、汪維輝發表《關於漢語詞彙史研究的一點思考》開始，越來越多的學者開始關注常用詞的研究。學者們普遍認識到，詞彙學與注重疑難字詞的考釋的訓詁學最大的不同是，詞彙學更關注的是常用詞的發展演變，因此他們開始著重從某一語義場出發，觀察整個語義場中各個詞項的歷時變化，進而總結出詞彙演變的一些規律。這樣的論文主要有：解海江、張志毅的《漢語面部語義場歷時演變——兼論漢語詞彙史研究方法論的轉折》、呂東蘭的《從〈史記〉、〈金瓶梅〉等看漢語「觀看」語義場的歷時演變》、崔宰榮的《漢語吃喝語義場的演變》；童致和的《香和臭的詞義演變及氣味詞的詞義系統的發展》、王建喜的《「陸地水」語義場的演變及其同義語素的疊置》等等。這些論文在研究詞義演變上開闢了道路，他們對詞彙的更替、變化的描寫以及他們的研究方法都非常值得我們學習。另外，近年也發表了一些關於常用詞演變或義場分析的優秀碩博論文，如南京大學汪維輝的博士學位論文《東漢——隋常用詞演變》，成爲近年常用詞研究的典範之作。還有，北京大學李紅印的博士論文《現代漢語顏色詞詞彙——語義系統研究》、河南大學劉新春的碩士學位論文《睡覺類詞語的歷時演變》、湖北大學金穎的碩士學位論文《「沐」、「浴」、「澡」、「洗」、「盥」、「沬」的語義語法研究》、延邊大學王雲英的碩士論文《現代漢語問類動詞研究》、武漢大學馮凌宇的博士論文《人體詞語研究》等等，均對詞彙演變規律進行了有價值的探索。

　　綜之，上世紀八十年代以來，我國學者開始運用西方語義學最新理論結合漢語的實際，力圖從宏觀上、系統性上分析研究漢語詞義。但目前欠缺的是具體的語言材料分析還很不足，描寫的範圍和分析的詞量有限，不足以作理論的支撐。前人研究的缺憾正是我們努力的方向，所以本文選取「欺騙」類動詞爲研究對象，繼續爲漢語詞彙史的構建做出努力。

　　關於「欺騙」類詞語的專門研究很少，簡單的辨析除見於一些辭書外，還見於一些同義詞研究專著中。如：王鳳陽的《古辭辨》將「欺騙」類動詞分列二組來解釋，一組是「欺、誑、騙、誣、罔、紿」，另一組是「詭、詐、譎」；

沈錫榮的《古漢語常用詞類釋》中對「欺騙」類詞語中的「謾、欺、詐」進行辨釋；王政白的《古漢語同義詞辯析》將「僞、詐、欺、騙」放在一起加以分析。本文將綜合借鑒以上的研究成果，在力爭窮盡地測查語料基礎上，對上古「欺騙」類動詞給以全面分析和研究。

1.3 理論與方法

1）理論

普通語言學理論。組合關係和聚合關係理論是本文研究的基礎。索緒爾指出，語言鏈條上的任何詞都在聚合關係和組合關係作用下存在著，詞與詞之間不是孤立地割裂開的，而是相互聯繫相互作用的。我們將聚合關係理解成爲一種類聚關係，將組合關係理解成爲一種搭配關係。聚合關係理論是「欺騙」類義場形成的基礎，組合關係理論則在欺騙義場的歷時演變中得到彰顯。另外，詞義的模糊性理論，以及詞義的發展理論也是本文論述過程中的重要理論依據。

詞義系統性理論。現代語義學把詞彙和詞義作爲一個系統來研究。詞義是一個錯綜複雜的系統。在這一系統中，每個詞的意義都不是孤立的，而是彼此制約、相互補充的。王寧先生認爲，「詞彙與詞義的總體是有系統性的，而詞彙系統與詞義系統——起碼是它的局位系統——是可以通過描寫顯示出來的。」〔註10〕「字、詞、義一經類聚，就顯現出內部的系統性，爲詞義的比較創造了很好的環境。」〔註11〕「詞彙意義系統永遠是一個開放的不平衡系統，但是歷史詞彙系統卻已經定量。古代漢語單音詞的意義元素是可以定量測查的。在窮盡分類歸納出相應類別的語義場之後，電腦所需要的義元測查可以有系統的進行，這對整理漢語詞彙總體系統，是一條必經之路」〔註12〕。

2）方法

比較互證的方法。比較互證，「即是指比較其異證明其同。也就是說，相異才能比較，相同才能互證。」〔註13〕宋永培在《當代中國訓詁學》中闡釋道：「比

〔註10〕 王寧《訓詁學原理》，第6頁。

〔註11〕 王寧《訓詁學原理》，第70頁。

〔註12〕 王寧《談〈歷代刑法考〉的訓詁成就》選自《訓詁學原理》。

〔註13〕 陸宗達、王寧《訓詁方法論》，第25頁。

較互證方法，是指從具體的研究目標出發，設定研究對象的範圍，對一篇文章、一本書或幾部書中的語言文字材料進行全面的有系統的研究，較同辨異彼此證發，以便清理與把握這些材料的內部條理。」「比較互證的實質是對語言文字材料進行系統貫穿。也就是窮盡性地研究所設定的範圍內的材料，把這些材料看作一個系統，從整體上來貫通它的各個部份相互聯繫的脈絡。」

定量分析的方法。所謂定量分析就是對語料中的用例進行統計，用資料來說明問題。「從隨意引證到定量分析，是古漢語研究為走向科學化而邁出的重要一步」，「如果不作定量分析，就很難把握住漢語諸要素在各歷史時期的性質及其數量界限，我們的斷代描寫和歷時研究也必然要陷在朦朧模糊的印象之中。」〔註14〕

義素分析的方法。義素分析就是將處於同一語義場的詞進行分析比較，找出這些詞共同的和不同的語義特徵。而「構成一個義位的諸義素之間不是任意地、無規則地堆積在一起的，義素之間也有層次結構。」「表示所屬的語義場的義素叫做『中心義素』，……用來限定中心義素的性質的，叫『限定性義素』。」〔註15〕王寧先生在《訓詁學原理》中將之稱為「類義素」與「核義素」，類義素「含著詞義的類別，」核義素「含著被人們共同觀察到的詞義特點，也就是造字所取的理據。」〔註16〕二人雖然使用的概念不同，但其所指是一致的，即通過義素的劃分，揭示詞義的特點。

另外，本文還運用了傳統訓詁學中的一些方法，如以形索義、因聲求義，同源示義等方法。

1.4 語料選取

語料上，本文盡量選取對語言史研究價值大的語料，同時也兼顧到語料的廣度。我們選取上古時期代表性的文獻，具體如下：

春秋中期以前：《周易》《尚書》《詩經》

春秋晚期到戰國初期：《左傳》《儀禮》《周禮》《論語》《國語》《老子》

戰國中期：《禮記》《墨子》《商君書》《孟子》《莊子》

〔註14〕 郭錫良《1985 年的古漢語研究》，《中國語文天地》1986 年第 3 期。

〔註15〕 蔣紹愚《古漢語詞彙綱要》，第 47 頁。

〔註16〕 王寧《訓詁學原理》，第 150 頁。

戰國晚期：《楚辭》《荀子》《韓非子》《戰國策》《晏子春秋》《呂氏春秋》
《公羊傳》《穀梁傳》《山海經》

漢代：《淮南子》《管子》《史記》《論衡》

1.5 研究步驟

第一步，根據詞義特徵，參考古注和同義詞詞典將「欺騙」類動詞系聯在一起，組成「欺騙」類義場。

然後，回到具體語境中，對各詞項進行具體考釋，分析它們的同與異，觀察它們在上古階段的些許變化。

最後，「欺騙」類動詞的特點進行歸納總結，進一步探討相關詞義系統規律。

二、「欺騙」類動詞的語義分析

上古漢語中表示「欺騙」義的詞很多，有欺（諆）、詐、誑（誆、迋）、誣、謾、詭、譎、誕、詒（紿）、罔（誷）、諼等。這些詞項具有共同的意義，即通過不真實的言語或行動給對方以假象，哄騙對方，使人上當受騙。具有相同義素特徵的同時它們還具有各自獨特的特點，本文將從組合關係和聚合關係兩個方面，在具體文獻用例中分析它們的共性和個性。

2.1 「欺騙」類動詞單個詞義特徵分析

1）欺（諆）

《說文・欠部》：「欺，詐欺也。」段玉裁在《說文解字注・欠部》「欺」下說：「從欠者，猶從言之意。」「欠」與「言」義相通，所以「欺」的本義是指用不真實的言語去哄騙別人，進而泛指用行動去騙人、天、軍隊或者國家等。如，《論語・子罕篇》：「吾誰欺，欺天乎！且予與其死於臣之手也，無寧死於二三子之手乎！」《春秋公羊傳・成公二年》：「克曰：『欺三軍者其法奈何？』」《左傳・成公元年》：「背盟而欺大國，此必敗。背盟，不祥；欺大國，不義。」

「欺」在古漢語中除了這個本義外，還有在此基礎上引申出來的另一義位「欺負」義。這個義位在現代漢語中雖然是主要義位，但上古漢語中其用例卻只是鳳毛麟角，在我們所測查的文獻中共出現了 5 次，如，《左傳・成公十七年》：「至奉豕，寺人孟張奪之，至射而殺之。公曰：『季子欺余。』」相反，「欺」的

「欺騙」義在現代漢語中只存留在「欺騙」、「欺詐」等詞的語素義中，但在上古它卻是表示這一意義的中堅力量，這從它在文獻中的豐富用例中可見一斑。（見詞頻統計表）

諅，《說文》「欺也。」徐鍇《說文解字繫傳》「譀言也。漢書枚皋有『詆諅東方朔』，又有『自詆諅』。」王筠《說文句讀》：「謂兩字同也。」王力也認為，「『欺、諅』實同一詞。」〔註17〕所以，本文將「諅」作「欺」的異體文書處理。

2）詐

詐，《說文》「欺也。從言，乍聲。」《爾雅·釋詁下》「僞也。」《玉篇·言部》「詐僞也。」《慧琳音義》卷十三「詭詐」注引《字書》「不實也。」《呂氏春秋·務本》：「無功伐而求榮富，詐也。」高誘注：「以虛取之爲詐。」《孫子·軍爭》：「故軍以詐立，以利動，以分合爲變者也。」郭化若注：「『兵以詐立』是說用兵作戰要用奇異多變的辦法，爲勝敵之術。」可以看出，「詐」在上古有三個義位：一是本文所要討論的「欺騙」義。如，《管子·五輔第十》：「逐奸人，詰詐僞，去讒慝，則奸人止；修飢饉，救災害，振罷露，則國家定。」二是由義位1引申出來的「虛假、假裝」義。如，《墨子·卷十五》：「詐爲自賊傷以辟事者，族之。」何休注：「詐，謂陷阱奇伏之類。」三是特指用兵奇詭多變，而誘使敵方判斷錯誤的戰術。其中義位二和義位三是義位一的義位變體。「詐」的「欺騙」義位在現代漢語中只存留在諸如「欺詐」「詐騙」之類的複音詞中了。

3）誑

《說文·言部》：「誑，欺也。從言，狂聲。」《慧琳音義》卷七「撟誑」注引《考聲》云：「誑，相欺以言也。」可見，「用言語進行欺騙」是誑的基本義。如，《史記·卷八》：「將軍紀信乃乘王駕，詐爲漢王，誑楚，楚皆呼萬歲。」「誑，也寫作『迋』、『誆』。」〔註18〕桂馥《說文義證·言部》：「誑，俗或作誆。」朱駿聲《說文通訓定聲·乇部》：「迋，假借爲誑。」但它們的文獻用例很少，誆只1例，即《史記·卷四十二》：「乃求壯士得霍人解揚，字子虎，誆楚，令宋

〔註17〕王力《同源字典》，第83頁。

〔註18〕王鳳陽《古辭辨》，第778頁。

母降。」迂共 2 見，即，《詩經‧鄭風‧揚之水》：「終鮮兄弟，維予與女。無信人之言，人實迂女。」《左傳‧定公十年》：「辰曰：『是我迂吾兄也。吾以國人出，君誰與處？』冬，母弟辰暨仲佗、石彄出奔陳。」

4）誣

誣，《說文‧言部》「誣，加也。從言，巫聲。」段玉裁注：「加與誣皆兼毀譽言之，毀譽不以實皆曰誣也。」這裡段玉裁是在解釋誣的虛假、不真實義。又《說文‧力部》：「加，語相增加也。」那麼「加」也指說話虛妄、誇大、不實。如《左傳‧莊公十年》：「犧牲玉帛，弗敢加也，必以信。」段玉裁注改「增」為「譜」。《說文‧言部》「譜，加也。」「譜」也指虛妄誇大的話。所以「誣」、「加」、「譜」均指虛妄不實之詞，而說謊話的目的即欺騙對方，達到自己的目的，即欺騙義。另外，《玉篇‧言部》：「誣，欺罔也。」從以上可以看出，「誣」的本義即捏造事實，誇大其詞，對動作的受事進行欺騙。「誣」的施事行為是欺騙性的，「誣」的行為結果是對受事誣衊、譭謗。所以「誣」從不同的角度就產生了不同的義位，一個是「欺騙」義，如，《尚書‧商書‧仲虺之誥第二》：「夏王有罪，矯誣上天，以布命於下。帝用不臧，式商受命，用爽厥師。」《左傳‧昭公二十九年》：「公私喜於陽谷而思於魯，曰：『務人為此禍也。且後生而為兄，其誣也久矣。』乃黜之，而以公衍為大子。」另一個是「譭謗」義，如《左傳‧文公十八年》：「少皞氏有不才子，毀信廢忠，崇飾惡言，靖譖庸回，服讒蒐慝，以誣盛德，天下之民謂之窮奇。」

5）罔（誷）

《說文》：「罔，網或加亡。」段玉裁注：「亡，聲也。」「罔」原來是「網」的異體字，後來分化。「『網』是編結起來用以罩物的，後來把編造謊言來欺騙、陷害別人也叫『網』」[註19]，這就是「罔」從「網」到「欺騙」的引申過程。《論語‧雍也》：「君子可逝也，不可陷也；可欺也，不可罔也。」皇侃疏：「罔者，謂面相誣也。」《孟子‧萬章上》：「故君子可欺以其方，難罔以非其道。」朱熹集注：「罔，蒙蔽。」「罔」作「欺騙」講在上古的用例很少，除此二例之外在《詩經》中還有一見，即《小雅‧節南山之時》：「弗躬弗親，庶民

〔註19〕 王鳳陽《古辭辨》，第 778 頁。

弗信。弗問弗仕，勿罔君子。式夷式已，無小人殆。」「罔」在上古的主要義位是「無」、「沒有」和「網」，如，《尚書・虞書・大禹謨第三》：「帝曰：『皋陶，惟茲臣庶，罔或干予正。汝作士，明於五刑，以弼五教。』《周易・大壯》：「九三，小人用壯，君子用罔，貞厲。羝羊觸藩，羸其角。」

正因爲如此，「罔」的「欺騙」義到後來專門分化出「誷」字。《玉篇》：「誷，誣也。」《慧琳音義》八十八「誷上」注引《考聲》云：「誷，以言欺誣人。」《廣韻・養韻》：「誷，誷誣。」「誷」字不見於《說文》，說明在漢代「誷」還沒有通行起來，所以在我們所測查的語料中，「誷」只在《史記》中一見，即《史記・卷一百二十七》：「初試官時，倍力爲巧詐，飾虛功執空文以誷上，用居上爲右；試官不讓賢陳功，見僞增實，以無爲有，以少爲多，以求便勢尊位。」

6）謾

《說文・言部》：「謾，欺也。從言，曼聲。」《廣雅・釋詁二》：「謾，欺也。」「謾」具有兩個義位，一是欺騙義，如，《墨子・卷九》：「且夫繁飾禮樂以淫人，久喪僞哀以謾親，立命緩貧而高浩居，倍本棄事而安怠傲，貪於飮食，惰於作務，陷於飢寒，危於凍餒，無以違之。」《楚辭・九章・惜往日》：「或忠信而死節兮，或訑謾而不疑。」一是詆毀義。如《荀子・非相》：「鄉則不若，偝則謾之，是人之二必窮也。」注：「謾，欺毀也。」

7）誕

誕，《說文・言部》：「誕，詞誕也。從言，延聲。」「誕」是言辭荒誕，即說大話，虛妄不實。如，《國語・楚語上》：「王曰：『是知天咫，安知民則？是言誕也。』」從言辭虛妄可進一步引申出「欺騙」義，如《呂氏春秋・審應覽第六》：「秦王立帝，宜陽許綰誕魏王，魏王將入秦。」

8）詭

《說文・言部》：「詭，責也。從言，危聲。」又《說文・心部》：「恑，變也。從心，危聲。」段玉裁注：「今此義多用詭，非也，詭訓責。」朱駿聲《說文通訓定聲》：「《一切經音義》三引《說文》『變詐也』。史書皆以詭爲之。」王筠《說文句讀・心部》：「恑，變詐也，謂變異詐妄也。」「詭」的本義是責成，要求。而實際上在傳世文獻中「詭」主要表示「恑」的引申義：「欺騙」、

「異，不同」、「違背」等﹝註20﹞，如，《管子·兵法第十七》:「亂之不以變，乘之不以詭，勝之不以詐，一之實也。」《荀子·正論》:「則求利之詭緩。」楊倞注:「詭，詐也。」。《管子·法禁第十四》:「聖王之身，治世之時，德行必有所是，道義必有所明，故士莫敢詭俗異禮，以自見於國。」《韓非子·詭使第四十五》:「常貴其所以亂，而賤其所以治，是故下之所欲，常與上之所以爲治相詭也。」

9）詒（紿）

《說文·言部》:「詒，相欺詒也。從言，臺聲。」「詒」的本義爲欺騙。如，《列子·仲尼》:「吾笑龍之詒孔穿。」張湛注:「詒，欺也。」在古書中「詒」常借用它的同音字「紿」來表示這一意思，而自己則主要來表示「遺留」義。如《戰國策·齊六》:「田單以即墨之城破亡餘卒，破燕兵，紿騎劫，遂以復齊，遽迎太子於莒，立之以爲王。」「詒」之所以在古書中極少用，可能是由於它是方言詞，沒能進入通語通行起來。《方言》卷三:「膠譎，詐也。」郭璞注:「汝南從呼欺爲譎，亦曰詒。」《集韻·海韻》:「江南呼欺曰詒。」

10）諼

《說文·言部》:「諼，詐也。從言，爰聲。」「諼」的本義爲「欺騙」，但它的這一義位在古籍中的用例不多，我們所測查的語料中，只見於《公羊傳》，如《公羊傳·襄公二十六年》:「此諼君以弒也，其言復歸何？」章炳麟《新方言·釋言》:「今保定、眞定、河間、天津皆謂大言無實爲諼。」原來諼也是方言詞，這可能就是諼在古書中用例極少的原因。此外，諼還有另一義位「忘記」，主要見於《詩經》，如《衛風·淇奧》:「有匪君子，終不可諼兮。」

11）譎

《說文·言部》:「譎，權詐也。益梁曰膠欺天下曰譎。從言，矞聲。」《方言》卷三:「譎，詐也。自關而東西或曰譎。」可見，「譎」是從方言詞進入通語的，並且一直延用至今。《韓非子·孤憤第十一》:「故主失勢而臣得國，主更稱蕃臣，而相室剖符。此人臣之所以譎主便私也。」

﹝註20﹞ 至於是「詭」先被借來表示「恑」的本義「變也」，之後才引申出「欺騙」「異，不同」「違背」等義位，還是「恑」先引申出此三種引申義，然後再借「詭」來表示，本文沒有考證。

二、「欺騙」類動詞義場分析

任何詞都處在一定的聚合關係和組合關係中，正是在這兩種關係中顯示出同一義場內各詞項間的區別，下面分別從聚合關係和組合關係中對「欺騙」類動詞進行分析。

2.1 從聚合關係看「欺騙」類動詞的詞義特徵

2.1.1 「欺」、「詐」、「誑」、「誣」、「罔」、「謾」

1)「欺」

「欺」、「詐」、「誑」、「誣」、「罔」、「謾」均指用虛假的言行去欺騙、蒙蔽對方。其中「欺」是通稱。因爲在古注中「詐」、「誑」、「誣」、「罔」、「謾」均用「欺」作過訓釋詞。另外，在文獻中還有「欺詐」、「欺誣」、「欺誑」、「欺謾」、「欺罔」、「欺誕」、「欺紿」等合成結構的用法，如：

1、其於物也，不可得之爲欲，不可足之爲求，大失生本；民人怨謗，又樹大讎；意氣易動，蹺然不固；矜勢好智，胸中欺詐；德義之緩，邪利之急。《呂氏春秋·仲春紀第二》

2、俗之謗者，大抵有五：其一，以世界外事及神化無方爲迂誕也；其二，以吉凶禍福或未報應爲欺誑也。《顏氏家訓·歸心第十六》

3、今與不善人處，則所聞者欺誣詐僞也，所見者污漫、淫邪、貪利之行也，身且加於刑戮而不自知者，靡使然也。《荀子·性惡第二十三》

4、於是上使御史簿責魏其所言灌夫，頗不讎，欺謾。劾繫都司空。《史記·卷一百七》

「詐」和「誑」的特點是側重製造假象，用言行去蒙蔽對方，取得對方的信任。

5、皆奸人惑衆，挾左道，懷食詐僞，以欺罔世主。《漢書·郊祀志下·谷永對》

6、與漢合市，重遣名王，多所貢獻，斯皆外示富強，以相欺誕也。《後漢書·南匈奴傳》

7、既而狎侮欺紿，擋拟挨抚，亡所不爲。《列子·黃帝》

2）「詐」

「詐」較之「欺」詞義較重，程度有所加深。「『詐』由『作』（初創）派生而出」〔註21〕，因此我們從「詐」的源詞可以看出，「詐」是需要具有創造性，需要達到出人不備的程度。又，從「詐」的引申義──一種勝敵的戰術反觀「詐」的本義，我們可以看出「詐」的這種欺騙是需要精心策劃和巧妙安排的，這才導致其引申義能夠昇華為一種戰術。另外，還可從現代漢語欺騙與詐騙的對比來看古漢語中的「欺」與「詐」，欺騙和詐騙都是同義複詞，都是騙，然而其區別在於，詐騙遠遠高於欺騙的程度，它能給別人帶來嚴重的損失，乃至在現代詐騙已經成為一項罪名。以此「流」（即引申義）來反觀「欺」、「詐」之「欺騙」義，便可看出二者在程度上的差別了。「詐」的特點是為達目的用不誠實的巧妙的手段或假象，欺騙、損害對方，以至給對方帶來嚴重的後果。如：

8、子木之信稱於諸侯，猶詐晉而駕焉，況不信之尤者乎？楚重得志於晉，晉之恥也。《左傳・昭公元年》

9、刑煩而罰行者國多奸，則富者不能守其財，而貧者不能事其業，田荒而國貧。田荒則民詐生，國貧則上匱賞。《商君書・算地第六》

10、內行則姑姊妹之不嫁者七人，閨門之內，般樂奢汰，以齊之分奉之而不足；外事則詐邾，襲莒，並國三十五。《荀子・仲尼第七》

11、挈國以呼功利，不務張其義，齊其信，唯利之求，內則不憚詐其民而求小利焉；外則不憚詐其與而求大利焉，內不修正其所以有，然常欲人之有。《荀子・王霸第十一》

12、宋皇瑗帥師取鄭師於雍丘。其言取之何？易也。其易奈何？詐之也。《春秋公羊傳・哀公九年）》

13、秦吏卒多竊言曰：「章將軍等詐吾屬降諸侯，今能入關破秦，大善；即不能，諸侯虜吾屬而東，秦必盡誅吾父母妻子。」《史記・卷七》

14、過陳，陳袁濤塗詐齊，令出東方，覺。秋，齊伐陳。是歲，晉

〔註21〕 王寧《訓詁學原理》，第 156 頁。

殺太子申生。《史記‧卷三十三》

15、陳大夫轅濤塗惡其過陳，詐齊令出東道。東道惡，桓公怒，執陳轅濤塗。《史記‧卷三十六》

16、楚王欲盟，秦欲先得地。楚王怒曰：「秦詐我而又彊要我以地！」不復許秦。秦因留之。《史記‧卷四十》

17、三十一年，秦、趙、齊共伐我，秦將商君詐我將軍公子卬而襲奪其軍，破之。《史記‧卷四十四》

18、桓子詐之，得脫。定公九年，陽虎不勝，奔於齊。《史記‧卷四十七》

19、張儀詐之曰：「儀與王約六里，不聞六百里。」楚使怒去，歸告懷王。《史記‧卷八十四》

20、余善刻「武帝」璽自立，詐其民，為妄言。《史記‧卷一百一十四》

21、問曰：「佞人直以高才洪知考上世人乎？將有師學檢也？」曰：人自有知以詐人，及其說人主，須術以動上，猶上人自有勇威人，及其戰鬥，須兵法以進眾，術則從橫，師則鬼谷也。《論衡‧卷十一‧答佞篇第三十三》

22、至宓犧時，人民頗文，知欲詐愚，勇欲恐怯，強欲凌弱，眾欲暴寡，故宓犧作八卦以治之。《論衡‧卷十八‧齊世篇第五十六》

23、齊田單保即墨之城，欲詐燕軍，云：「天神下助我。」《論衡‧卷二十二‧紀妖篇第六十四》

「詐」在我們所測查的文獻中總共出現 310 次，其中帶賓語表示「欺騙」義的只有上述 15 例，即上例 8 到例 23，而其中除了例 9 和例 21 是用於治理國家的話題外，其餘均用於國與國之間的外交、征戰等場合。從此我們又可以看出「詐」所蘊含的詞義特徵：在重大事件或重要場合上需要很高的智商，即要經過精心的策劃和事前準備，不是很隨意的童叟之欺。另外，在「詐」作名詞用時，也能體現出這一點。如「詐」與「知」（智）構成同義復合結構，更加突出了「詐」需要些謀略這一特點。

24、如此，則士之有二心私學者，焉得無深慮、勉知詐、與誹謗法
令以求索，與世相反者也。《韓非子・詭使第四十五》

25、上好取而無量，下貪很而無讓，民貧苦而忿爭，事力勞而無功，
智詐萌興，盜賊滋彰，上下相怨，號令不行。《淮南子・主術訓》

總之，「詐」是那種目的明確，絞盡腦汁，精心策劃，蓄謀已久的欺騙。多
用於軍事、政治外交場合。

3）「誆」

誆，《說文》「從言，狂聲。」《墨子・經下》：「狂舉不可以知異，說在有不
可。」孫詒讓閒詁引張云：「狂，妄也。」《論語・陽貨》：「好勇不好學，其蔽
也亂；好剛不好學，其蔽也狂。」刑昺疏：「狂猶妄也。」《淮南子・主術訓》：
「故不仁而有勇力果敢，則狂而操利劍；不智而辯慧懷給，則棄驥而不式。」
高誘注：「狂猶亂也。」由此可見「狂」有胡亂的意思。而漢字自古便有聲符表
義說，那麼以此為聲符的「誆」的語義特徵中必然有胡亂的特點。此外，「誑」
為「誆」的俗體，「誆」以「匡」為聲符，《說文》：「匡，飯器，筥也。從匚，㞷
聲。」從「匡」的金文寫法我們得知它是一種方形器具，而「匡」的語義特徵
便也從方形的器具而來，即方正。另外，從「匡」得聲的字也多有方正的特點，
如「框」和「眶」。「誆」也不例外，它也具有這樣的特點。而異體字往往可以
揭示其詞義特徵。「誆」與「誑」為異體字，所以，「誆」也同樣具備了這樣的
義素特徵，即匡正、匡輔。另外，「誆」與「謊」（見曉旁紐，陽部疊韻）、「愆」、
「誆」（見溪旁紐，陽部疊韻）為一組同源詞〔註22〕，劉均傑認為它們都有虛假
欺騙的意思。《說文》：「愆，誤也」、「誤，謬也」、「誆，狂言也」。《廣韻・漾韻》：
「誆，謬言。」《說文》：「謊，夢言也。」《正字通》：「謊，妄語也。」可見它
們都有「假話」的意思。所以，誆的詞義特點就是用胡亂編造的謊言去匡正糾
正別人，即通過欺騙讓別人認為這是正確的。而實際上這樣的行為必然會導致
對方的困惑，它在一定程度上又起到了迷惑對方的作用。如：

26、民疾其態，天又誆之；大國來誅，出令而逆；宗國既卑，諸侯
遠己。《國語・卷八・晉語二》

〔註22〕劉均傑《同源字典再補》，第89頁。

27、幼子常視毋誑，童子不衣裘裳。《禮記・曲禮上第一》

28、漢將紀信說漢王曰：「事已急矣，請為王誑楚為王，王可以間出。」
《史記・卷七》

29、將軍紀信乃乘王駕，詐為漢王，誑楚，楚皆呼萬歲，之城東觀，
以故漢王得與數十騎出西門遁。《史記・卷八》

30、齊田單後與騎劫戰，果設詐（詐術）誑燕軍，遂破騎劫於即墨
下，而轉戰逐燕，北至河上，盡復得齊城，而迎襄王於莒，入
於臨菑。《史記・卷八十》

31、乃求壯士得霍人解揚，字子虎，誑楚，令宋毋降。《史記・卷四
十二》

例 26，「誑之」指虢公做夢後把太史四面囚禁起來，使虢國進一步走向滅
亡，因此說上天又來欺騙迷惑他。例 27，是說幼子要以正教之，不要欺騙他使
他感到迷惑。例 28 到例 31 是作戰中對敵人進行迷惑。

4)「誣」和「罔」（調）

「誣」、「罔」（調）在古韻中屬於明母雙聲，魚陽對轉，它們都具有「欺騙」
義，即強調捏造事實（加也）或羅織罪名（網）而對別人進行欺騙，因此它們
是一對同源詞。在我們所測查的古籍中，出現「誣」的，絕對不出現「罔」（調），
只有《史記》例外，在表示「欺騙」義時用了 4 例「誣」，1 例「調」。從這一
點上可以看出二者意義極其相近。「罔」（調）的本義是「網」，因此，它的
「欺騙」義蘊含了本義中的某些特點：即用網蒙蓋住，那麼從受事角度，即被
欺騙的人來看，則是一種蒙蔽，因此，罔的「欺騙」義中含有「蒙蔽」義素在
裏面。如：

32、弗躬弗親，庶民弗信。弗問弗仕，勿罔君子。《詩經・小雅・節
南山之什》

33、君子可欺以其方，難罔以非其道。《孟子・萬章上》

34、宰我問曰：「仁者，雖告之曰：『井有仁焉』。其從之也？」子曰：
「何為其然也？君子可逝也，不可陷也；可欺也，不可罔也。」
《論語・雍也》

35、初試官時，倍力為巧詐，飾虛功執空文以調上，用居上為右；

試官不讓賢陳功，見僞增實，以無爲有，以少爲多，以求便勢
尊位。《史記‧卷一百二十七》

從以上例子中可以看出，「罔」（誷）在表示欺騙的同時含有蒙蔽的意義，尤其在例33中，與「欺」對舉，更顯示了「罔」（誷）的這一義素特徵。而「誣」與「罔」（誷）同源，勢必誣同樣也具有這一語義特徵，如：

36、將以驪姬之惑蠱君而誣國人，讒群公子而奪之利使君迷亂，信
而亡之，殺無罪以爲諸侯笑，使百姓莫不有藏惡於其心中，恐
其如壅大川，潰而不可救禦也。《國語‧卷八‧晉語二》

37、知之曰知之，不知曰不知，內不自以誣，外不自以欺，以是尊
賢畏法而不敢怠傲，是雅儒者也。《荀子‧儒效第八》

38、荀罃之在楚也，鄭賈人有將置諸褚中以出。既謀之，未行，而
楚人歸之。賈人如晉，荀罃善視之，如實出己，賈人曰：「吾無
其功，敢有其實乎？吾小人，不可以厚誣君子。」遂適齊。《左
傳‧成公三年》

以上三例均含有蒙蔽的意思。此外，「誣」、「誷」後來同義連用，如《晉書‧郤詵傳》：「朋黨則誣誷，誣誷則臧否失實。」

5）「謾」

「謾」的欺騙義不在於矇騙對方以取利，而在於掩蓋事實，使對方不知道。「謾」現代一般用「瞞」來寫了，《新方言‧釋言》「今人謂欺隱爲謾，俗以瞞爲之，古或作滿。」《說文‧言部》：「謾，從言，曼聲。」《說文‧又部》：「曼，從又，冒聲。」冒有遮蔽義。如，《周易‧繫辭上》：「子曰：『夫《易》何爲者也？夫《易》開物成務，冒天下之道，如斯而已者也。』」韓康伯注：「冒，覆也。」《詩經‧邶風‧日月》：「日居月諸，下土是冒。」毛傳：「冒，覆也。」《國語‧鄭語》：「是皆有驕侈怠慢之心，而加之以貪冒。」「從曼得聲之字又有長、大義。如『蔓』，指藤而長者，『獌』，指（豸區）而大者；『幔』，指張大的布蔽日光。《詩經‧魯頌‧閟宮》『孔曼且碩。』毛傳：『曼，長也。』長大爲美。」〔註23〕所以謾的特點是用誇大的言辭蒙蔽對方，使對方不知道眞

〔註23〕 沈錫榮《古漢語常用詞類釋》，第 138 頁。

相。如：

39、故籍之虛辭，則能勝一國，考實按形，不能謾於一人。《韓非子・外儲說左上第三十二》

40、今人君左右，出則爲勢重以收利於民，入則比周謾侮蔽惡以欺於君，不誅則亂法，誅之則人主危，據而有之，此亦社鼠也。《韓非子・外儲說右上第三十四》

41、且夫繁飾禮樂以淫人，久喪僞哀以謾親，立命緩貧而高浩居，倍本棄事而安怠傲，貪於飲食，惰於作務，陷於飢寒，危於凍餒，無以違之。《墨子・卷九》

　　總之，上古伊始，它們都是言語上的不實，後來反作用到其他。「欺」是通稱，「詐」是陷說，「誑」是假說，「誣」是加說，「罔」是亂說，「謾」是不說。〔註24〕

2.1.2 「詭」、「誕」

1）「詭」

　　「詭」的欺騙義源於「恑」的「變也」，「詭」的「異也」、「違背」義顯然也是從「變也」引申而來，而不是源於「責也」。另外，《說文》：「詭，從言，危聲。」其聲符「危」本身就帶有不穩定、易變的特點。《說文》：「危，在高而懼也。從厃，自卪止之。」「危」的本義爲陡而高。《列子・黃帝》：「履危石，臨百仞之淵。」陡而高則不穩，由此引申爲不穩定，不安全。《論語・季氏》：「危而不持，顛而不扶，則將焉用彼相矣！」所以，從「詭」的聲符、本字、本義及其引申義我們可以看出它的欺騙義有這樣的特點：狡猾，通過不斷的變化，違背眞實情況以達到欺騙的目的。如：

42、亂之不以變，乘之不以詭，勝之不以詐，一之實也。《管子・兵法第十七》

43、雖珠玉滿體，文繡充棺，黃金充槨，加之以丹矸，重之以曾青，犀象以爲樹，琅玕、龍茲、華覲以爲實，人猶且莫之扣也。是何也？則求利之詭緩，而犯分之羞大也。《荀子・正論》

〔註24〕此觀點來自北華大學文學院馬思周老師，在此謹致謝忱。

44、君漏言也，故士造辟而言，詭辭而出，曰：「用我則可，不用我
則無亂其德。」《穀梁傳‧文公六年》

45、見功而賞，見罪而罰，而詭乃止。是非不泄，說諫不通，而易
乃不用。父兄賢良播出曰遊禍，其患鄰敵多資。《韓非子‧八經
第四十八》

例 42 中，「詭」與「詐」對舉，顯示了二者渾言則同，析言則異。都表示
程度較深的欺騙，「詐」強調頗用心機，「詭」則強調用狡詐的手段。

2）「誕」

「誕」與大、太同源。「誕，定母，元部；大，定母，月部；太，透母，月
部。定、透旁紐，月、元對轉，它們的語源義素是大。誕是說大話，言辭虛妄
不實。」〔註25〕如漢‧劉向《說苑尊賢》：「口銳者多誕而寡言。」「誕」可引申
為欺詐。《列子‧黃帝》：「吾不知子之有道而誕子。」「誕」的本義決定「誕」
的欺騙義含有誇大、虛妄不實的意思，而這個義素特徵其他的詞項差不多也都
具備。由於它的特點不突出，因此在「欺騙」類義場中找不到自己顯著的位置，
在古籍文獻中的用例極少，我們所測查的語料中有 2 例，即：

47、秦王立帝，宜陽許綰誕魏王，魏王將入秦。《呂氏春秋‧審應覽
第六》

48、中庶子曰：「先生得無誕之乎？何以言太子可生也！臣聞上古之
時，醫有俞跗，治病不以湯液醴灑，鑱石撟引，案扤毒熨，一
撥見病之應，因五藏之輸，乃割皮解肌，訣脈結筋，搦髓腦，
揲荒爪幕，湔浣腸胃，漱滌五藏，練精易形。《史記‧卷一百五》

3）「詒」（紿）、「諼」、「譎」

「詒」（紿）、「諼」、「譎」三詞，均為方言詞語，它們來自不同的地方（詳
見 2.1），都表示欺騙義，但是它們的前途命運卻各不相同。「諼」沒能進入通
語，而「詒」進入了，但在表達欺騙義上本字未興而借字（紿）興，「譎」進入
通語後又繼續發展，產生新義，即玩弄權術，搞陰謀。

〔註25〕 《〈說文解字〉言部字語源義研究》，杜恒聯，安徽師範大學碩士論文，2005 年，
第 39 頁。

小結：該義場的眾多詞項中，「欺」是通稱，「詐」的欺騙程度較高，多用於政治、軍事場合；「誆」側重迷惑對方；「誣」、「罔」（誷）側重受事被蒙蔽了；「謾」是隱瞞，不讓對方知道；「詭」側重施事者的狡詐；「誕」則是誇大事實，用荒誕不經的話騙人；「詒」（紿）、「諼」、「譎」是方言詞語。

2.2 從組合關係看「欺騙」類動詞的詞義特徵

1)「欺」、「詐」、「誆」、「誣」、「罔」、「謾」

「欺」既可帶賓語，又可不帶。既可表示主動意義又可表示被動。如：

1、公冶致其邑於季氏，而終不入焉。曰：「欺其君，何必使余？」季孫見之，則言季氏如他日。不見，則終不言季氏。《左傳‧襄公二十九年》

2、晉韓起如齊逆女。公孫蠆為少姜之有寵也，以其子更公女而嫁公子。人謂宣子：「子尾欺晉，晉胡受之？」《左傳‧昭公三年》

3、子路問事君。子曰：「勿欺也，而犯之。」《論語‧憲問篇第十四》

4、明主不蔽之謂明，不欺之謂察。《商君書‧修權第十四》

5、今人主聽說，不應之以度而說其辯；不度以功，譽其行而不入關。此人主所以長欺，而說者所以長養也。《韓非子‧外儲說左上第三十二》

6、夫仁勇信廉，人之美才也，然勇者可誘也，仁者可奪也，信者易欺也，廉者易謀也。《淮南子‧卷十五‧兵略訓》

7、戒之，戒之，微而異之，動作必思之，無令人識之，卒來者必備之信之者，仁也。不可欺者，智也。既智且仁，是謂成人。《管子‧樞言第十二》

例1、2帶賓語，例3、4不帶，例1～3中「欺」是主動意義，例4～7中「欺」是被動意義。

「欺」的對象不論上下，上述引例下欺上，上欺下皆有。有時，還可以指欺騙自己。如：

8、不強民以其所惡；則詐偽不生；不偷取一世，則民無怨心；不欺其民，則下親其上。《管子‧牧民第一》

9、是故群臣之不敢欺主者，非愛主也，以畏主之威勢也；百姓之爭

用，非以愛主也，以畏主之法令也。《管子‧明法解第六十七》

10、所謂誠其意者，毋自欺也。如惡惡臭，如好好色，此之謂自謙。

《禮記‧大學第四十二》

「詐」帶受事對象時，表示欺騙義，如例 11、12。不帶時，多表虛假奸詐義，如例 13、14。用作名詞，作狀語時，多數表示「假裝」、「假冒」等，如例 15、16。也有的表示「用欺騙的手段」，如例 17、18。此外，名詞作主語或者賓語時表示欺騙的人或欺騙的行為，如例 19、20。還有一種情況是「詐」特指用兵奇詭多變，而誘使敵方判斷錯誤的戰術，如例 21。

11、子木之信稱於諸侯，猶詐晉而駕焉，況不信之尤者乎？楚重得

志於晉，晉之恥也。《左傳‧昭公元年》

12、過陳，陳袁濤塗詐齊，令出東方，覺。秋，齊伐陳。是歲，晉

殺太子申生。《史記‧卷三十三》

13、子西欲召之，葉公曰：「吾聞勝也詐而亂，無乃害乎？」子西曰：

「吾聞勝也信而勇，不爲不利，舍諸邊竟，使衛藩焉。」《左傳‧

哀公十六年》

14、復言而不謀身，展也；愛而不謀長，不仁也；以謀蓋人，詐也；

強忍犯義，毅也；直而不顧，不衷也；周言棄德，不淑也。《國

語‧卷十八‧楚語下》

15、高乃與公子胡亥、丞相斯陰謀破去始皇所封書賜公子扶蘇者，

而更詐爲丞相斯受始皇遺詔沙丘，立子胡亥爲太子。《史記‧卷

六》

16、將軍紀信乃乘王駕，詐爲漢王，誑楚，楚皆呼萬歲，之城東觀，

以故漢王得與數十騎出西門遁。《史記‧卷八》

17、八月丙午，齊王欲使人誅相，相召平乃反，舉兵欲圍王，王因

殺其相，遂發兵東，詐奪琅邪王兵，並將之而西。《史記‧卷

九》

18、相、二千石往者，奉漢法以治，端輒求其罪告之，無罪者詐藥

殺之。《史記‧卷五十九》

19、貴不敖賤，詐不欺愚。《墨子・卷四》

20、以質劑結信而止訟，以賈民禁僞而除詐，以刑罰禁虣而去盜。《周禮・地官司徒第二》

21、其易奈何？詐之也。《公羊傳・哀公九年》

可以看出，在古漢語中，「欺」和「詐」表示「欺騙」義時在語法作用上是互補的：「欺」或帶或不帶賓語，「詐」很少帶賓語；「欺」沒有名詞性用法，用作名詞作主語、狀語或賓語時一般只用「詐」。

「誑」的用例不多，在使用中可用作名詞，作賓語，如例22。也可用作動詞，或帶賓語或不帶，如例23、24。其中帶賓語的情況多一些。

22、楚人和氏得玉璞楚山中，奉而獻之厲王；厲王使玉人相之，玉人曰：「石也。」王以和爲誑，而刖其左足。《韓非子・和氏第十三》

23、幼子常視毋誑，童子不衣裘裳。《禮記・曲禮上第一》

24、漢將紀信說漢王曰：「事已急矣，請爲王誑楚爲王，王可以間出。」《史記・卷七》

「誣」和「罔」（誷）在使用中也多用作動詞，既可帶賓語，又可不帶。如：

25、主晉祀者，非君而誰？天實置之，而二三子以爲己力，不亦誣乎？《左傳・僖公二十四年》

26、夫執玉卑，替其贄也；拜不稽首，誣其王也。替贄無鎮，誣王無民。《國語・卷一・周語上》

27、君子可逝也，不可陷也；可欺也，不可罔也。《論語・雍也篇第六》

28、弗躬弗親，庶民弗信。弗問弗仕，勿罔君子。《詩經・小雅・節南山之什》

「誣」、「罔」（誷）的欺騙對象多爲位居上位者，也有少數指欺誣百姓或者是自己，如：

29、初試官時，倍力爲巧詐，飾虛功執空文以誷上，用居上爲右。《史記・卷一百二十七》

30、是不爲夫婦。誣其祖矣，非禮也，何以能育？《左傳‧隱公八年》

31、吾無其功，敢有其實乎？吾小人，不可以厚誣君子。《左傳‧成公三年》

32、桑間濮上之音，亡國之音也。其政散，其民流，誣上行私而不可止也。《禮記‧樂記第十九》

33、將以驪姬之惑蠱君而誣國人，讒群公子而奪之利使君迷亂，信而亡之，殺無罪以爲諸侯笑，使百姓莫不有藏惡於其心中，恐其如壅大川，潰而不可救禦也。《國語‧卷八‧晉語二》

34、知之曰知之，不知曰不知，內不自以誣，外不自以欺，以是尊賢畏法而不敢怠傲，是雅儒者也。《荀子‧儒效第八》

「謾」在使用過程中作動詞使用，既可帶賓語又可不帶，如：

35、爲棺槨衣衾，葬之肥陵邑，謾吏曰『不知安在』。《史記‧卷一百一十八》

36、故籍之虛辭，則能勝一國，考實按形，不能謾於一人。《韓非子‧外儲說左上第三十二》

2）「詭」、「誕」

「詭」的欺騙義位在文獻中極少使用，一般作名詞用，如：

37、雖珠玉滿體，文繡充棺，黃金充槨，加之以丹矸，重之以曾青，犀象以爲樹，琅玗、龍茲、華覲以爲實，人猶且莫之扣也。是何也？則求利之詭緩，而犯分之羞大也。《荀子‧正論第十八》

「誕」表示欺騙義只出現在帶賓語時，如：

38、秦王立帝，宜陽許綰誕魏王，魏王將入秦。《呂氏春秋‧審應覽第六》

39、中庶子曰：「先生得無誕之乎？何以言太子可生也！臣聞上古之時，醫有俞跗，治病不以湯液醴灑，鑱石撟引，案扤毒熨，一撥見病之應，因五藏之輸，乃割皮解肌，訣脈結筋，搦髓腦，揲荒爪幕，湔浣腸胃，漱滌五藏，練精易形。《史記‧卷一百五》

3）「詒」（紿）、「諼」、「譎」

「詒」（紿）、「諼」、「譎」，或帶賓語，或不帶賓語，只是「詒」（紿）帶賓語的情況常見些，「譎」帶賓語的情況少些，「諼」的欺騙義用例極少，在我們所測查的語料中僅見於《公羊傳》中，如：

40、田單以即墨之城破亡餘卒，破燕兵，紿騎劫（人名），遂以復齊，遽迎太子於莒，立之以爲王。《戰國策・卷十三・齊六》

41、又紿大夫曰：「高昭子可畏也，及未發先之。」諸大夫從之。《史記・田敬仲完世家第十六》

42、莊公圖莒、國人擾、紿以晏子在乃止。《晏子春秋・外篇第八》

43、此諼君以弒也，其言復歸何？《公羊傳・襄公二十六年》

44、爲諼也。其爲諼奈何？《公羊傳・文公三年》

45、故主失勢而臣得國，主更稱蕃臣，而相室剖符。此人臣之所以譎主便私也。《韓非子・孤憤第十一》

46、今緯也，祿厚而譎夫子，夫子三侵魯而緯三從，是鼓鞭於馬靳也。《墨子・卷十三》

47、至秦孝公，捐禮讓而貴戰爭，棄仁義而用詐譎，苟以取強因而矣。《戰國策・劉向書錄》

48、子曰：「晉文公譎而不正，齊桓公正而不譎。」《論語・憲問篇》

此外，「紿」和「譎」都有做狀語的情況，表示假裝義，可能是詞義引申發展的結果。如：

49、高祖爲亭長，素易諸吏，乃紿爲謁曰「賀錢萬」，實不持一錢。謁入，呂公大驚，起，迎之門。《史記・高祖本紀第八》

50、乃使解揚紿爲救宋。鄭人執與楚，楚厚賜，使反其言，令宋急下。解揚紿許之，卒致晉君言。楚欲殺之，或諫，乃歸解揚。《史記・晉世家第九》

51、天下以雷雨助漢威敵，孰與舉脂燭以人事譎取殷哉？《論衡・卷十九・恢國篇第五十八》

小結：「欺騙」類動詞在帶賓語和不帶賓語的比例上，差別不大，但帶與不帶時意義卻略有差別，帶賓語時「欺騙」義突出，不帶時，與其他「欺騙」類

動詞連用時，也比較突出，而單用時則突顯出「虛假、不真實」義。

三、「欺騙」類動詞概念場歷時演變

上古漢語並非一個共時的平面，「欺騙」類動詞也不是均勻分佈的，它們各自出現的時間也不盡一致。

「欺」和「詐」出現於春秋晚期到戰國初期之間，從它們出現到「騙」、「欺騙」、「詐騙」廣泛運用之前，它們一直是這一義場的中堅力量。無論從出現的頻率還是出現的範圍上，都無其他詞項與之匹敵。在我們測查的 27 部傳世文獻中，「欺」和「詐」分別出現於其中的 19 部之中，可見其使用範圍之廣泛。「欺」和「詐」雖然在語義特徵上有所區別，但在上古階段二者的中心義位並沒有改變，都是「欺騙」義。值得一提的是，到了漢代以後，尤其在《史記》中，「詐」的「假裝」義的用例明顯增加。如：

1、使郎中令爲內應，詐爲有大賊，令樂召吏發卒，追劫樂母置高舍。

《史記‧卷六》

2、吳王詐病不朝，就賜几杖。群臣如袁盎等稱說雖切，常假借用之。

《史記‧卷十》

「誑」（誆、迋）最早出現於春秋中期以前，即《詩經》中，只有 1 例，但在接下來的各個階段均有其用例零星出現，春秋晚期到戰國初期《左傳》中 1 見，戰國中期出現於《禮記》中 1 見，戰國晚期出現於《韓非子》中 3 見，漢代《史記》中 4 見，《論衡》中 1 見。一直到中古《世說新語》中還出現了一次。即《世說新語‧假譎第二十七》：「初誑女云：『宜徙。』於是家人一時去，獨留女在後。」「誑」在文獻中用例極少，一直到現代漢語誑的詞義也幾乎沒有什麼變化。

「誣」和「罔」在春秋中期以前就都出現了，「誣」在《尚書》中一見，「罔」在《詩經》中一見。「誣」和「罔」在文獻中具有呈現互補分佈的特點，即在同一本書中用「誣」表示「欺騙」義了，就不會再用「罔」來表示這一義位（《史記》除外）。「罔」在文獻中的用例很少，可能是由於其義位較多，而其本身又可用誣來替換的緣故。而「誣」相對而言在文獻中的用例則較多，但從春秋到漢，「誣」有這樣一個特點：即其義位的使用從「欺騙」義逐漸向「詆毀」義偏

移。漢以前「詯」的「欺騙」義位的使用頻率遠遠高於「詆毀」義位的使用，而到了漢代，除了《管子》外，在《淮南子》、《史記》、《論衡》中都是「詆毀」義位佔據了絕對優勢，分別為 3/3、8/12、5/6。

「譠」最初見於戰國初期的《楚辭》中，在上古用例不多，幾乎沒有什麼變化，但其使用也貫穿於上古的各個階段，如：

3、或忠信而死節兮，或訑譠而不疑。《楚辭・九章・惜往日》

4、且夫繁飾禮樂以淫人，久喪偽哀以謾親，立命緩貧而高浩居，倍本棄事而安怠傲，貪於飲食，惰於作務，陷於飢寒，危於凍餒，無以違之。《墨子・卷九》

5、故設柙，非所以備鼠也，所以使怯弱能服虎也；立法，非所以避曾、史也，所以使庸主能止盜跖也；為符，非所以豫尾生也，所以使眾人不相謾也。《韓非子・守道第二十六》

6、上樂以刑殺為威，天下畏罪持祿，莫敢盡忠。上不聞過而日驕，下懾伏謾欺以取容。《史記・卷六》

「詭」始見於戰國晚期《荀子》中，一直使用到漢代，甚至中古《世說新語》中仍然可見，但它的該義位始終未能佔據主導地位，（見詞頻統計表）一直是個不常用義位。

「誕」的欺騙義位只見於《呂氏春秋》和《史記》中，《呂氏春秋・審應覽第六》：「秦王立帝，宜陽許綰誕魏王，魏王將入秦。」《史記・卷一百五》：「先生得無誕之乎？何以言太子可生也！」「誕」在該義場中偶而出現，後來漸漸退出該義場，所以後世文獻中很少見。

「詒」（紿）始見於戰國晚期的《戰國策》，在之後的《晏子春秋》《穀梁傳》、《史記》中都有出現，在後代的傳世文獻中也都有見，這說明「詒」（紿）以方言詞身份現身，之後躋身於通語，使用範圍和頻率有所擴大，但始終未能佔據該義場的主要位置。

「諼」的欺騙義位只出現於《穀梁傳》中，在後世文獻中也少見，所以我們斷定「諼」沒有進入通語，後來以方言詞身份存留。

「譎」始見於春秋晚期的《論語》中，到戰國晚期其用例逐漸增多，到了東漢《論衡》中可見其其他義位發展迅速，欺騙義位反而位居其次了。如在

《論衡》中共有 10 見，其中只有 1 例是表示欺騙義的，其餘均爲人名或者表示奇特義。

小結：春秋中期以前出現在「欺騙」類義場的動詞有「誑」和「誣」、「罔」，春秋晚期到戰國初期出現的有「欺」、「詐」、「謾」、「譎」。戰國中期各詞項繼續發展，到戰國晚期，該義場又新增了「詭」、「誕」、「詒」（紿）、「諼」，到了漢代，「諼」退出了該義場，其他各詞項各顯神通競相發展。

四、「欺騙」類動詞語義場特徵分析

4.1 穩固性是上古「欺騙」義場的主要特徵

「欺騙」類動詞所形成的義場在上古階段是比較穩固的，雖然在某一特定時期有的詞進入該義場，如在春秋、戰國初期、晚期均有詞項進入該義場；有的詞項退出，如戰國晚期「諼」便退出該義場。但該義場的中堅力量——「欺」和「詐」，一直比較穩定，致使整個義場在上古都處於穩步發展的狀態。另外，我們還可以看出，戰國晚期是義場內詞項比較豐富、發展比較穩定的一個時期。戰國中期之前均有不同詞項進入義場，而這一時期各個詞項在自己特定的位置上體現自己特有的價值，顯得井然有序，有條不紊。之所以在戰國晚期各詞項得到豐富發展，可能是由於戰國晚期，社會比較動盪，各種思想劇烈撞擊，因此人們也就需要一些更具有區別性的詞來表達他們新的見解等等。如，有的地方不能簡單的用「欺」來表示，而要用「詐」來表現其程度之高，或用「誣、罔」來強調對對方的蒙蔽。

4.2 語源不同是「欺騙」義場內各個詞項差別的主要原因

義場內各詞項的差別主要是源詞不同而致，同義詞之間的差別多種多樣，有範圍廣狹不同，如人和民；性狀情態不同，如鼎和釜；程度深淺輕重不同，如饑和餓；側重的方面不同，如完和備；感情色彩不同，如誅、殺、弒；語法功能不同，如恥與辱。〔註 26〕而辯析同義詞的方法也是多種多樣的，如本義索異法；引申釋異法；反義證異法；語境考察；替換法；對舉觀察法；同節見異法；異文求異法等等。〔註 27〕「欺騙」類動詞在探求詞義差別時主要運用

〔註 26〕高守綱《古代漢語詞義通論》，第 86 頁。

〔註 27〕黃金貴《古漢語同義詞辯釋論》第八章。

了探源示異法。如「誣」、「罔」、「謾」、「詭」、「誕」幾個詞項的區別就是從語源上顯示出來的：「誣」、「罔」同源，其詞義特點主要來自「罔」的本字「網」，即使對方受到蒙蔽；「謾」的特點來自「冒」，即掩蓋、不讓對方知道；「詭」的語義特徵來自「變」，即善變、狡猾；「誕」與大同源，其特點是誇大、不實。

4.3 義位發展具有不平衡性

義場中各個成員處於不斷運動之中，即在不同時期，各個詞的主要義位（即使用頻率高的義位）是不同的。如「誣」有二個義位，一個是欺騙義，一個是在此基礎上引申出來的詆毀、誣衊義。從詞頻統計表中可以看出，漢以前，欺騙義是「誣」的主要義位，使用的比例占絕對的優勢，而從漢代開始，除《管子》以外，「誣」的欺騙義位已明顯處於弱勢了，這可能是由於兩個義位的用法相同，即均可帶賓語或不帶賓語，在具體語境中不好區分，而欺騙義位又可以用「罔」、「欺」等替代，所以「誣」的主要義位從「欺騙」義向「誣衊」義轉移了，到現代漢語中誣的「欺騙」義只以語素形式保留在一些複音詞中了，如「欺誣」、「誣罔」等。此外，還有本義與引申義之間的消長關係，也就是詞的中心義位有所更迭，原來本義是詞的中心義位，發展到後來，引申義成了常用義，變成中心義位了。如「詐」在漢以前的文獻中「假裝」義還沒有成為獨立的義位，而到漢代《史記》中，這一引申義明顯增多，逐漸成為一個獨立的義位，相對而言本義所使用的比例則有所下降。

4.4 「欺騙」義場內各詞項呈現互補性關係

「欺騙」義場的眾多詞項中，「欺」是通稱，「詐」的欺騙程度較高，多用於政治、軍事場合；「誑」側重迷惑對方；「誣」、「罔」（網）側重受事被蒙蔽了；「謾」是隱瞞，不讓對方知道；「詭」側重施事者的善變狡詐；「誕」則是誇大事實，用荒誕不經的話騙人。眾多的詞項互不交叉，各有各的位置，錯落有致地分佈於義場的各個角落。

從組合關係上也可看出義場詞項的互補性，以「欺」和「詐」為例。「欺」和「詐」表示「欺騙」義時「欺」或帶或不帶賓語，「詐」很少帶賓語；「欺」沒有名詞性用法，作主語、狀語或賓語時一般只用「詐」。因此，「欺騙」類動詞的互補分佈在一定程度上證明了漢語詞彙是有系統的。

4.5 同義復合是「欺騙」義場內復合詞的主要構成方式

「欺騙」義場內各詞項經常復合在一起連用。這其中又包括兩種情況，一是上位詞與下位詞的連用，如「欺」與其他詞項的連用，即「欺詐」、「欺誣」、「欺誑」、「欺謾」、「欺罔」、「欺誕」、「欺紿」等等。如「第二章一（一）欺」中例 1 到例 7。二是同位詞之間的連用，即除了欺以外，其他詞的連用，如：「詐謫」、「詐譎」、「譎詭」、「誕詐」、「詐誣」、「詐誑」、「誕謾」等等。如：

1、彼又使譎詐之士，外假爲諸侯之寵使，假之以輿馬，信之以瑞節，鎮之以辭令，資之以幣帛，使諸侯淫說其主，微挾私而公議。《韓非子·說疑第四十四》

2、《兵略》者，所以明戰勝攻取之數，形機之勢，詐謫之變，體因循之道，操持後之論也。《淮南子·卷二十一·要略》

3、奇物譎詭，儌倘窮變。欽哉，符瑞臻茲，猶以爲薄，不敢道封禪。《史記·卷一百一十七》

4、合符節，別契券者，所以爲信也；上好權謀，則臣下百吏誕詐之人乘是而後欺。《荀子·君道第十二》

5、今功伐甚薄而所望厚，誣也；無功伐而求榮富，詐也。詐誣之道，君子不由。《呂氏春秋·有始覽第一》

6、齊田單後與騎劫戰，果設詐誑燕軍，遂破騎劫於即墨下，而轉戰逐燕，北至河上，盡復得齊城。《史記·卷八十》

7、故雲物或危而顧安，或輕而不可遷；人或忠信而不如誕謾，或醜惡而宜大官，或美好佳麗而爲眾人患。《史記·卷一百二十八》

4.6 「同步引申」是「欺騙」類動詞的主要詞義發展方式

詞義的同步引申是詞義之間相互影響相互滲透的表現，更是詞彙系統性的充分表現。「一組詞或一對詞，在一個平面上具有同（近）義關係、反義關係或其他關係，經過引申，在別看外的平面上又形成同義、反義關係或其他相應關係，我們管這種詞義引申現象叫同步引申。」〔註28〕對「欺騙」類動。

〔註28〕高守綱《古代漢語詞義通論》，第 62 頁。

附錄一：語料

電子語料

1. 《國學寶典》，由北京國學時代文化傳播有限公司，尹小林研發。

語料核對文獻

1. 《十三經注疏》，中華書局，1980 年。
2. 《諸子集成》，上海書店，1991 年。
3. 《論語譯注》，楊伯峻譯注，中華書局，1980 年。
4. 《孟子譯注》，中華書局，2003 年。
5. 《孟子正義》，中華書局，1998 年。
6. 《荀子新注》，北京大學《荀子》注釋組，中華書局，1979 年。
7. 《墨子校注》（上、下），吳毓江撰，孫啓治點校，中華書局，1993 年。
8. 《莊子》，（戰國）莊周著，（晉）郭象注，上海古籍出版社，1989 年。
9. 《國語》，上海師範大學古籍整理組，上海古籍出版社，1978 年。
10. 《楚辭集注》，（南宋）朱熹集注，上海古籍出版社，1979 年。
11. 《韓非子集釋》，陳奇猷，上海人出版社，1974 年。
12. 《呂氏春秋校釋》，陳奇猷校釋，學林出版社，1984 年。
13. 《管子》，（唐）房玄齡注，上海古籍出版社，1989 年。
14. 《戰國策》，（西漢）劉向集錄，上海古籍出版社，1978 年。
15. 《論衡》，（漢）王充撰，上海古籍出版社，1992 年。
16. 《史記》，（漢）司馬遷，中華書局，1959 年。

附錄二：參考文獻

詞典類

1. 《辭源》，吳澤炎等，北京：商務印書館，1995 年。
2. 《古代漢語詞典》，陳復華主編，北京：商務印書館，1998 年。
3. 《故訓匯纂》，宗福邦、陳世鐃、蕭海波，北京：商務印書館，2003 年。
4. 《漢語大辭典》，羅竹鳳主編，上海：漢語大辭典出版社，2002 年。
5. 《說文解字注》，（清）段玉裁，上海古籍出版社，1983 年。
6. 《說文通訓定聲》，（清）朱駿聲，中華書局，1984 年。
7. 《王力古漢語字典》，王力、唐作藩等，北京：中華書局，2000 年。

論著類

1. 崔宰榮，《漢語吃喝語義場的演變》〔J〕，載《語言學論叢》第 24 輯，北京：北京大

學出版社，2001 年。

2. 馮凌宇，《人體詞語研究》〔D〕，武漢大學博士論文，2003 年。

3. 符淮青，《漢語表示「紅」的顏色詞群分析》（上、下）〔J〕，載《語文研究》，1988 年第 3 期和 1989 年第 1 期。

4. 符淮青，《詞義的分析和描寫》〔M〕，北京：語文出版社，1996 年。

5. 符淮青，《詞典學詞彙學語義學論文集》〔C〕，北京：商務印書館，2004 年。

6. 高名凱，《論語言系統中的詞位》〔J〕，載《北京大學學報》，1962 年第 1 期。

7. 高守綱，《古代漢語詞義通論》〔M〕，北京：語文出版社，1994 年。

8. 何九盈、蔣紹愚，《古漢語詞彙講話》〔M〕，北京：北京出版社，1980 年。

9. 洪成玉，《詞彙的系統性》〔J〕，載《北京師範大學學報》，1987 年第 4 期。

10. 黃金貴，《古代文化詞義集類辨考》〔M〕，上海：上海教育出版社，1995 年。

11. 黃金貴，《古代文化詞語考論》〔M〕，杭州：江大學出版社，2001 年。

12. 黃金貴，《古漢語同義詞辨釋論》〔M〕，上海：上海古籍出版社，2002 年。

13. 賈彥德，《漢語語義學》〔M〕，北京：北京大學出版社，1999 年。

14. 賈彥德，《漢語語義場的演變》〔J〕，載《中國語言學報》第五期，1995 年。

15. 蔣紹愚，《關於漢語詞彙系統及其發展變化的幾點想法》〔J〕，載《中國語文》，1989 年第 1 期。

16. 蔣紹愚，《古漢語詞彙綱要》〔M〕，北京：北京大學出版社，1989 年。

17. 蔣紹愚，《漢語詞彙語法史論文集》〔C〕，北京：商務印書館，2000 年。

19. 李運富，《古漢語詞彙學說略》〔J〕，載《衡陽師專學報》，1988 年第 4 期。

20. 李運富，《漢語詞彙研究中的幾個問題》〔J〕，載《湖湘論壇》，1989 年第 3 期。

21. 李運富，《古漢語詞彙學與訓詁學關係談》〔A〕，載《中國語言學發展方向》，北京：光明日報出版社，1989 年。

22. 李紅印，《現代漢語顏色詞詞彙——語義系統研究》〔D〕，北京大學博士論文，2001 年。

23. 李宗江，《漢語常用詞演變研究》〔M〕，上海：漢語大詞典出版社，1999 年。

24. 李佐豐，《先秦漢語實詞》〔M〕，北京：北京廣播學院出版社，2003 年。

25. 劉鈞傑，《同源字典補》〔M〕，北京：商務印書館，1999 年。

26. 劉鈞傑，《同源字典再補》〔M〕，北京：語文出版社，1999 年。

27. 劉堅，《二十世紀的中國語言學》〔M〕，北京：北京大學出版社，1998 年。

28. 劉叔新，《漢語描寫詞彙學》〔M〕，北京：商務印書館，1990 年。

29. 劉叔新，《語義學和詞彙學問題新探》〔M〕，天津：天津人民出版社，1993 年。

30. 呂東蘭，《從《史記》、《金瓶梅》等看漢語「觀看」語義場的歷時演變》〔J〕，載《語言學論叢》第 21 輯，北京：北京大學出版社，1998 年。

31. 陸宗達、王寧，《訓詁與訓詁學》〔M〕，太原：山西教育出版社，1994 年。

32. 陸宗達、王寧，《古漢語詞義研究》〔J〕，載《辭書研究》，1981 年第 2 期。

33. 孟蓬生，《上古漢語同源詞語音關係研究》〔M〕，北京：北京師範大學出版社，2001 年。

34. 任學良，《《古代漢語・常用詞》訂正》〔M〕，杭州：浙江大學出版社，1987 年。

35. 宋永培，《古漢語詞義系統研究》〔M〕，呼和浩特：內蒙古教育出版社，2000 年。

36. 宋永培，《《說文》與上古漢語詞義研究》〔M〕，成都：巴蜀書社，2001 年。

37. 石安石，《語義論》〔M〕，北京：商務印書館，1993 年。

38. 蘇寶榮，《詞義研究與辭書釋義》〔M〕，北京：商務印書館，2000 年。

39. 蘇寶榮、宋永培，《古漢語詞義簡論》〔M〕，石家莊：河北教育出版社，1987 年。

40. 孫常敘，《漢語詞彙》〔M〕，長春：吉林人民出版社，1956 年。

41. 索緒爾，《普通語言學教程》〔M〕，北京：商務印書館，1999 年。

42. 童致和，《香和臭的詞義演變及氣味詞的詞義系統的發展》〔J〕，載《杭州大學學報》，1983 年第 2 期。

43. 汪維輝，《東漢——隋常用詞研究》〔M〕，南京：南京大學出版社，2000 年。

44. 王鳳陽，《古辭辨》〔M〕，長春：吉林文史出版社，1993 年。

45. 王建喜，《「陸地水」語義場的演變及其同義語素的疊置》〔J〕，載《語文研究》，2003 年第 1 期。

46. 王寧，《訓詁學原理》〔M〕，北京：中國國際廣播出版社，1996 年。

47. 王寧，《古漢語詞義系統研究・序》〔A〕，載宋永培《古漢語詞義系統研究》，內蒙古教育出版社，2000 年。

48. 王寧，《漢語詞彙語義學的重建與完善》〔J〕，載《寧夏大學學報》，2004 年第 4 期。

49. 王力，《漢語史稿》（上、中、下）〔M〕，北京：中華書局，1980 年。

50. 王力，《同源字典》〔M〕，北京：商務印書館，1997 年。

51. 王政白，《古漢語同義詞辨析》〔M〕，黃山書社，1992 年。

52. 向熹，《詩經詞典》〔M〕，成都：四川人民出版社，1997 年。

53. 徐烔烈，《語義學》〔M〕，北京：語文出版社，1995 年。

54. 徐朝華，《上古漢語詞彙史》〔M〕，北京：商務印書館，2003 年。

55. 徐正考，《《論衡》同義詞研究》〔M〕，北京：中國社會科學出版社，2004 年。

56. 解海江、張志毅，《漢語面部語義場的演變》〔J〕，載《古漢語研究》，1993 年第 4 期。

57. 楊鳳仙，《上古言說類動詞研究》〔D〕，臺灣花木蘭文化出版社，2013 年。

58. 張慶雲、張志毅，《義位的系統性》〔A〕，載《詞彙學新研究》，北京：語文出版社，1995 年。

59. 張仁明，《墨子詞典》〔Z〕，貴陽：貴州人民出版社，2003 年。

60. 張雙棣、殷國光、陳濤，《呂氏春秋詞典》〔Z〕，濟南：山東教育出版社，2000 年。

61. 張萬起，《世說新語詞典》〔Z〕，北京：商務印書館，1993 年。

62. 張永言,《詞彙學簡論》〔M〕,武漢:華中工學院出版社,1982 年。

63. 張永言、汪維輝,《關於漢語詞彙史研究的一點思考》〔J〕,載《中國語文》,1995 年
    第 6 期。

64. 張志毅、張慶雲,《詞彙語義學》〔M〕,北京:商務印書館,2001 年。

65. 趙振鐸,《論上古兩漢漢語》〔J〕,載《古漢語研究》,1994 年第 3 期。

辨析《論語》中的「言、語、說、曰、云、謂、道」

盧文玲

　　摘要：現今古漢語方面對同義詞的研究正如火如荼地開展著，尤其是對先秦時期的一些著作，如《〈韓非子〉同義詞研究》、《〈荀子〉單音節形容詞同義關係研究》等。其中對《論語》該文中的同義詞的研究也有一定的成就，但都主要是集中在修辭學和語義這兩方面。而本文旨在通過從語義、語法、語用三者的辨析角度來具體分析《論語》中的表述「說」義的這組同義詞——「言、語、說、曰、云、謂、道」，從三個角度來辨析這組同義詞，探討共時狀態下這些詞之間的異同。

關鍵詞：言；說；曰；云；謂；道

一、緒　論

　　文字詞彙的產生是語言精密化的表現，同義詞是語言走向成熟的一個標誌。先秦時期語言發展已經較爲成熟的，已經出現了一些自覺地和不自覺的同

義詞研究，最早顯現著同義詞研究成果的是《爾雅》。

《說文解字》是許慎要保存古文，說明文字形體的結構、文字的義和音。許慎的《說文解字》是在兩漢古、今文經爭論的背景下產生的。特別是「罷黜百家、獨尊儒術」口號的提出，將儒家的思想定於一尊，也確立了反映儒家思想的經學在思想文化領域內的統治地位。這樣的政治和學術環境極大地促進了經學的發展，進而導致了古、今文經兩大學派的爭論。

古、今文經兩大學派是因寫經文字的不同而劃分的。在漢代，儒家的典籍被分成兩類：一類是用當時通行的隸書書寫的，叫「今文經」。如今文《尚書》就是由伏生傳授、由他的學生用隸書記錄而成的。另一類是用戰國時期東方諸國（主要是齊、魯、三晉等地）的文字書寫成的，這種文字與漢代通行的文字迥然不同，叫做「古文」，用這種古文所寫的經書被稱為「古文經」。一方面旨在把經傳群書的訓釋記錄下來作為依據，起到「理群類，解謬誤，曉學者，達神恉」的作用，另一方面旨在說明篆文、古籀的結構和讀音，使人們每一個字從字形到字義應如何理解。從經學史的角度看，許慎的《說文解字》是適應古文經學的發展和鬥爭需要而作的，並在兩派對壘中起到了極其重要的作用。從語言學的角度來看，《說文解字》一書所以會產生在東漢，是由當時語言文字的發展水準所決定的。在先秦時期，人們早就開始了對語言的研究，例如在荀子、韓非子的著作中注意到了對詞的音義關係和漢字結構的解釋，《說文解字》一書的出現，具有劃時代的意義，它不僅將漢字的研究推向了一個新的階段，而且對於探討古代的歷史、文化及古文字以及對詞彙等都具有巨大的作用。關於對同義詞的研究，清朝段玉裁的《說文解字注》就對同義詞做了大量的辨析，並且提出了一些影響深遠的理論，如「渾言／析言」的理論。但這些同義詞對比辨析的角度都僅僅局限於明詞義通訓詁方面，都是零散的片言的，沒有形成系統性的理論。《說文解字注》中大量的同訓、互訓和遞訓的這些古書注解材料，關於同義詞研究可見一斑，已經有專家學者專門對這些材料加以研究。

先秦《爾雅》的前三篇就採用了用同義詞來解釋說明詞義的基本方法。這種方法一直延續下來，兩漢時期，學者們沿用了該種解釋的方法。直至清朝，段玉裁的《說文解字注》就對同義詞做了大量的辨析，並且提出了一些影響深遠的理論，如「渾言／析言」的理論。但這些同義詞對比辨析的角度都僅僅局

限於明詞義通訓詁方面，都是零散的片言的，沒有形成系統性的理論。隨著國外語義場理論研究的深入，以及學界對古漢語各方面研究的深入，古漢語同義詞的研究也有很大的突破，在同義詞的性質、定義、分類標準和方法、形成原因等都形成了很獨特的見解。古漢語專書同義詞研究湧現了大量的成果，這樣一本書一本書地研究，對於漢語詞彙史的建立，具有重要的意義。

本文是「上古『言說類』動詞語義場研究」課題專案之中的一個小分支，主要選取上古一部專書《論語》之中的一組詞「言、語、說、曰、云、謂、道」，探尋這組詞在《論語》中的使用情況，探求它們之間的區別和聯繫，分析該組言說類動詞在這個時期的使用情況，為了和同時代和前後時代的其他專書進行共時和歷時的對比，以期探求言說類動詞語義演變的規律。

1.1 研究意義及相關研究現狀

《論語》就其性質而言，是孔子弟子及其再傳弟子根據孔子及其弟子的言行而輯錄成的一本語錄體散文著作，幾乎全文記錄的都是言語，作為「言動」類的這組同義詞就有很高的出現頻率了，所以說研究「言、語、說、曰、云、謂、道」這組同義詞對《論語》同義詞群組的研究有很大的代表性。並且表「述說」之義的這組同義詞中主要包含了 7 個單音節詞，是《論語》單音節實詞同義詞中包含詞的數目最廣的同義詞組之一。在《〈論語〉同義詞考辨》一文中，附錄收集了《論語》單音節實詞同義詞表，其中的單音節實詞同義詞共有 132 組，名詞 40 組，約占 30%；形容詞 32 組，約占 24%；剩下的 60 組都屬於動詞同義詞，約占整個表格的 46%。〔註1〕可見動詞類別的同義詞在《論語》中所佔的比重是很大的。而「言、語、說、謂、道、曰、云」這組同義詞又是其中包含詞的數目最多的兩組之一。〔註2〕同時，不論是在研究先秦時期某一本著作中的同義詞，還是專門研究同義詞類別的著作中，該組同義詞出現的次數都較多，如出現於王鳳陽先生的《古辭辨》的「言動」類同義詞中〔註3〕，王政白先生的《古漢語同義詞辨析》中〔註4〕。由此可見這組同義詞是上古漢語同義詞

〔註1〕 參見萬慈《〈論語〉同義詞考辨》，《遼寧師範大學》2006 年。

〔註2〕 同上。

〔註3〕 王鳳陽著《古辭辨》，吉林文史出版社，1993 年。

〔註4〕 王政白著《古漢語同義詞辨析》，黃山書社，1992 年。

中較爲常見的一組，這也側面反映出當時的同義詞的使用情況已經是很普遍的，語言發展已經進入了一個成熟的階段了。且《論語》作爲春秋晚期的一部語錄體散文，既繼承了殷商文告的佶屈聱牙，也開啓了《左傳》的典範文言態勢。正確來理解和認識「言、語、說、曰、云、謂、道」這組同義詞，不僅可以從理論的角度來明晰古人對於詞語在寫作方式上的運用，還能夠通過這些字詞的不同運用方式，從另外一個側面上對古文的形成過程中出現的歷史文化及人相關的文環境進行大致的瞭解。

　　《論語》作爲先秦儒家的語錄體著作，其語言不僅反映出上古時期漢語口語的歷史面貌，同時還揭示了該時期文學的眞實面貌。本文基於對已有的語言材料的分析及相關的訓詁成果，對《論語》中的「言說」類同義詞進行分析，考察其在文中的分佈狀況、使用情況，深入探究該組同義詞「言、語、說、曰、云、謂、道」在語義、語法、語用方面的細微差異，以期爲古漢語同義詞的研究作一些有益探索，從而爲《論語》其他詞性類的同義詞及其他典籍的同義詞研究做一些基礎性的工作。

1.2 本文研究方法和研究思路

1.2.1 研究方法

　　雖然近 50 年學者們對於古漢語同義詞的辨析方法提出了很多的可借鑒的方法，但其研究仍然是零散的，較爲片面單一的。公認的方法和角度一般是從詞彙屬性、風格色彩、語法屬性這三大方面來辨析，但各家有各家的看法。例如洪成玉先生整合詞彙屬性、風格色彩、語法屬性三方面爲兩方面，將色彩屬性歸於詞彙屬性一類。除洪成玉先生之外，還有韓陳其先生明確「修辭」也作爲同義詞辨析的角度之一，胡裕樹先生則將「詞彙屬性」更換成「詞的性質範圍」。不論從何種角度來區分，同義詞作爲意義類聚的片語，辨析同義詞首先應該考慮其「共時」層面上的區別，然後再考慮「歷時」層面的差異。由此，池昌海先生在論述同義詞的辨析方法時，則提出:「首先將大量的同義詞按照詞的語義邏輯類分列，在類同的前提下考察同一個語義類的同義詞可能存在的各個層面的區別……這種考慮有明顯的合理性，它既使我們看到了同類詞在各個層面的特徵;同時，我們也可以在此基礎上歸納各類詞都在區別特徵上的共同性……有意識地注意和挖掘詞語的文化內涵，尤其是關乎同義詞組內詞語間的

區別特徵時，我們多次探尋其間的種種表現，從而使我們的研究更深入一些。」
〔註5〕在池昌海先生的《〈史記〉同義詞研究》一文中，將這些區別特徵主要劃
分為：語義特徵差別、語法特徵差別、語用功能差異。本文正是根據池昌海先
生的這種劃分原則，對《論語》「言說」類同義詞從「詞義、語法、語用」三個
角度來辨析，但每一個區別特徵包括了具體的哪些角度，不能有相對確定的範
圍界限，具體要結合實例來分析。

1.2.2 語義特徵的區分

辨析同義詞，我們著眼的角度還應主要是理性意義方面的區分。同義詞是
按意義劃分的類別，所以說理性意義是主要的區別特徵。而對於理性意義的分
析，則應當從兩個角度來進行：首先將一個詞的意義放在詞彙系統中，放到
詞與詞之間的語義關係中去認識，同時又要考察它與客觀事物的關係，即它
與所指的關係。〔註6〕這兩種意義就分別被稱之為系統意義和指稱意義。要考察
詞的系統意義，則要將其放在一個組合或群集當中，即置入恰當的語義場中來
加以具體的分析；而指稱意義方面，指的是詞所具體指稱的對象，主要考慮
的是詞與物的關係，可以從語義價值、語義範圍、語義分佈等不同角度來說明
區別。

1.2.3 語法特徵的區分

從語法層面上，則是看詞與詞、詞與句子間的關係，而同義詞的語法辨析主
要是指其在一些語法特徵或功能上的區別。這其中也主要是看同義詞是否能單
獨充當句法的成分，構詞能力，搭配能力如何以及詞性的變動範圍等方面。

1.2.4 語用特徵的區分

在眾多的語用學定義中，有兩個概念是十分基本的，一個是意義，另一個
是語境。〔註7〕而所謂的語用方面，主要是指詞在基本的理性意義和一般的語法
特徵之外，當它們在使用過程中逐漸顯示出來的附屬的色彩意義的區別。在具
體分析中，則是要去辨析詞的感情色彩、等級色彩以及詞的語體風格等。

〔註 5〕 池昌海著《〈史記〉同義詞研究》，上海古籍出版社，2001 年。

〔註 6〕 趙學清著《〈韓非子〉同義詞研究》，中國社會科學出版社，2004 年。

〔註 7〕 何兆熊著《語用學概要》，上海外語教育出版社，1989 年。

二、《論語》中「言、語、說、曰、云、謂、道」的具體辨析

2.1 「言、語、說、曰、云、謂、道」在《論語》中的分佈

從《論語》中看，該組同義詞的出現頻率是比較高的，並且其分佈範圍也很廣，基本上是從語篇的開始到語篇的結束，可以說是貫穿全文。據楊伯峻先生的《論語譯注》考證，可以清晰地知曉該組每個詞在文中出現的次數以及在作表「述說」之義的動詞時出現於文中的次數，作出如下表格〔註8〕：

	曰	云	言	語	說	謂	道
文中出現總次數	755	15	126	12	21	78	60
表「說」意出現的次數	755	7	56	9	3	78	3

通過圖表分析，我們可以看出來，在《論語》一文中，「曰、言、謂、道」出現的次數較多，而「云、語、說」則次數較少；而作為「言說」類動詞出現時，「曰」和「謂」出現的次數是最多的，並且可以明確在全文中所出現的次數都是表示「述說」該義的，「言、語」次之，隨後再有「云、道、說」，這也可以看出在表示「述說」之義時，「曰」、「謂」的詞義最為明顯，「言、語」的詞義其次，「云、道、說」則是最弱的。

2.2 「言、語、說、曰、云、謂、道」的詞義特徵

要辨析這七個詞的相同和差異，首先應從語義層面入手：這組同義詞在系統意義上都表示「述說」，歸屬於同一個語義場，但從其指稱意義上來說，還是有一定的區別。在王鳳陽先生的《古辭辨》一書中，將這組詞拆分為兩組，分為「言、語」一類動詞，因其在現代漢語中，組合而成的「言語」和「語言」是一個詞；而「說、云、曰、謂、道」為另一類。〔註9〕但是在此，我們將之放在一起來具體地辨析。

「曰」：甲骨文作口中出氣之形，字意原表聲氣從口中出，遂用為說話義。〔註10〕故《說文》解釋為「詞也。亦象口氣出也」。《說文解字注》解釋為「意內而言外也，有是意而有是言。」主要表示述說這個動作，相當於我們現在所

〔註8〕 參見楊伯峻譯注《〈論語〉譯注》，中華書局，1980 年。

〔註9〕 參見王鳳陽著《古辭辨》，吉林文史出版社，1993 年，第 753～755 頁。

〔註10〕 沈錫榮編著《古漢語常用詞類釋》，學林出版社，1992 年，第 26 頁。

說的「說道」、「說」，後通常接所說的話語內容，如《學而》「子曰：學而時習之，不亦說乎」？「子曰」可以直譯爲「孔子說」。此時「曰」類似於現代漢語中的「：」，引出所說話語。同時「曰」還帶有下定義的性質，解釋爲「叫做，爲，是」，如《季氏》「君稱之曰夫人」，則是此意。

「謂」：從甲骨文看，下部是「口」，上面的一橫表示說話從口中出來的氣，也有人說一橫是代表說話時發出的聲音。〔註11〕故《說文》中解釋爲「報也」。在現代漢語中則意爲「對……說」。同時「謂」還與「曰」連用，組成「謂……曰」的格式，如《爲政》「或謂孔子曰：子奚不爲政」？《說文·言部》中「謂」下段玉裁注：「引申凡論人論事得其實謂之報。謂者，論人論事得其實」。說明「謂」是「論實論事」，解釋爲「評論，評說」，如《八佾》有「孔子謂季氏：八佾舞於廷，是可忍，孰不可忍也」。「『子謂』者，稱舉其人，非必對其人而與之言也。此是評人。」〔註12〕如《八佾》中「子謂《韶》：盡美矣，又盡善也；謂《武》：盡美矣，未盡善也」，此是評物。同時，「謂」放在評價解釋性的句子中，有「叫做，是」的意思，給所論述的對象帶來特指性。如《陽貨》中還有「懷其寶而迷其邦，可謂仁乎」。

「言」：甲、金文字形都如舌形，舌爲人說話之主要器官，故「言」的本義即是說話。所以《釋名·釋言語》：「言，宣也。宣彼此之意也。」〔註13〕故《法言·問神》：「言，心聲也。」《說文·言部》：「言，直言曰言。」〔註14〕這表明「言」是主動地與人說話談論問題，並且是單個人才叫「言」，如《公冶長》中說的「夫子之言性與道，不可得而聞也」。同時「言」還以其引申義「言論」多次出現在《論語》中，如《爲政》「先行其言而後從之」，《公冶長》中「聽其言而觀其行」，這屬於「言」的詞性變化的使用。

「語」：與「言」散文則通。〔註15〕「語」也有「說」的意思，如《述而》中闡述的「子不語怪、力、亂、神」。從言吾聲，吾又從五得聲。五者，陰陽交

〔註11〕張百棟、邵祖成編著《古漢語常見同義詞辨析》，中山大學出版社，第128頁。

〔註12〕黃金貴著《古代文化詞義集類辨考》，上海教育出版社，1995年，第527頁。

〔註13〕沈錫榮編著《古漢語常用詞類釋》，學林出版社，1992年，第25頁。

〔註14〕王鳳陽著《古辭辨》，吉林文史出版社，1993年，第753頁。

〔註15〕沈錫榮編著《古漢語常用詞類釋》，學林出版社，1992年，第25頁。

午之象，故「吾」聲字多有交，對義。〔註16〕故有「語」與「晤」同源之說，相見曰「晤」，對談曰「語」。〔註17〕「語」即解釋爲「對談，對答」，強調兩個或者多個人交談的方式，與別人交談或者回答別人的問題，與「言」相對，指談話帶有被動性。正如《周禮‧春官‧大司樂》中所說的「答述曰語」，如《八佾》中闡述的「子語魯大師樂」。「語」音御，《說文‧言部》中的「論難曰語。」又：「語，論也。」段玉裁的注解爲：「語者，御也。……一人辯論是非謂之語。」其中的「語」在告訴他人的基礎上還帶有「論難」的性質，即「辯論詰難」，如《論語》中的「子不語怪、力、亂、神」。

「云」本義是雲氣，「述說」是其假借之義。《正字通》中有解釋「與曰音別義同。凡經史，曰通作云。」可知「云」與「曰」意義接近，只不過是接於經史典籍後。如《憲問》中說到的「書云：高宗諒陰，三年不言」。「云」接於《尚書》之後，引用其中的話語，「云」在表說時常帶有加重成分，有「如此說」、「這樣說過」的意思在。〔註18〕故「書云」解釋爲「《尚書》如此說、這樣說」。除了出現於經史書目後，「云」後接表概說、約引性的話語，如《子張》中的「子夏云何」即「子夏說怎樣做」。

「道」其實本義指道路，引申義還有思想，學說等，在《論語》中，則可指孔子的術語，有時指道德，有時指學術，有時指方法。〔註19〕如《里仁》中的「吾道一以貫之」，《學而》中的「本立而道生」，都是表示學術、道義的意思。正因其本義和引申義帶有思想道德的性質，「道」在表示說話時，則有用來稱讚或者引用別人的道德事蹟等含義。如《憲問》中的「子曰：君子道三……子貢曰：夫子自道也」，則是子貢來引述孔子的話，故曰「夫子自道」，表現出子貢對孔子話語的引用，以及話語中帶有的尊重稱讚意味。

「說」，《說文‧言部》：「說，說釋也。從言兌聲，一曰談說。」段玉裁注：「說釋者，開解之意。」〔註20〕《釋名‧釋言語》「說，述也。宣述人意也」，《廣

〔註16〕同上。

〔註17〕王鳳陽著《古辭辨》，吉林文史出版社，1993年，第754頁。

〔註18〕王鳳陽著《古辭辨》，吉林文史出版社，1993年，第754～755頁。

〔註19〕楊伯峻譯注《〈論語〉譯注‧〈論語〉詞典》，中華書局，1980年，第294頁。

〔註20〕沈錫榮編著《古漢語常用詞類釋》，學林出版社，1992年，第26頁。

雅・釋古二》「論也」。〔註21〕可見，「說」的意義重在開解，重在宣述，不是單純地來闡述，而是經常用作向他人陳述、解釋的意思，是列舉事實、理由的有條有理的論述、解說。〔註22〕如《八佾》中的「成事不說，遂事不諫，既往不咎」中，「說」譯為「解釋論述」。

2.3 語義、語法、語用特徵的辨析

2.3.1 語義層面——使用範圍和語義分佈

綜上論述，七個詞都有作動詞，表示「述說」之義的情況，且系統意義相同，但就理性意義上具體來分析，則是有所區別，有所側重、傾向的，這區別就可從語義、語法、語用三個層面來具體闡述。

1）使用範圍上的區分

從使用範圍來考慮，「曰」和「謂」出現的所有情況都是作為「言說」類動詞，使用範圍也比較廣。且二者都指「氣從口出」，表示一般的「述說、闡述」之義。但具體而言，「曰」出現的頻率高於「謂」，被頻繁使用，不僅是因為「曰」等同於白話文中語氣標點符號「：」，符號性的成分較為明顯，還是因為所有的「曰」都表示的是孔子所說的話。「曰」的使用情況是不限場合，不限對象有無，一般的說話當中都可以用上。而「謂」，無論是在使用上還是在具體語境的表現上都比「曰」要局限，主要是因為「謂」在表示說這個動作時，其所接的話語帶有評論性質。「言」和「語」的範圍則相對縮小，二者局限於對談中。「言」指主動挑起話頭，「語」則更側重於回答對話交談中別人的詢問，談話具有被動性，有對象的限制。而「云」通作「曰」，但其本義為雲氣，表示「述說」時還帶有本義色彩，「云」只能接於經典史籍後，闡述典籍中的一些內容，適用範圍沒有「曰」廣泛，並且該詞後接的通常為約引、概說性質的內容，而非具體的話語。《論語》文中有很多引用其他經典史籍的內容，故而「云」作為「言說」類動詞出現頻率也較高。而「道」和「說」則適用於引用的場合之中，「道」作「言說」類動詞，是採用了引申義，用於引述先哲的道德事蹟，引用的方面傾向於好的一面，而「說」更強調引述他人的話語用來解釋，故「道」使用的範圍又較小於「說」的使用範圍。

〔註21〕王鳳陽著《古辭辨》，吉林文史出版社，1993年，第755頁。
〔註22〕同上。

2）語義分佈上的區分

從詞義分佈上來考慮，除表「述說」之外，該片語中的有些詞在基本意義上還帶有其他的性質，如有判斷義的：「曰」和「謂」。二者可解釋爲「叫做，是」，如《子路》中「以不教民戰，是謂棄之」中的「謂」，把「不教民戰」定義爲拋棄民的表現。還有表評論的：「謂」和「語」。「孔子謂季氏」，「子不語怪、力、亂、神」中的「謂」和「語」則是都帶有評價性質的「說」，對於某個事情、問題的一些評論和看法。「云」和「道」都有引述他人話語的情況，但「云」在「述說」之時，還傾向於「強調說明」，可以解釋爲「這樣說，如此說」；「道」則不指說的方式上有強調，而是在引用時擇善而述。而「說」不同於現代漢語中的「說」的符號義，在「述說」時傾向於列舉事實解釋某件事情。

2.3.2 語法層面——搭配能力和所作句子成分

從語法角度來考慮，則主要是分析詞的搭配能力和其所充當的句子成分時，與其他句子成分之間的關係等。

1）搭配能力上的區分

從詞的搭配能力來考慮，「曰」既可單用，又可與其他詞表「言說」的動詞連用，如「曰」與「謂」連用，組成「謂……曰」，共同充當句子的謂語成分，具體解釋爲「對……說，說……」；同時「曰」還可與很「言」、「對」、「問」、「稱」，組成「言……曰」、「對曰」、「問曰」、「稱……曰」，用來表示各種問答的方式。「曰」在此的作用更像是一個綴詞，與其他詞構成固定的問答搭配，主要是其他所連用的詞語在表示說話的方式等。而「謂」除與「曰」連用外，還有固定的句式「可謂……矣」，如《子路》「子貢問曰：『何如斯可謂之士矣』」？解釋爲「可以說是……的」，「謂」在此處判斷意義更爲濃烈。其他幾個詞則多以單音節的使用形式出現。

2）所作句子成分上的區分

從句子中反映的關係來考慮，這幾個詞都在句子中作謂語成分，表示「說話」的動作方式。而其中「曰」、「云」、「說」可以單音節形式出現，作爲句子的謂語成分，在其後面，緊接引語，後面的賓語成分可以是話語形式，亦可以是非話語形式的引語，概括性的內容；而「謂」不同於「曰」可直接接引語，

後不與引語直接相連,中間隔著告語的對象,如「子謂子貢曰……」。〔註23〕所以說「謂」強調評論對象的存在。「語」和「謂」語法結構相似,作及物動詞時,要帶雙賓語,名詞性的直接賓語,表示說話對象,和間接賓語,而其間接賓語的形式並不局限,可以是直接的話語形式,也可以是概括性的內容。而「道」和「言」可作及物動詞,後面帶直接賓語,表示說話的內容,而內容並非話語的形式,而是概括性的內容,如「夫子言性與天道」,「君子道三」中,「言」和「道」後面接的是談話所涉及概括性的內容。

2.3.3 語用層面——感情色彩和語體風格

從語用角度考慮,則是從詞在語境中所表現出來的感情色彩、等級色彩和語體風格的不同方面來辨析。詞在不同的時代有不同的語用特徵,而感情色彩、等級色彩和語體風格便是這語用特徵的具體表現。作爲「言說」類的動詞,等級色彩方面的區別不是很明顯,可以忽略不計。

1)語體風格上的區分

從語體風格來看,主要是辨析其雅俗色彩的差異——口語化和書面化。其中,「說」在上古時期經常用作後世的「悅」,表示心悅誠服的心情,如《雍也》「子曰:非不說子之道,力不足也」。〔註24〕而表「述說」之義,更傾向於「解釋、解說」之義,書面化色彩較濃。而「道」後接引用的話語,如《衛靈公》「夫子自道也」中「道」解釋爲「評述」,可見其書面化色彩較重。而「道」在早期白話中很流行,後面多引進人物的言語。〔註25〕可見,「說」和「道」在上古漢語中,以單音節的形式來表示多音節的意思,書面化色彩更重,而隨著時代的演進,慢慢更傾向於口語化,如「說三道四」中的「說」和「道」已經演變成口語化的議論了。「云」假借爲「述說」,接於「經史」後,表引用經典史籍中的話,書面色彩也濃厚。「言、語」和「曰、謂」都是作爲「言動類」的動詞出現,在《古漢語常見同義詞辨析》一書中被歸爲「言動類」動,四者都以單音節的形式來表示單音節的「述說」之義,口語化色彩更重。

〔註23〕王鳳陽著《古辭辨》,吉林文史出版社,1993 年,第 754 頁。

〔註24〕王鳳陽著《古辭辨》,吉林文史出版社,1993 年,第 755 頁。

〔註25〕王鳳陽著《古辭辨》,吉林文史出版社,1993 年,第 755 頁。

　　2）感情色彩上的區分

　　從詞的感情色彩方面區分，有褒義、貶義、中性之別。其中「言、語、曰、說、謂、云」中，雖「謂」和「語」就詞而言帶有評論、評價的性質，但這並沒有明顯地表現出其色彩屬性上的所屬範圍，只是單純地表示出「評述」這個動作的；其他幾個詞也僅僅表示「述說」這個動作，所以它們都可歸屬於中性詞一類；但「道」在表「言說」時，多是在稱讚別人的事蹟或者話語，可以解釋爲「稱道」，有偏重地傾向於宣揚道德的一方，如《季氏》中「樂禮節，樂道人之善，樂多賢友，益矣」，「道」後面緊接「人之善」，側重於人優良品德的一面，則顯露出「道」的褒義色彩，這正與現代漢語中「道」的組詞方式相同，即「稱道、稱讚」。相較其他詞而言，「道」的感情色彩歸屬於褒義方面。

三、結　論

　　《論語》中「言、語、說、曰、云、謂、道」作爲「言說」類動詞出現時，各個詞項的基本意義特徵大致相同。而在指稱意義方面，詞與詞之間有對象、方式等方面的側重；在語法方面和語用方面它們所表現出來的搭配成分、使用的方法和所達到的結果也都是有區別的。從語義、語法、語用三方面來辨析這幾個同義詞的相同與相異之處，明確其中一些細小的分支與區別，將幾者之間的意義、用法層面上的聯繫和區別明確開，這樣的研究對分析同時代或者前後時代專書中的「言說類」動詞的語義場研究，對突破以往詞彙和詞義方面的成就，對古漢語的同義詞研究是有一定作用貢獻的。同時作爲先秦時期具有典型特徵的「言動類」同義詞，辨析這組同義詞的詞義特徵語法特徵以及語用特徵的不同，希望這樣的研究給總課題的研究打開一條思路，給研究先秦時期的語言文化面貌帶來新的突破點，希望這種專書古漢語詞彙研究和詞義研究有一定的作用。但是同時也得指出，本文雖遵從語義、語法、語用三角度來辨析了《論語》中「言動」類的同義詞，但在具體如何來劃分研究的語義、語法、語用範圍還沒有明確的界限，只能作一個模糊的框架範圍，以此給後來者們提供些想法。

參考文獻

　　1. 王鳳陽，《古辭辨》，吉林：吉林文史出版社，1993 年。

2. 沈錫榮編，《古漢語常用詞類釋》，上海：學林出版社，1992 年。

3. 張百棟、邵祖成，《古漢語常用同義詞辨析》，廣州：中山大學出版社。

4. 王政白，《古漢語同義詞辨析》，安徽：黃山書社，1992 年。

5. 黃金貴，《古代文化詞義集類辨考》，上海：上海教育出版社，1995 年。

6. 楊伯峻，《《論語》譯注》，北京：中華書局，1980 年。

7. 池昌海，《《史記》同義詞研究》，上海：上海古籍出版社，2001 年。

8. 趙學清，《《韓非子》同義詞研究》，北京：中國社會科學出版社，2004 年。

9. 何兆熊，《語用學概要》，上海：上海外語教育出版社，1989 年。

10. 萬蕊，《《論語》同義詞考辨》，遼寧師範大學，2006 年。

後　記

　　時光荏苒，博士論文答辯已經十餘載。當年論文選題從《辭源》同義詞到張家山漢簡法律詞語研究到最後的言說類動詞研究，選題曾幾度更換，幾近崩潰。後來受到汪維輝《東漢——隋常用詞研究》的啓發，擬從上古常用詞入手加以研究，古漢語常用詞研究這個選題得到社科院姚振武教授的積極肯定和熱心指點，導師李運富先生對詞義詞彙系統有著深入的探討和獨特的研究思路，高屋建瓴地把題目限定爲一類詞語的語義場研究。

　　三年讀博生涯，如果說學術上有一定長進，完全賴於李老師的認眞指導和嚴格要求。雖然當時也工作多年，但其實還沒有眞正走入學術大門，北師大的三年學術生涯，是恩師改變了我，令我頓開茅塞，而且博士論文研究方向也確定了我未來的學術研究之路。

　　從當年博士論文的完成到今日之學術研究，恩師李運富先生一直關懷我的學術成長，他嚴謹的精益求精的學術態度和孜孜以求的可貴品質一直催我自新，所以我也從未敢放慢自己的腳步。先生多少年來一直關注我的學術之路，本課題就是在先生的鼓勵下申請成功，是對博士論文的進一步修改深化而成，此書即將付梓之際，再次向恩師李運富先生謹致謝忱。

　　本課題是在原博士論文基礎上，在中國政法大學校級項目的資助下，進行縱橫延伸而完成。項目組負責人楊鳳仙主要負責總項目的策劃和大部份研究工

作；項目組其他成員，或以某一具體說話類子語義場，或以專書同義詞研究的形式，或從某一具體問題入手……開展該課題的部份研究。

周顏麗（吉林電子信息職業技術學院基礎部），完成了《「欺騙」語義場語義系統研究》一文，盧文玲（中國政法大學中文系 2011 級學生）完成了〈辨析《論語》言說類動詞的研究〉。

另外，本書語料庫主要由課題組成員楊豐懋負責完成。

該書是課題負責人在班戈孔子學院任漢語教師期間重修完成，資料有限，自忖書中錯謬淺陋之處定有不少，望海內外同仁，不吝賜教，批評指正。

2018.4.2
於英國北威爾士班戈小鎮